西澤保彦

小説家　森奈津子の
華麗なる事件簿

実業之日本社

実業之日本社文庫

目次

本作品はフィクションです。
実在の人物・団体とはいっさい関係ありません。
（編集部）

なつこ、孤島に囚《とら》われ。

1

目が覚《さ》めると、そこはパラダイスでございました。まさしく、絵に描いたような、と申しましょうか。抜けるように青く、丸い空。紺碧《こんぺき》の海。波打ち際《ぎわ》の砂は、あたかも真珠を磨《す》り潰《つぶ》したが如《ごと》く白くきらめき。

ぐるりと水平線を見回すと、まるで自分自身が地球の中心になったかのように錯覚してしまいそうな、そこは離れ小島でございました。起伏に乏《とぼ》しく、なだらかで、緑も豊かな大海原《おおうなばら》の孤島。もしも遥《はる》か上空から見下ろしますれば、きっとルッコラとアンチョビをトッピングしたピザパイのように見えることでございましょう。その直径、およそ三百メートル余り。

椰子《やし》の木々に囲まれる形で、島の中心には一軒の洋館が建っております。わたしが目を覚ましたのは、その二階の寝室にある、キングサイズのダブルベッドの上でした。さきほど館内と、そして建物の周囲を、ざっとひと回りしてみた限りでは、なかなかお洒落《しゃれ》な別荘というたたずまい。ホームバーやプール、テニスコートなども、ひと揃《そろ》い。小振りのホテルと言われても信じてしまいそうな趣《おもむ》きでございます。

これであと、さらさらロングヘアを小麦色の胸もとにこぼし、スレンダーな肢体を大胆なカットのセパレーツに包み、パレオを巻いた細い腰を軽く揺らめかせ、にっこりとほほ笑みながらサングラスの蔓《つる》をそっと噛《か》んでウインクなんかしてくださる、みめうるわしいお姐《ねえ》さまさえいらっしゃれば、も、完璧なのでございますが。残念ながら、いま、わたしは独《ひと》りぼっち。こんな場所に独りでいるのはもったいないのは重々承知ですが、わたしは何もここへ来たくて来たワケではない。そもそも、この島がいったいどこに在《あ》るのかも判《わか》らない。

あの、非常に素朴な疑問なのですが、ここって日本なのでしょうか？　それともハワイとかだったりして。よく知りませんけど。そもそもわたし、いったいどうしてこんなところにいるのか。いったい、いつの間に連れてこられたものやら……。

連れてこられた――そう。そうなのです。思い当たってみれば、わたしはこの島へ「来た」のではなくて、「連れてこられた」にちがいありません。こんな孤島にいる以上、知らないあいだに船、もしくはヘリコプターに乗せられたのでしょう。運ばれているあいだの記憶は判然としませんが、誰かにこっそりと連れてこられたのでなければ、いきなりこのような非日常的な空間に取り残されているワケがない。

でも、理屈の上では、そうだとしか考えられないと判ってはいても、なお信じられない気持ちでございます。これって夢なんじゃないかしらと、何度も何度も自分の頰《ほお》をつねってみたり。なんと申しましても、昨夜の記憶と、いま眼前に拡がる風景との落差が、あまりにも激し過ぎますがゆえに。

＊

昨夜、わたしは〈おなかの事件〉という、その日初めて入った洋風居酒屋さんで飲んでおりました。同業者の倉阪《くらさか》鬼一郎《きいちろう》さん、そして、やはり同業者で、たまたま上京しておられた牧野《まきの》修《おさむ》さんとご一緒に。共に某文学賞のパーティーに出席した直後の流れで、もっぱら話題は業界の噂《うわさ》話。

と、倉阪さん、身を乗り出してくるや、声をひそめて、「——奈津子《なつこ》さん、どうやら慕《した》われてるみたいだよ」

「は？」

「向こうのテーブルにいる男がね、さっきから、奈津子さんのこと、妙に粘《ねば》っこい目で見つめてるの」

「ほえ。オトコですか。どんな？」

「なんていうんだろうなあ。えと。ひと昔前の青年実業家ふう？」

「つまり言い換えますと、詐欺《さぎ》師みたいな男であると、そういうことですね。はい」

牧野さん、いつもの笑み崩《くず》れた表情で、うんうん。倉阪さんの隣りに座っている彼の視界にもくだんのオトコの姿は入っているのでしょうが、背中を向けているわたしの位置からはまったく見えません。なにげなさそうにして振り返ってみようかどうしようかと迷っていると、

「って。牧野さん。そこまでは言っていませんよ、ぼくは」

「あ。どうも我々の視線に気がつかれたみたいですね」牧野さん、にこにこ口髭《くちひげ》を撫《な》でながら、実況中継。「いま、さりげなく――ご本人はあくまでも、さりげなく、のつもりなのでしょう――眼を逸《そ》らせました」

「てことは、やっぱり奈津子さんを見てたんだ、あの男」

「それは、さあ、どんなものでしょう」牧野さん、笑顔のまま小首を傾《かし》げて、「案外、このワタシに熱い視線を注《そそ》がれておられたのかもしれませんし。ね」

「そうですよね、判りませんよね」わたしは地鶏《じどり》の梅紫蘇《うめしそ》巻きをもぐもぐ。

「もしかしたら倉阪さんか、それともミーコちゃんのことを、じっと見つめていたのかもっ」

「どっちにしろ、怪《あや》しいヤツだなあ」

でもそれを言うなら、この猛暑の折、黒いシャツと黒いスラックスに長身痩軀《そうく》を包み込み、オールバックにサングラス、肩には黒猫のぬいぐるみのミーコちゃんを乗せている倉阪さんや、スキンヘッドに口髭、細長いメガネの奥から一見優しげ、実は邪

悪な笑みを常にたたえている牧野さんたちのほうが、ずっと、ずーっと怪しいかも。

「あれ？　でも、よく考えてみたら」ワイングラスを口もとで止めて、「こうして向こうに背中を向けている以上、そのオトコには見えないはずですよね、わたしの顔は」

「いやいや。どうもね、ぼくたちが店に入ってきた時から、奈津子さんのことを気にしていたみたいだからね、彼。そういや、さっき何度か席を立ってたけど、あれも、遠くからさりげなく奈津子さんの顔を見るためだったんじゃないかな」

「そうなんだ。全然気がつきませんでした。でもまた、なんでわたしのことを？」

「そりゃ、自分の好みとか、そういうことなんじゃないの。にしても、随分《ずいぶん》無防備だね、女性連れのくせに」

「その無防備なカレですけど」わたしは手を伸ばしてミーコちゃんの頭を撫でなで。

「いい身体、してます？」

「さて、それはどうでしょう。ここからは見えませんね。もともと身体そのものがなくて首だけがあそこに浮かんでいるとか、そういう話ではないとして、ですけどね」と、相変わらずにこにこしたまま、ブラックなんだか剽軽《ひょうきん》なんだか判らないコメントを口にする牧野さん。

「見えても主観の問題だからな、こういうことは。ミーコはどうだい？」と、いまにもぱちぱちとまばたきしそうなくらいつぶらな瞳の黒猫のぬいぐるみの前足を、ふりふり振らせて「わかんにゃい」と腹話術。「気になるならさ、奈津子さん、トイレへ行くふりでもして自分でチェックしてくれば？」

言われて、ほいほいと立ち上がる、このわたし。残念ながらトイレは、くだんのテーブルとは逆方向なのですが、自分の席に戻ってくる際、さりげなく問題の男の姿を見ることはできました。わたしのそれと似たようなショートボブの髪形の女性と向かい合って座っている、三十前後とおぼしきその風貌は――なるほど。適度にひと当たりの柔らかそうなマスクといい、滲《にじ》み出る山っけを隠せるほどには場数を踏んでいなさそうな幼さと自己愛的な胡散臭《うさんくさ》さの同居した雰囲気といい、まさしく、ひと昔前の青年実業家ふう。

「如何《いかが》ですか、ご感想のほどは」

「やっぱり身体つきは、よく見えなかったけど。どちらかといえば、連れの女性のほうにそそられますね、わたし」

「ていうと」牧野さん、そっとわたしの背後を窺《うかが》って、「顔、見えました？」

「いえ。でも、腰つきが細くて、はかなげな後ろ姿が、ちょっとすてき」

「なるほどなるほど。ご自分に似たタイプの方がお好きであると」

「え。わたし、あんなに細いかしら」

「太くはないですね。もしかしたら、奈津子さんのほうが細いくらいかも」

「そうかなあ。この前、ビデオに録画しておいた例の番組、観《み》なおしてみたんだけど、なんだか、わたし、顔が、ぼてっと腫《は》れていたような気が」

「テレビ画面は実際よりも膨張して見えるって言うからね。奈津子さんは痩《や》せ過ぎだよ。ね、ミーコ」と、倉阪さん、黒猫の尻尾《しっぽ》をふりふり。「苦労しているのかにゃ」

「昔からそんなに体格は変わっていないはずですけど。ま、自分のことはともかく、わたしは痩せた女性が好みかな、どちらかといえば。ガリ専だし」

「なるほど。奈津子さんて、お寿司を食べにゆかれても、ネタもシャリもいただかず、ただ脇目もふらずに――」

「って。そのガリじゃないってば」

と、お約束のボケとツッコミを牧野さんとこなしておいて、くだんの女性連れのカレの話題は打ち止め。

「如何ですか、お仕事のほうは？」

「相変わらず」と倉阪さん。「長編と短編、合計四本を同時進行中」

「書き下ろし、脱稿したところです。なんて安心してたら、全部ワタシの妄想だったりするかもしれませんが。奈津子さんは？」

「百合《ゆり》小説アンソロジーに参加予定のやつが一本――あ。〆切、明日だったんだ」

「まだ仕上げていないんですか」

「ってゆーか、まだ一枚も書いていないような気が」

「そういえば、さっき言ってた、奈津子さんが出演している深夜番組、どんな感じだったの？」

「おや、倉阪さん」牧野さん、大袈裟《おおげさ》に驚いて、のけぞるふり。「ご覧になっていないのですか」

「ちょうどその日、徹夜でカラオケへ行っててさ。いやー、ハードだったなあ。ふたつのオフ会、かけもちして。夕方の六時に入って九時頃に一旦会計したんだけど、次の会も同じ店だったから、また入りなおして。全部終わったのが朝の六時。同じ店に十二時間居座り続けたのは、さすがに初めて」

「何事も初体験あっての人生ですからねえ。はい。次回は、ぜひ二十四時間耐久を目指してくださいな」

「録画しておくつもりが。ね」黒猫のぬいぐるみの頭を、ぺこりと下げさせて、「秘書のミーコも予約をすっかり忘れていたんです。ごめんねごめんね。で、そもそも、どういう趣旨《しゅし》の番組？」

「〈今夜は洗いざらし人生〉っていう、若者向けのトーク番組ですよ。簡単にいうと、中学生や高校生の悩み相談室、みたいな。で、ゲストコメンテーターの奈津子さんが、悩めるレズビアン女子高生に、あれこれアドバイスしてあげるという、なかなか心温まる企画でございまして」

「へえ。それって顔出しなの？」

「本人は、好きな女の子に告白すべきかどうかという悩みをテレビで打ち明けることでカミングアウトもしたかったらしいんだけど、やっぱり学校側から局側にいろいろあったようで、モザイクが掛かってましたね。もちろん、制服じゃなくて私服姿で」

「奈津子さんは実名で出てたの？　って、なんか犯罪者みたいな言い方だけど」

「ええ。それもわざわざテロップで、レズビアン作家、と強調されてましたっけ。ね」

「わたしとしてはバイセクシュアル作家と呼ばれたかったかな、どちらかといえば」

テーブル越しに猫キックを次々と繰り出してくるミーコちゃんを相手に、えいやあたあっと応戦しながら、「一応事前に番組スタッフのひとに、もしも性愛をテーマにした小説を書いている作家ってことを強調するつもりなら、そちらにしてくれと頼んでおいたんですよ。そしたら、今回の企画とは趣旨がちがいますから、なんてワケの判らない反応されて有耶無耶《うやむや》。まあ別に、レズビアン作家と紹介されても、かまわないんだけど」

「で、どういう結論に落ち着いたの、その女子高生の相談は？」

「相談者本人は奈津子さんのアドバイスにいたく感じ入ったようで、やっぱり自分の気持ちに正直でありたい、と前向きになりかけていたのですが。司会役の何とかっていう女性タレントやパネラーたちが、レズであること自体は悪くないけど、ヘテロがどんなものかを知ってからにするべきだ、とか、何のチャンスも与えないで殻《から》に閉じ籠《こ》もってしまうのは男性に対しても社会に対してもフェアじゃない——とか何とか、ワケの判らないことを言い出しまして」

「え。何それ。どういう意味なの、殻に閉じ籠もるってのは？　男や社会に与えろって、どういうチャンスを、よ」

「ワタシは彼らの科白《せりふ》を復唱しているだけですので、それを翻訳してみせるとか、そういう過剰な期待は抱かないでくださいな。ともかく、そんなこんなでスタジオ全体が、まだ若いんだから自分の嗜好《しこう》はこうだと決めつけるのは早過ぎる——みたいな股《また》座膏薬《ぐらごうやく》的結論にむりやり落ち着いて、その女子高生に押しつけ、はい一丁あがり」

「それじゃあ、いったい何のための相談なのか判んないじゃない」

「ワタシにも何がなんだかよく判りませんでしたが、いや、なんともはや、痛々しい光景ではありましたな」

「要するに、わたしのことをバイセクシュアルではなくて、レズビアンだと敢《あ》えて強調したのもそこら辺《あた》りの思惑からだったんじゃないかな、と」こちらに飛び移ってきたミーコちゃんを、わたしは帽子のように頭に乗っけて、「つまり、森《もり》奈津子という レズ作家が相談者に対して、レズビアンである以上は同性愛の女神に忠誠を誓いなさい、絶対に男なんかにかまっちゃダメよ、という凝《こ》り固まった信念を押しつける一方で、他のパネラーたちは、物事はフレキシブルに考えなければ、という客観的で冷静な見解を述べるという——ざっとそんな感じの、判りやすい対置の構図を演出しようとしたのではないか、と」

「ははあ。当て馬みたいな役割を振られたわけか、奈津子さんは」

「そういうことなんでしょうね。スタジオで収録していた時は、議論の時間ももっと長くて、いろいろ意見がたくさん飛び交ったりしたんで、それほどとは思っていなかったんだけれど、編集されたビデオを後で観なおしてみたら、なんだかそういう、弾圧とか悪意とかいうと言い過ぎかもしれないけど、意図を感じましたね」

「あれでしょうね、制作側としては、男どもは皆殺しにして一大レズ帝国を築き上げんとする同性愛者解放同盟の党首——みたいなイメージを勝手に描いていたんでしょうね、森奈津子の書いたものを読んで」牧野さん、わたしに手を伸ばして、頭の上のミーコちゃんの喉《のど》を撫でなで。「いや、ちゃんと読んでくれていたのだとしたら、まだしもあっぱれってもんですが」

「一大レズ帝国の党首たらんとする女、か。そういうベタなキャラ、わたしの書く小説に登場しないこともないな」

「ところが実際に現われた奈津子さんは、これこの通り、おっとりしたおひとだから。過激でヒステリックなキャラクターを期待していた制作側は当てが外《はず》れた思いだったんでしょう。また、奈津子さん、お美しいし。はっきり言って、司会やってた娘なんかよりずっと綺麗《きれい》。そのせいで、よけいに悪役に貶《おとし》められるという構図だったのでは」

「おや、牧野さんたら。柄《がら》にもなくお世辞《せじ》なぞを。わたしがお美しい、ですと？　もっと言ってちょうだいっ」

「いえいえ、これはお世辞なんかではないのかもしれませんよ。ええ。全部ね、奈津子さんの妄想なのかもしれませんよう。はい」

などと四方山《よもやま》話をしているうちに、夜は更《ふ》けまして、時刻は十一時前。

「ええと。一応お誘いしておくけど」倉阪さん、腕時計を見て、「この後、野間美由紀《のまみゆき》さんとこの二次会に合流する予定。アシスタントさんたちの慰労会なんだってさ。よければ一緒に行く？　その顔は、行かない——って感じですね」

「ええ。すみません。遠慮しときます。野間さんに、よろしくお伝えくださいな」

「はいはい。あ、そういえばさ、例の句会に来てる若い編集者、えと、名前、なんていったっけ。忘れたけど、あのひとにこの前、訊かれたよ。奈津子さんてご結婚されともかく、同居しているパートナーがいる可能性はあるよね、と答えておいたから。

「かもね。よく知らないけど、結婚しているかどうかはともかく、相手が男か女かも」

「それってもしかして、わたしがいつも早い時刻においとまするから、かな？」

ているんですか、って」

一応」

「それはどうも」

飲み会であろうと句会であろうと、はたまた取材であろうと、わたしがいつも終電に間に合うように失礼するのは、実は単に眠くなるからなのでございます。それって全然作家らしくないじゃん、とみなさまに呆れられるのですが、わたし、森奈津子は完全な昼型人間。牧野さん、倉阪さん、そしてミーコちゃんたちと別れて駅へ向かいながら、早くもあくびを三連発。澁澤龍彦《しぶさわたつひこ》先生や中井英夫《なかいひでお》先生に心酔する異端《いたん》者にして耽美《たんび》主義者がこのていたらくでは、うう、やっぱりちょっと迫力不足ってゆーか、カッコ悪いのかも。でも、眠くなるものは仕方ありませんです。

そうそう。百合小説アンソロジーの短編、明日早起きして書き始めなくては。どんなふうにしようかな。繁華街の雑踏の中、駅へと急ぎながら、わたしは〆切が明日に迫った原稿の構想を練りねり。

（今回の主人公は女子中学生に致しましょう。ちょっと華奢《きゃしゃ》でボーイッシュな。男の子みたいに活発なアスリート・タイプで、普段は友人たちから姉のように頼られがちな彼女ですが、内面はウブで、とても傷つきやすいのです。名前は小夜子《さよこ》。家庭には厳格な父親と、その再婚相手である若い継母《ままはは》。実母が存命だった頃から父親と関係があったらしい彼女に、小夜子は常日頃から敵愾心《てきがいしん》を抱いていますが、それが実は美しい継母、淑子《としこ》への憧憬《しょうけい》の裏返しであることを自覚していない。ある日、そんな小夜子の前へ美貌の女子大生、美幸《みゆき》が家庭教師として現われます。ひと目で彼女に惹《ひ》かれる小夜子。その想いは日々募《つの》ってゆく。美幸に抱かれたい。彼女の白い肢体にすべてを委《ゆだ》ねてしまいたい。淫《みだ》らな空想と戯《たわむ》れているうちに小夜子は気づくのです。先生って、なんだかお継母《かあ》さんに似ている、と。ああ、なんということでしょう。小夜子がほんとうに愛しているのは淑子なのでした。厳格な父親に対する反発も、実は継母の身体を夜毎弄《よごともてあそ》んでいる男への嫉妬《しっと》と憎悪だったのでございます。己《おの》れのほんとうの願望を自覚して悶々《もんもん》とする小夜子。そんな彼女は、ある日、ついに美幸に犯されてしまいます。美幸に憧《あこが》れていた小夜子でしたが、いざ密室で迫られると、だめよ、あたしがほんとうに好きなのはお継母さんなんだ、先生に抱かれるわけにはいかない、と。精一杯抵抗したのです。でも、美幸は容赦《ようしゃ》してくれません。普段の如何《いか》にもお嬢さま然とした優しげな態度をかなぐり捨てて、小夜子を後ろ手に縛《しば》り上げます。ああっ。先生。痛いわ。やめて。ふふふ。震えているのね。可愛いわ。小夜子さん。いまね、いいことしてあげるから。とっても気持ちいいこと。ほら。あっそんな。汚いところを。だめ。だめです。何が汚いものですか。すてきよ。とってもすてき。ほら。こんなふうに。小夜子さん。もうすっかりひらいて。綺麗に芽吹いていてよ。ゆるして。もうゆるしてください。これ以上、変なふうに。あううっ。美幸の巧《たく》みな指の動きに羞恥《しゅうち》の余り眼を真っ赤に熟《う》れさせて泣きじゃくりながらも、小夜子はめくるめく歓喜の渦に呑《の》み込まれてゆくのでした。爾来《じらい》密室で肌を重ね合うふたり。いつも最初は抵抗を試みる小夜子も、美幸に舌を吸い込まれると、あられもなく押し拡げられて転がされても、何もできなくなってしまいます。快楽の罠《わな》にずぶずぶと嵌《は》まり込んでゆく日々。しかし、やがて信じられないような悲劇が。なんということでしょう。小夜子の美幸との秘め事は、最愛のひと、淑子に覗《のぞ》き見されていたのです。ずっと。それぱかりではありません。そもそも美幸という女性を見つけて家庭教師として雇ったのは淑子であり、その目的は最初から、彼女に命じて義理の娘を禁断の密儀に誘わせることにあったのです。ごめんなさい、小夜子さん。悲嘆に暮れて告白する美貌の継母。わたし、ずっと小夜子さんのことが好きだったの。でも血が繋《つな》がっていないとはいえ、わたしたちは母親と娘。愛し合うなんて、とてもできない罪深い所業。到底ゆるされることではありません。だから自分と似ている美幸さんに、あなたを抱いてもらったの。それをこっそりと覗き見しながら、あなたを愛している自分を想像して、ずっとこの身体の火照《ほて》りを慰《なぐさ》めていたの。小夜子さん。ごめんなさい。あなたを傷つけるつもりなんてなかったの。赦《ゆる》して。こんなわたしを赦してちょうだい。ショックを受けて一旦は家出をしてしまう小夜子。でも結局、美幸の愛撫、そして継母の視線から逃れられなくなっている己れの身体を思い知らされるのです。痴情の刻印。一番愛しているひととは決して結ばれることのない哀切。ただ美幸に弄ばれる己れの痴態を、じっと見つめられることでしか淑子との交歓はかなわぬ、倒錯の契《ちぎ》り。三人の愛は、こうして歪《ゆが》んだ形のまま、ずっと続いてゆくのでございました。って。うーん。小説としてはこういう宙ぶらりんな結末のほうが切なくてよろしゅうございますが、現実問題としては、さて如何なものかと。そんなにややこしく悩まないで、みんなで仲良く3Pなされぱよろしいのに。わたしが小夜子なら、そう致しますわ。美幸さんと淑子さん、ふたりの美女に同時に責めたてられ、いじり倒されて……ああっ、うっとり）

めくるめくも、たわけた妄想に浸《ひた》って、ぼんやりと歩いていたわたしは、ふいに、どすんと誰かにぶつかって、現実に引き戻されました。

「まあ、どうしましょうっ」

という声に顔を上げますと、栗《くり》色のボリウムある髪を蚊取り線香のように両側で渦巻かせている女性が、わたしを抱きかかえるようにしています。歳の頃、四十前。わたしよりも数歳上、といったところでしょうか。上背のある、目鼻だちの整った、北欧タイプのゴージャス美人。

と、おなかの辺りに何やら、ひんやりと冷たい感触。見ると、わたしのタンクトップの上着に茶色の液体がこぼれており、女性の手には某ファーストフード店のロゴマーク入りのジャンボサイズ・コークの容器が。

「大変、染みになっちゃう」

「いえ。大丈夫です」

「そんな。だめだわ」ゴージャス美人は、まるで男みたいな力強さで、ぎゅっとわたしの手を握りしめて、「こちらへいらして。そうだ。近くに知っているお店があるの。そこでお水を借りましょう。さ。早く」

「あの、ほんとに、けっこうですから」

「だめよ。ほんとにすぐそこだから」

「でも、急いで駅へ行かないと、わたし、終電が——」

聞こえないのか、それとも聞こえないふりをしているのか、ゴージャス美人は有無《うむ》を言わせず、ずんずんとわたしを引っ張り回します。大通りから小さい路地に入ると、そこには、一見普通の住宅にも見える〈羽菜名和弐苑《ばななわにえん》〉という小料理屋が。

まるでコーラ瓶《びん》のようにウエストのくびれきったフル・ナイスバディのゴージャス美人は、勝手知ったる態度で中へ。「——奥を借りるわよ」

仲居さんに言い置くと迷いもせずに小綺麗な化粧室へ。周囲の従業員たちも、戸惑った様子ひとつ見せません。どうやら彼女、ここの常連さんなのかも。

「ちょっと失礼」

彼女はレースのハンカチを取り出すと、水にひたし、わたしの上着の生地をつまみ上げました。裾《すそ》から左手を、するりと差し入れてきます。その掌《てのひら》を土台にして、水をひたしたハンカチをコーラのこぼれた部分にこすりつけ、拭《ぬぐ》ってくれます。

彼女の左手の甲が、素肌に直接触れている感覚。身を屈《かが》めると、わたしの乳房の辺りを鼻で撫で回すようにして匂いを嗅ぎ、

「——よかった。臭いもついていないし。色も取れそうだわ」

わたしの胸もとに鼻面を寄せたまま、ちろりと上眼遣いに見上げてくる彼女。どことなく、ねっとりと潤《うる》んだ眼つきで。あたかも、わたしの体臭を吸い込んで胸の中で掻《か》き回しているかのように、ゆっくり深呼吸。

わたしも彼女を見つめ返しました。しばらく、お互いの視線が絡《から》み合います。やがて、気後《きおく》れしたかのように彼女は身を離し、こほんと、ひとつ咳払い。

「ごめんなさいね、ほんとうに」

「いえいえ。大丈夫です。ご丁寧《ていねい》に、どうもありがとうございました。では——」

「あ。待って」むずと肩を摑《つか》まれて、彼女の方を向かされました。「ね。ちょっとお

待ちになって」

「あの、わたし、もう終電が――」

「お詫びに、ここでお茶でも。ね。一杯だけだから。ね？　ね？」

「それには及びませんので。はい。わたし、もう――」

　眠くって、と言いかけて、これじゃ子供みたいな言い訳かなと躊躇《ためら》ったのが失敗でございました。

「どちらにお住まいなの？　あたし、どうせタクシーで帰らなきゃいけないから、ついでにお送りするわ。ね。ね。どうか、ゆっくりなさってちょうだい。ね。せめてその上着が、きちんと乾くまで」

　もうとっくに乾いておりますがと言おうとして、ふとなんだか何もかもめんどくさくなり、彼女に手を引かれるがまま。階段を上がると二階の個室へと連れ込まれました。後から思えば彼女、あらかじめ予約でもしてあったかのような勢いでしたが。掘《ほり》炬燵《ごたつ》で床《とこ》の間《ま》もある、枯淡《こたん》で渋《しぶ》い趣きのお部屋です。

「このお店はね、和風だと思うでしょ、ところが意外や、牛肉がご自慢なの。塩焼きもタタキも絶品で――」

「ごめんなさい。もう食事は済ませてます。おなかいっぱいで」

「じゃ、お酒でも飲みましょうよ。ね？　何がお好み？　各地の地酒も揃っているわよ。ワインやビールもあるわ。ほら」

ゴージャス美人の強引かつ絶妙な勧めに、もともと嫌いではないわたしは、ついつい冷酒を、ちびちびやり始めてしまいました。ああ、終電が……まあいいか。タクシーで送ってくれると言っているんだし。

ふと足もとが、もぞもぞくすぐったい。掘炬燵の下で、ストッキングに包まれた彼女の足が、わたしのふくらはぎをすりすりと撫で回している、と気づきました。こちらの視線を平然と受け止めておいてから彼女は、身をくねらせて隣りに擦《す》り寄ってきます。

「……あなた」とろんと酔っぱらっているかのような眼。「あなた、レズでしょ」わたしが口を開こうとするのを遮《さえぎ》って、「隠してもダメよ。判るわ。あたしには判る」

指で、つつつっと唇を撫で回されてようやく、これって筋骨隆々、胸毛もじゃもじゃの巨漢プロレスラーに、がっしりと組み伏せられている華奢なサラリーマンのお兄さんのような窮地だなあと思い至ったり。

「ね……いいでしょ？　従業員なら、誰も入ってこないわ」

そんな、唐突に迫られましても。そりゃ、わたしはレズビアンでございます。ってゆーか、正確にはバイセクシュアルですが。はっきり申しまして、このひとは、わたしのタイプではない。たしかにお美しいです。けれども、わたしこういう、いまにも肉汁がしたたり落ちそうなボリウム満点の一ポンド・ステーキのような女性よりも、薄切りにしたトビウオのお刺し身のようなひとが好き。え。判りにくい譬《たと》えだ？　えと。つまり、如何にも高級な食材として珍重されるという感じのものより、安くて地味な存在ながらも瑞々《みずみず》しい美味《おい》しさを内に秘めていそうな、そういうタイプの女性が好きなのです。または、お色気むんむん系よりも、元気はつらつ系、という分け方もありかも。

もちろん、そういう外観的な趣味嗜好は便宜《べんぎ》的なものですと改めてお断わりするのも気がひけますが、そのひとを好きになるかどうかは、ひとえにご本人次第。いい方だけど見た目がわたしのタイプじゃないからノーサンキューだわ、なんて偏狭なことは決して申しません。さっきガリ専だという話が出ましたけれど、気に入ってしまえば、体格的にふくよかなタイプでも全然ＯＫでございます。ですので、このゴージャス美人にしても違う出会い方をしていたら、わたし、いきなり恋に落ちていたかもしれない。これだけ美しい女性に迫られるチャンスが滅多《めった》にないこともたしかで、この際だ、テクニシャンの森奈津子としては技巧の限りを尽くしちゃおうかなっというケダモノな誘惑にかられないでもないけれど、如何せん状況が唐突過ぎます。これだけ脈絡もなく迫りまくられると、どうしても腰が引けてしまって。

（この方、どういうプレイがお好みなのでしょう。なんだか見るからに濃厚そう。いまにもどこからか縄やディルドを取り出すのではないでしょうね。いえ、もしかして既《すで》に股間に装着してたりして。スカートを捲《めく》ったら、びろん、と。ぷるぷるおなかを打つ擬似亀頭が。あ、なんかリアルに想像してしまった。ひー。やだなあ。わたし、張り形プレイは余り好きではありませんのに。でも、こういう女王様タイプが案外〝受け〟のほうだったりしますから。あん、お願い、この縄であたくしのこと縛ってちょうだい、ほらほら、このバイブいいでしょ、シリコン製よ、握って触って。んん、これであたくしのことめちゃくちゃにしてっ、なんて強要されるのかも。やれやれ。でも、いまから逃げ出せそうな雰囲気でもないし。うーん。まあ、これも話のネタと割り切って、いっそ――）

と、こちらが観念しかけたところへ、ふいに彼女は、憂《うれ》いを大きく含んだ溜め息をつきました。

「……そう、そうなの」

「は」

「そうなのよね、あなたは、そう簡単には誰のものにもならないのよね」

「ほえ?」

「そうやって……クールにかまえて」

クール、ですか。そうかなあ。そう見えるのでしょうか、わたしって。いま、内心は焦《あせ》りまくりの、冷や汗状態なのですが。どうやら見た目は、悠然とかまえているように映るらしいです。

「そんな眼で……」

「はあ」

「そんな眼で見ないでちょうだいっ」

って。そんな眼って、いったいどういう眼？　という、こちらの無言の突っ込みが聞こえたのでしょうか。

「そんな……そんなふうに、あたしのことを哀れむような眼でっ」

あのう、それは考え過ぎです。はい。このシチュエーションからして、いまにも犯されそうなのはわたしなわけで、従って、哀れんで欲しいのはこっちのほうだ、という言い方も充分できます。

「……でも、すてき」

「はあ」

「その眼、すてきだわ……ああっ」貧血を起こしたみたいに額《ひたい》に手をかざすや、もう一方の手を畳に突いて、よろめく彼女。「あくまでもクールなその眼。深く心に染み入ってくるような、その声。すてきよ。何もかも、すてき。そうやって、哀れんでちょうだい。あたしを冷たく突き放してちょうだい。手も触れてやらないわ、あなたみたいな女は自分のことを自分で慰めていればいいのよ、と冷たく蔑《さげす》んで……ああっ」

我と我が身を掻き抱く仕種《しぐさ》とともに、くるんと白眼を剝《む》くと、喘《あえ》ぎ声とともに彼女は、ぱったりと畳に倒れてしまいました。かと思うや、がばっと起き上がって、

「魔性よっ」

「ほえ」

「そうよ、あなたは魔性の女だわっ」

うーむ。耳に心地よい響きだなあ。魔性の女かあ。そんなふうに見えるのかなあ。ふっふっふっふ。でも、そんなわたしが、いま心の中で思っていることって、あ、そろそろ自宅の庭の草むしりしなくちゃ、なんて生活臭漂《ただよ》うことだったりして。

「ソドムとゴモラの魔窟を知り尽くしたかのような冷徹な眼と、男のように深くて渋い声が、あなたのその年齢のわりには少女のような体型とアンバランスで、それがまたいいのよっ。たまらないわっ。おねえさん、くらくらしちゃうっ」

何なんでしょうかいったい。それって、わたしが幼児体型の上、声も悪いと言いたいのですか？　と憮然《ぶぜん》としかけて、ふと首を傾げました。年齢のわりに……って、このひと、わたしが何歳なのか知っているのかな？

「めちゃくちゃにしてっ」わたしの手を握りしめると、はうっと呻《うめ》き声。「この手で。ああっ。めちゃくちゃにして欲しいのよ。こんなにも……こんなにも想っているのに。

何にもしてくれないなんて。ひどい。指一本触れてもくれないなんて……ひどいひと。でも、でも、その切なさも、またいいものねっ」

彼女が独りで悶《もだ》えている隙《すき》に、そっと逃げ出そうと何回か試みましたが、その都度、肩を摑まれ、引き戻される。力強くて、とても振りほどけそうにないので、すっかりめんどくさくなり、判ったわかった、お望み通り悶絶させちゃるわい、とばかりに彼女を押し倒そうとすると、向こうは再び、はうっと呻いて畳に倒れ込み、自家発電的放置プレイに陶酔。気勢を削《そ》がれたわたしは、その隙に逃げ出そうとするのですが、また引き戻される。延々その繰り返し。

すっかり逃げるのを諦《あきら》めたわたしは、彼女の痴態を眺めながら、お酒をかぱかぱ。明日〆切の原稿の構想を、あれこれ頭の中で練りなおしているうちに、ふと変な気配を感じて室内を見回すと、床の間の掛け軸が、ふわりと揺れるのが眼に入りました。そちらの方に神経を集中してみると、何やら、息を詰めた気配のようなものが漂ってきます。まるで誰かが……。

そう、まるで誰かが掛け軸の裏にひそんでいるかのような感じ。だとしたら、ほとんど忍者映画のノリですが、好奇心を抑《おさ》えられなくなったわたしは、そっと床の間に、にじり寄ろうとして、その途端。

背後から抱きすくめられました。脇の下へ滑《すべ》り込んできた彼女の手に、荒々しく乳房を揉みしだかれて。咄嗟《とっさ》に逃れようと無意識に首をねじったところを、音をたてて彼女に唇を吸われて。

なぜか急に、すっかり力が抜けてしまったわたしの身体を引きずり倒すようにして、彼女は覆《おお》い被《かぶ》さってきます。再び唇を吸われました。びっくりするくらいの勢いと量で、なだれ込んでくる唾液。まさしく、むさぼり喰らう、という感じで。彼女の舌は咽頭にまで達する勢いでわたしの口の中に潜《もぐ》り込み、這《は》いずり回ります。時折、勢い余って外に飛び出し、わたしの顎《あご》を舐《な》め、鼻の穴にまで先が入り込んできて。

（犯される……）

やっぱり彼女、見たまんまの〝攻め〟のひとだったんだ——薄れゆく意識の中で、そんな呑気《のんき》なことを考えているわたし。

（犯されるだけならいいけど、まさか、その後、殺されちゃったりして……）

先刻の掛け軸の裏にひそんでいるとおぼしき謎の人物の存在が頭にあったせいでしょうか、そんな不吉な想像にかられたわたしは、もしもこれで人生が終わりなのだとしたら、ひと目会っておきたいひとって誰かなと、そんなことを考えました。

（わたしが死ぬ前に、ひと目、会っておきたいひと……会っておきたいひと……）

と、ぱっちりしたおめめを近づけてきて、ひょこん、と小首を傾げている黒猫のぬいぐるみが脳裡に浮かんできました。

（え……ミーコちゃん？）

なんで、と思ったものの、妙に納得もしてしまうわたしでございました。

（そっか、ミーコちゃんだったのかあ……ミーコちゃん、もしもわたしが生きてここからかえれたら、また一緒に遊ぼうね）

うん。

黒猫が頷《うなず》くと同時に。

意識が暗転。

にゃあ。

＊

昨夜のわたしの記憶は、そこからぷつんと途切れています。あの後、ゴージャス美人に犯されちゃったのかどうかはともかく、目が覚めたら、こうして独り孤島に取り残されていたという次第。

ちなみに、今日があの出来事の翌日であることはテレビで確認しました。ニュースを観ると日付は七月十六日。倉阪さんや牧野さんたちと一緒に飲んだのが十五日でしたから、この孤島がどこに在るにせよ、半日程度で東京から移動できる圏内のはずです。ここが日本なのかどうかも判らないとさっき言いましたが、日本のテレビ番組が映るということは国内なのでしょう。多分。

目が覚めた時、わたしが身に着けていたのは昨夜のタンクトップとサブリナパンツのままでした。断言はできませんが、一旦脱がされた後で再び着せられたという感じではないようなので、もしかしたらゴージャス美人、わたしが意識を失ったせいで興を削がれ、途中で欲望の手を止めたのかもしれません。ポシェットの中味も特に異常はなし。素直に考えれば、わたしをこの孤島へ連れてきた犯人は昨夜のあの彼女なのでしょう。その途上、わたしがまったく目を覚まさなかったのは不自然で、お酒に一服盛られたからにちがいありません。そうでなければ、あんなに急に気を失ってしまうのも変です。でも、いったい何のためにこんなことを？　なぜ、わざわざそんな手間をかけてまで？

島に船やボートの類《たぐ》いが接岸されている様子はありません。水平線に向けて眼を凝らすと、島がもうひとつ在るのが見えますが、泳いで辿《たど》り着けるかどうか、もうひとつ自信が持てない微妙な距離。事実上、わたしはこの孤島に閉じ込められてしまっている。ただ、このまま炎天下に放置して森奈津子を干物にしてしまおうとか、そういう剣呑《けんのん》な魂胆ではなさそうです。二階建ての洋館は、ちゃんと水もお湯も出る。電気も通じていてエアコン完備。特大の冷蔵庫や貯蔵庫の中には食料と飲物がぎっしりで、一カ月かそこらは暮らせそう。さっき言ったようにテレビも観られます。少なくとも、すぐにわたしに危害を加える意図はない、と見ました。

電話機だけが見当たらないのは、ソケットの差し込み口があることを考えれば、外部との連絡を遮断するために意図的に持ち去ったのでしょうけれど、さっきも言ったように、水平線の向こうにはもうひとつ島が見えており、そこに、やはり別荘でしょうか、洋館とおぼしきものが建っている。二階の寝室に双眼鏡があったので、それを使って見てみますと、室内にいる男性の上半身が名刺サイズで捉《とら》えられました。そんなわたしの姿に気づいたのでしょうか、あちらも一旦奥へ引っ込むと双眼鏡を取り出してきます。明らかにこちらの様子を窺っているので、やっほ、と手を振ってみせますと、戸惑いながらも手を振り返してきたり。

そういえば、あの男性、どこかで見たことがあるような気もする……そう思ったのですが、具体的な名前にはまったく思い当たりません。たしかにわたしはバイセクシュアルで基本的には男性も女性も好きですが、普段から女性に対するそれに比べると、男性に対する観察眼やチェック機能は甘いと認めざるを得ません。男性と女性、同じくらい好きなひとがいて、どちらかを選べと言われたら、女性を選んでしまいそう。といっても、そんな気がするというだけの話で、実際にそうなってみないことには、我ながら断言できませんが。できれば、両方とも我がものにできるのが一番いいんですけどね。で、みんなで仲良く3Pするの。

ともかく、直《じか》に接することはできないとはいえ、一応視界に他人の姿が入ってくる環境は、少なくともわたしにとっては、それほど深刻な隔絶感や孤独感をもたらしません。電話はなくとも、いざとなれば隣りの島へ手振りか何かで助けを求めることもできる。そう納得するや、わたしはすっかりリラックス。ふっふっふっふ。しめしめ。これで今日〆切が守れなくても、担当さんに叱られずに済むぞ、と小躍《こおど》りなんかしたりして。何せ、わたしったら誘拐されてるんですからね。誘拐。その言葉から連想される不穏なイメージからはほど遠い現状とはいえ、本人の同意なしに拉致《らち》られた事実に変わりはありませんわ。ええ、ありませんともっ。

どれくらいのあいだここに置き去りにされるのか判りませんが、危害を加えるつもりがない以上、いつかは向こうから接触があるでしょう。それまでは当分、骨休めと割り切って、のんびり致しましょう。そうと決まれば気になるのはここでの食生活です。早速、冷凍庫を物色。おおっ。北海道産の毛蟹《けがに》が、たくさんあるではありませんか。あらかじめボイルして冷凍してあるやつです。よし。今夜はこれを食べちゃおっと。毛蟹を二杯、自然解凍のために冷蔵室に移すと、鼻唄交じりに二階へ。

寝室のワードローブには女性用の下着やTシャツ、ショーツ、アロハシャツなどが揃っていて、着替えに困ることもありません。水着も何種類も揃っています。開放的な気分になっていたわたしは、ワインレッドのセパレーツを選んで着替えると、プールに飛び出してゆきました。

「ホホホ、さあ、わたしをつかまえてごらんなさいっ」

「あん、お姐さまっ、お待ちになって」

と独り百合小劇場ごっこをしながら、泳いだりプールサイドを駈け回ったりした後は、陽焼けしないようにビーチパラソルの陰に寝そべって、ぐーすか昼寝。ニヒルで逞《たくま》しい青年に変身したわたしが、狐《きつね》色の肌で筋肉質の初々《ういうい》しい美少年を、がしっと組み伏せているという、とってもいい夢を見たり。

目が覚めると、もう夕方。洋館に戻ると水着を毟《むし》り取って熱いシャワーを浴び、全裸にバスタオル一枚を巻いた恰好で、きんきんに冷えた生ビールを、がっと一気飲み。解凍しておいた毛蟹の身を一心不乱にほじくって。ああ、桃源郷《とうげんきょう》でございます。もちろん、他人さまのものを勝手に飲み喰いしていいのかという気持ちもないわけではありませんでしたが、むりやり連れてこられた以上、ここにあるすべてのものはわたしに当てがわれていると解釈するのが筋というものでしょう。それにわたし、こう見えても蒲柳《ほりゅう》の質《しつ》ですので。ええ。耽美主義者は身体が弱いの。食べられる時に食べて力をつけておかねば、いざという時に対処できません。

いつの間にか酔っぱらって、バスタオルを巻いたままソファで眠り込んでしまったり。夜中に目が覚めて寝室へ戻ると、窓から、隣りの島の建物に明かりが灯《とも》っているのが見えました。豆粒のようなシルエットが動いています。双眼鏡で見てみると、はたして昼間の男性とおぼしき人影が、やはり双眼鏡をかまえてこちらを窺っています。

ふと、彼の身体が小刻みに揺れているのに気づきました。酔っぱらっているのかとも思いましたが、どこか意識してリズムを刻んでいるような感じです。まるで、オナニーか何かに耽《ふけ》っているみたいに……。

自分が全裸にバスタオル一枚の姿であることに気づき、隣りの部屋へ逃げました。慌《あわ》てて服を着た後でようやく、あの人影の両手は双眼鏡で塞《ふさ》がっていたのだから、わたしの姿をオカズにしてオナニーしようと思ってもできるはずはないと思い当たり、やはり慣れない環境の下《もと》、ちょっと動揺しているみたいだと我ながら苦笑したことでした。

こうして、わたしが孤島に拉致された第一日目は、かくも自堕落《じだらく》に、そして（一応）平穏に幕を下ろしたのでございます。

が……。

2

よく「住めば都」と申しますが、その島はわたしにとって、まさしく、パラダイスでございました。

毎日がほんとうに好いお天気で、朝八時に起きると、先ず窓《まど》の外に拡がる青い海に、しばし見惚《みほ》れます。キッチンへ下りると、その日の気分で和風、洋風いずれかの朝食を用意して、テラスで潮風を感じつつ朝ご飯。館内をざっとお掃除すると、テレビ体操をして身体をほぐし、ちょっと休憩しておいてから仕事。作中の美幸になりきって「ふふふ。感じているのね。おしおきよ」と小夜子を淫らに喘がせまくった後、お昼は麺《めん》類。午後はプールサイドで「奈津子さん、その水着、カットが大胆過ぎるのではなくって？」「やだ、お姐さま、そんなに見つめちゃ」なんて独り百合ごっこをしたり、館内に戻って本を読んだりビデオを観たり。夜は、あらかじめ自然解凍しておいたボイル毛蟹の身をほじほじと一心不乱にほじくりながらビールを飲みのみ、気が向けばテレビ。適当にお風呂に入って、午前零時から二時までのあいだに就寝。そんな生活が一週間、続きました。

仕事は、書斎で見つけたワープロ専用機を拝借しました。どなたのものかは知りませんが、余っていた（かどうかはともかく未使用の）フロッピイを一枚初期化。美幸の執拗な指戯に「あうっ、変になっちゃう、先生、もうゆるして」と悶え、咽《むせ》び泣く小夜子の痴態を入力してゆきます。ここを立ち去る際、このフロッピイを持ちかえり、コピーをつくってから郵送で持ち主に返却すれば、事後承諾だとしても、さして問題はないでしょう。もっとも、わたしがアンソロジー刊行に間に合うようにここから帰れる、としての話なんですけれど。

でもまあ、結局原稿が落ちても別にいいかってな感じで、わたしはすっかりリラックスしていたのでした。自分をこんな孤島に連れてきたのは誰なのか（多分あのゴージャス美人なのでしょうが、その後の記憶が明瞭ではないため一応未確認ということで）、その目的が何なのか疑問に思わなかったわけではありませんが、正直な話、ほとんど忘れてたりして。誰か親切なひとが毛蟹食べ放題の特典付きお留守番のアルバイトを斡旋《あっせん》してくれたんだよねきっと、などと無意識に呑気な解釈をしていたような気もします。実際にはアルバイトどころか、後日この洋館の持ち主から滞在費をしっかり請求されるというカフカ的展開もあり得るわけですけれども、ま、そこはそれ。悩み始めるときりがない。毛蟹は美味《うま》いし、ビールやワイン、日本酒などアルコールのストックも充実している。深く考えずに楽しむに限ります。

加えてわたしの眼を惹いたのは、この洋館の蔵書でした。普段持ち歩いているポシエットには常に無聊《ぶりょう》を託《かこ》つお供として澁澤龍彦先生の『快楽主義の哲学』が入っているのですが、今回はそれを読み返す暇もありません。書斎には吉屋信子《よしやのぶこ》の『花物語』や谷崎潤一郎《たにざきじゅんいちろう》の『卍《まんじ》』、団鬼六《だんおにろく》の『女教師』等々、わたし好みの世界が拡がっています。その中でもとりわけわたしを狂喜乱舞させたのは、ずらりと本棚を占領する〈森奈津子コレクション〉なのでした。おお、なんて趣味がよろしいのかしら、この洋館の所有者さまは。現在絶版の憂《う》き目《め》に遭《あ》っているレモン文庫の『あぶない学園大さわぎ』をはじめとする沢田螢子《さわだけいこ》シリーズ他『西城秀樹のおかげです』『ノンセクシュアル』『東京異端者日記』など既に入手困難と言われて久しいタイトルが充実。森奈津子がお笑いレズSM小説で参加している百合ものアンソロジー『カサブランカ革命』や『カサブランカ帝国』もあります。

わたしが、いきなり大海原のど真ん中に取り残されながらも少しも慌てず騒がなかったのは、やはりこのコレクションに依《よ》るところが大きいと言えましょう。異端の百合作家・森奈津子の全著作を揃えている上に、冷蔵庫を毛蟹とビールでいっぱいにしておいてくださる方に悪いひとはいませんわ。ええ、おりませんともっ。不安になるどころかすっかりここが気に入ったわたしは、所有者さまの了解も取らずに勝手にこの洋館を〈奈津子の鬼百合《おにゆり》城〉と命名してしまったほど。ほんと、これであと、美しいお姐さまさえ一緒にいてくだされば……夜毎寝室で形のいいおみ足に頬ずりしつつ、靴下留めを外させていただきますのに。ああ、でも独り、そんなふうに想像するだけでも、うっとり。煩悩爆裂でございます。

既にお気づきかとも思いますが、わたくしこと森奈津子は妄想癖の激しい人間です。ってゆーか、ほとんど妄想だけで生きているのかも。美しいお姐さまと戯れるアタシというパターンばかりではなく、カッコいいアニキとお互いにしごき合って果てるオレというトランスセクシュアル・ゲイ的妄想でも全然ＯＫなのですが、ともかく、この孤島は、そんなわたしの妄想癖をさらにバージョン・アップさせる触媒《しょくばい》のような役目を果たしていた、とも言えましょう。

もともと、引退したら南の島に移り住み、花と鳥と書物を友にのんびりと暮らしたいものよのぅ、と夢想していたこのわたし。この島なら、事情が許す限り、一カ月、いえ、一年でも滞在したい――そう願っていた矢先でございました。

〝失楽〟の時が、やってきたのは。

＊

それは、このパラダイスへやってきてからちょうど一週間目、七月二十三日のことでした。いつものように朝八時に起きたわたしはテラスへ出て紅茶とパンの朝食を終え、お掃除、テレビ体操などのルーティンをこなした後、二階の書斎へ上がりました。いよいよ作品は佳境《かきょう》に入っております。

（手足の自由を奪われた小夜子は、背後から美幸に抱きかかえられ、あられもなく両脚を拡げさせられます。美幸の指は容赦なく、小夜子の乳首を尖《とが》らせ、一番敏感な箇所をこすり上げるのですわ。泣いて赦しを乞《こ》う小夜子を、美幸は言葉でもなぶります。あら、嫌だ嫌だと言いながら、あなたの身体はこんなにも淫らに、そして貪欲《どんよく》にあたしの指を求めていてよ。ほうら、とろとろと蜜が溢《あふ》れて。いけない娘ね。もっと脚を拡げなさい。大好きなお継母さまに、ほんとうのあなたを見ていただくのよ。そうなのです。そこには淑子が同席していて、じっとふたりの行為を見つめているのです。見ちゃ嫌、見ちゃ嫌。小夜子は気も狂わんばかりに哀願します。殺して。こんな仕打ちを受けるくらいなら、いっそ殺してっ。でも、そんな残酷な羞恥も、やがて子宮から脳天を貫《つらぬ》く激しい快感と化して――）

あら。まあ。どうしましょう。はっと気がついてみれば、わたしったら、このシーンだけを長々と、もう四〇枚も書いているではありませんか。この後、淑子が自ら小夜子を抱く妄想に耽りながら己れを慰めるクライマックスも控えていますのに。この勢いだと、それにも二〇枚くらい使ってしまいそう。依頼枚数は、えーと、八〇枚？げ。全然足りねーじゃん。困ったなあ。ん。待てよ。そうだ。いっそのこと、こちらは長編にしてしまいましょう。ね。アンソロジー用の短編は、また別に書けばよろしい。

いつもなら、せっかく描いた淫靡《いんび》なシーンを削《けず》ってでもなんとか制限枚数内におさめるところですが、いまの森奈津子は、ひと味ちがいましてよ。ふふふ。まるで泉の如くインスピレーションが湧いてくるのです。キーボードを打つ指の動きも至ってなめらか。耽美度が、ぐぐっと上昇して原稿なんかいくらでも書けてしまいそう。これもひとえに環境のせいなのでしょう。できることならば、この〈ユリ島〉を正式に、わたしの仕事場にしてしまいたいほどですわ。ちなみに〈ユリ島〉というのは、わたしが勝手に付けたこの孤島の名前。書斎の窓から、黴《かび》の生えたお煎餅《せんべい》のような趣きのお隣りの島が見えていますが、そちらは〈アニキ島〉と呼んで区別しているのです。〈ユリ島〉は、ここに〈奈津子の鬼百合城〉が建っている以上当然のネーミングと言えますが、お隣りの〈アニキ島〉には、ちょっと説明が必要かも。ここへ連れてこられた最初の夜、隣りの島で、双眼鏡で両手が塞がっているはずの男性の腰がくねくねと、あたかもオナニーに耽っているかのように揺らめいていたことを憶えておいでですか。あの後、よくよく考えてみたのですが、実はあそこには姿が確認されていないもうひとりいるのでは？　だとしたら、あの夜も、その男は双眼鏡を持った男性の前にひざまずき、窓の下に隠れて、お口でご奉仕なさっていたのかもしれません。

うひょー。

そう思い当たった途端、仕事や食事の合間に何回も双眼鏡で隣りの島の様子を窺うのがわたしの日課になりました。そのうち、いつも双眼鏡でこちらを見ている彼以外に、もうひとり殿方が登場してくれるのではないかとの期待を抱いて。もちろん、ふたりの男はお互いをしごき合いながら、くんずほぐれつの肉弾戦に突入するのよ。いけいけっ。〈アニキ島〉とは、そんな妄想が現実化しますようにという願望を込めてのネーミングなのでございます。ついでに、あちらに建っている洋館は〈ふんどし館〉なんて呼んでたりして。うーむ。耽美だ。

あ。もしかして、いましもその耽美な光景が、昼下がりの洋館にて繰り広げられているかもっ。慌ててワープロの電源を切ると、わたしは隣りの寝室へ駈け込みました。書斎よりも寝室の窓からのほうが〈アニキ島〉を見るには、いいアングルなのです。うきうきと双眼鏡をかまえてみますと――おや？

そこでは予想もしなかったことが起こっていました。〈ふんどし館〉の室内外に、何やら大勢のひとたちが群がっていて、あちらこちらを動き回っているではありませんか。はて、いったい何事かしら、とよく見てみますと、そのうちの何人かは制服姿の警官。サスペンスドラマでよく見る鑑識課員スタイルの女性も交じっています。

そのうちのひとりが、どうやらわたしに気づいたらしく、私服姿の中年男性を呼び寄せてこちらを指さしました。眼を細めて、じろじろとわたしの方を窺っている彼に、警察の備品なのか、それとも〈ふんどし館〉に置いてあったものなのかは判りませんが、誰かが双眼鏡を持ってきて手渡します。

多分私服姿の刑事さんなのでしょう、双眼鏡をかまえてこちらを窺う中年男性に向かって、わたしは手を振ってみせました。それにつられてか、彼も手を振って寄越します。そんな自分の手を、ちょっと忌《い》まいましげに一瞥《いちべつ》すると、刑事さん、ぷいと奥に引っ込んでしまわれました。

その刑事さんが、やはり刑事らしいスーツ姿の若い男性を伴い、ボートでこちらの島へやってきたのは、お昼頃のことです。

「――はじめまして。警視庁捜査一課の堀詰《ほりづめ》と申します」と名刺をくれました。

「どうも、ご丁寧に」わたしも名刺を差し上げて、「森奈津子と申します」

「え。森さん――といいますと」堀詰刑事、館内を見回して、「あの、ここは羽生田《はにゅうだ》さんという方の別荘ではないのですか？　少なくとも私たちは、そうお聞きしてやってきたのですが。それとも、森さんは羽生田さんのお知り合いか何かで――」

「羽生田さん、ですか。いえ。そういうお名前を聞いたことはございません」

「あれ。おかしいなあ」

「と、申しましても、わたし、そもそもこのお屋敷がどなたのものなのかも、よく知らないのですが」

「え」堀詰刑事、眼を剝《む》いて、「どういうことですか、それは？」

一週間前の夜、謎のゴージャス美人と遭遇した後（もしかしたら犯されてしまったかもしれない、というくだりは省略）、気がついたらこの島に置き去りにされていた、という経緯《いきさつ》を簡単に説明。

「――つまり、なんですか、森さん、あなたは素性の判らぬ女に、どうやら睡眠薬か何かを一服盛られて、意識を失っているあいだに拉致され、この島へ連れてこられた。そしてこの一週間、ずっと軟禁されていた、と。こういうことですか？」

「ほんとうに睡眠薬を盛られたのか、ここへ連れてきたのはあの女性なのか、いずれも確証はないんですが、どうやら、そういうことだったみたいです」

「しかしどうして、いままでどこにも助けを求めなかったのです」

「ここには電話がありませんし。船もない。仮にあったとしても、動かせたかどうかは疑問です。泳いであちらの島へ無事に辿り着ける自信もありませんでした」

それに毛蟹とビールがいっぱいあったし、とは、さすがに言えまへん。

「この島がどこに在るのかも、あなたは判っていないわけですか」

「そうです。さきほど、警視庁とおっしゃいましたよね。というと、ここって東京都なのですか？」

「一応ね。すると我々は、思わぬ形であなたを救出することになったわけか」

「ですね。ありがとうございます」

「あなたの拉致事件に関しては、また改めて捜査官がつくことになるでしょう。とりあえずいまは、別の件でお訊きしたいことがあるのですが。よろしいですか」

「ええ。あちらの島で何か事件でも？」

「男性の変死体が発見されましてね。その身元が不明なのです」

「身元？　あそこの家の持ち主か、その関係者ではないんですの？」

「それがどうも、ちがうようなんですな。あちらの島の洋館は依羅《よさら》さんという方の別荘なんだが、彼は問題の遺体に関して、身内でもなければ知人でもない、まったく見たことのない顔だと、そう言っているのです」

「どういうことなのでしょう」

「さあ。それをいま、我々は調べておるところですが」

「変死体とおっしゃいましたけど、それは事故死とか——？」

「いや。どうやら殺人事件のようです。もしかしたら、あなたが何かを目撃されているかもしれないと思って、こうしてやってきたわけなんだが」

「そういうことでしたら、残念ながら、わたし、お役には立てないと思いますわ。特に何も変わったことは見ていませんので」

「でもさっき、双眼鏡であちらの島の様子をご覧になっていたでしょう」

「ええ。この一週間、それが習慣みたいになっていまして」

耽美なアニキのシーンをキャッチするために、とは言えませんのですが。

「ほう。習慣というと、毎日？」

「そうですね。だいたい日に三回くらいは、あちらの洋館を眺めていました」ほんとはもっと頻繁《ひんぱん》だったはずですが、差し障《さわ》りがあるといけないので、少なめに申告。

「でも何も特別なものは見ていません。中で寝起きしているらしい男のひと以外は」

「男、ですと」堀詰刑事の声が緊張を孕《はら》みます。「それは、どういう？」

「どういう、って。さあ。わたしは知らない方でしたので、なんとも言いようが。ただ、若い男性である、としか――」

「それは聞き捨てなりませんな。あなたが見ていたのは、もしかして被害者か、それとも犯人だったということもあり得る。ええと。森さん、でしたっけ。申し訳ないが、いまからご足労願えますか」

「どちらへ？」

「あちらの島です。被害者の面通しをしていただきたい。いや、判りますよ。死体なぞご覧になりたくはないでしょう。しかし、ここはひとつ、迅速な事件解決のためにも、ぜひご協力のほどをお願いしたいと」

「それはいいですけど、その後で、本土の自宅へ送っていただけますでしょうか」

「あ。そうですね。それはもちろん。はい。ちゃんと責任をもって」

「では、ちょっと待っていただけますか。荷物を取ってきます。そんなに大したものはありませんので」

「どうぞどうぞ」

寝室に戻ると、自分のタンクトップとサブリナパンツに着替えました。書斎のワープロから小夜子の痴態がいっぱい詰まったフロッピイを抜き取り、ポシェットに。

堀詰刑事たちのボートに同乗して、隣りの〈アニキ島〉へと。

「で、あなたが見たという男ですが」潮風が堀詰刑事の髪を巻き上げています。「どういう様子でした？」

「どういう様子、といいますと？」

「何か気づかれたことはありませんか。例えば不審な行動をしていたとか」

「別に」腰が妖《あや》しく揺らめいていたのは、きっと不審な行動に分類されるのでしょうが、へたに説明を始めるとややこしいことになりそうなので省略。「普通でしたけど」

「彼は独りでいたのですか？」

「のようでしたけれど」もうひとり男性がいて彼にフェラチオをしてあげていたような気がしてならないんですけど、と口走りたい誘惑をぐっと抑えて、「少なくとも、わたしは彼以外の人影を見てはおりません」

「独りで普通にしていた。特に目立った事柄はなかった。そういうことですか」

「ええ。そういうことです」

「その男は、あなたがここへ拉致されてきた時には、もうあちらの島にいた？」

「わたしが運ばれてきたのと彼が来たのと、どちらが早かったのかは判りませんが、少なくともその夜にはもう、彼はいました」

「男の姿を最後に見たのは？」

「昨日の夜です」

「どんな様子でした」

「別に変わったことは。いつものように、わたしの方を双眼鏡で覗いていましたので。こちらも――」

「え。ちょっと待ってください。向こうも、あなたの存在に気づいていたのですか」

「ええ。お互いに双眼鏡で覗き合いっこしてました。時々、手を振り合ったり」

「それは、いつ頃から」

「いつって、ここへ来た最初の日から、ですけれど」

「つまり、森さんは、この一週間、問題の男と双眼鏡で、お互い、ずっとコンタクトしていたというんですか」

「そうですね。ええ」

「だったらどうして、彼に助けを求めなかったんです？　あなた、謎の人物に軟禁されてたんでしょ」

「でも、その男の方がどういう素性の人間なのか、まったく判らなかったわけだし」

「まあ、それはそうでしょうが」

「それに、わたし、とってもひと見知りする質《たち》なもので。ちょっと怖かったし」

「そうですか。どんな時でもクールにかまえておられるタイプに見えますが」

しつこいようですけれど、わたしって、ほんとうにそんなにクールな人間ではないのです。いまだって、実は助けを求めるのは毛蟹とビールがなくなってからにしようと思っていたのがばれるんじゃないかと、内心びくびくしているくらいで。

「そもそも、大声を張り上げたところで、とても向こうの島に聞こえるような距離ではないでしょう？」

「しかし、窮状を訴える方法は、いくらでもあったでしょう。例えば大きな紙にメッセージを書いて掲《かか》げてみせるとか。向こうも双眼鏡であなたを見ていたんだから。連絡を取ろうと思えば簡単にできたはずだ」

いちいちごもっともな指摘。その度《たび》に「そんなに毛蟹が喰いたかったのかオマエは」と責められているような錯覚に陥《おちい》ってしまいますが、しかし現実は、そんなに牧歌的なものではないのかも。なにしろ、ことは殺人事件です。いまのところ、特に疑う理由は見当たらないとはいえ、この刑事さん、わたしのことも容疑圏内に入れておかしくありません。
考えになっていてもおかしくありません。

そうこうしているうちに〈アニキ島〉へ到着しました。接岸されたボートから下りて建物に入ってみますと、こちらもなかなか立派な別荘です。

「こちらへ」

堀詰刑事が案内してくれたのは二階の広間でした。窓から〈ユリ島〉が見えます。あの男は、ここから双眼鏡でわたしを覗いていたのでしょう。だだっぴろくて、隅っこに豪奢《ごうしゃ》な感じの椅子が何脚か並んでいるだけで、家具らしい家具が見当たりません。後から聞いた話ではホームパーティーとか、大人数が集まるための広間なのだとか。

その広間の窓際に、問題の遺体は横たわっていました。黄色いTシャツにトランクス姿です。正確にいいますと、そのトランクスは膝の辺りまでずり下ろされていて、ぐにょりと干からびたカリントウみたいな陰茎が覗いています。それを見て、あら、やっぱり誰かにフェラチオしてもらってたんだ？　と思ってしまった自分が、急に不謹慎な人間のような気がしてきました。何者にせよ、この方は亡くなられているのです。そのご遺体を前にして、わたしの考えていることといったら、股間に吸いついているアニキの姿。

いかんいかん。こういう緊急時です。しばし耽美度は降下させて、厳粛にことに当たらなくては。気をとりなおして遺体を見てみました。乱れた頭髪。首にはベルトのようなものが絡みついています。これが凶器なのでしょうか。刑事さんによると頭にも傷があるという話ですが、血痕などは見当たらない。被害者の頭を殴って昏倒《こんとう》させ、抵抗力を奪った上で絞殺したと考えられるのだとか。

「――如何ですか?」

「はい、彼だと思います。つまり、この一週間、ずっと――」

「ここからあなたのことを双眼鏡で覗いていた男、なのですね」

頷きながら、わたしは妙な気持ちにとらわれました。このひと、どこかで見たことがある……そんな気がしたのです。いまは苦悶に歪んだ顔をしていますが、もとはひと当たりのよい甘いマスクをしていたと推察される。いい意味でも悪い意味でも育ちのよいお坊ちゃんのような――。

「それ以前に」堀詰刑事、まるでわたしの胸中を読み取ったかのように、「見覚えとか、ありませんか?」

わたしは、かぶりを振りました。別に故意に隠すとか、そんなつもりはありませんでした。ほんとうに思い当たらなかったのです。まだこの時には。

「そうですか。それでは再度確認させていただきますが、あなたが生きている彼を最後に見たのは昨夜だった、というお話ですよね。それは何時頃です?」

「ええと。そうですね、午前零時を数分過ぎていたと思います」

「その時、どんな様子でした、彼は」

「双眼鏡で、あちらの」と窓越しに、さっきまでいた〈ユリ島〉を指さしました。

「寝室にいたわたしを見ていました」

そういえば——わたしは憶い出しました。昨夜も彼の身体は、ゆらゆらと揺らめいていたような気がします。でも、両手は双眼鏡で塞がっていた。ということは、やっぱりアニキが彼の股間を、ずるずるずる、っと……あああ、誰か何とかしてくれ、この妄想。

「ところで、森さん、あなた、見知らぬ男にじろじろと覗かれたりすることに抵抗はなかったのですか」

「え。いえ、別に。覗かれたら困るようなことは特にしていませんでしたし」

「覗かれたら困るようなこと?」堀詰刑事、顔をしかめて、「つまり、なんですか、着替えとか、ですか」

「ええ。そういうことは、ちゃんと別の部屋でやっておりました。それに、なんといいますか、彼のことはよく知りませんけれど、わたしのほうは独りで手持ち無沙汰《ぶさた》でしたので。お互いに双眼鏡で覗き合うのは一種の娯楽といいますか、気晴らしのようなものだったわけでして。はい」

「なるほどね。しかし、それでもあなた、この男に救出を求める気にはなれなかったわけですか」

堀詰刑事、あくまでもその点にこだわります。もういい加減、貯蔵されている毛蟹を食べ尽くすまでは〈ユリ島〉にいたかったんだよお、と素直に認めてしまおうかしら。わたしって耽美で虚弱だから、いっぱい食べなきゃ、やっていけないんです。はい。

「ですから、それこそさっき刑事さんがおっしゃったように、何かメッセージでも書いて彼に伝えようかしらとか、そろそろ、そんなふうに思い始めていた矢先、こんなことになってしまったので……」

我ながら、なんとも言い訳がましく聞こえます。堀詰刑事、ふんと鼻を鳴らして、「まあ、そのことはいいでしょう」と露骨に納得していないご様子。「ということは、犯行時刻は昨夜の午前零時以降──か」

「でも、主任」と若い刑事さんが割って入ってきました。「にしては、臭いがきついと思いませんか。死体の腐敗度が、かなり早いような気が──」

「そりゃおまえ、この陽気だ。おまけに、発見された時にはエアコンのスイッチも切れていたって話だし」

「そういえば」と、わたしは何の気なしに訊きました。「遺体を発見されたのは、どなたなのですか？」

「さっき言った、依羅さんですよ。この別荘の持ち主の」

「その依羅さんは、この被害者の方を知らないというお話でしたよね。だとしたら、このひと、どうしてこの一週間、ずっとここに滞在していたのでしょう？」

「さあ。勝手に上がり込んでいたのか、あるいは――」

「あるいは、わたしみたいに拉致されて、ここに軟禁されていた、とか？」

その可能性にはまったく思い至っていなかったのか、ちょっと間が空《あ》き、刑事さんたちはお互いに顔を見合わせました。

「……そういえば、主任。依羅氏はここへ、彼が所有しているクルーザーでやってきたと言っていましたよね。その際、自分のもの以外の船は接岸されていなかった、という話でしたが――」

「もう一回、彼の話を聞いてみよう」

と、連れ立って廊下へ出る刑事さんたちの後から、わたしも付いてゆきました。堀詰刑事、こちらを胡散臭げに一瞥したものの、もしも仮に被害者もわたしと同じように軟禁されていたのだとしたら、同席させておいたほうが何か役に立つかもしれないという思惑でも働いたらしく、何も言わずに同行させてくれました。

鏡張りのウォークインクローゼットのある寝室に、若い男がひとり、所在なげに佇《たたず》んでいます。どうやらこれが、この洋館の持ち主である依羅氏らしいのですが……

彼の顔を見て、わたし思わず、あ、と声が出そうになりました。

3

「――へえ。で、その別荘の持ち主の依羅氏っていうのが」野間さん、細長いタバコを咥《くわ》えると、ライターで火をつけました。「例の若い男性だったんだ」

「そうなんです」わたしはソルティドッグのグラスをテーブルに置いて、「〈おなかの事件〉っていうお店で見かけたひと。あれが依羅正徳《まさのり》さんだったんです」

「で、おまけに、彼って、ほんとに青年実業家だった、と」

「冗談みたいで思わず笑っちゃいますけど、そうらしいんですよ。まだ二十代という話なんだけど。インターネット事業を展開している会社の社長で、推定資産ウン十億。倉阪さん、まさにご明察」

「さすが、日本で唯一の怪奇小説家よね。鋭いなあ」

「ほんと。驚いちゃいました」

――あれから月も変わり、いまは八月になっております。船で本土へ送ってもらって再び警察の事情聴取を受けた後、自宅に戻ったわたしは、途端に耽美度が著《いちじる》しく低下して、原稿が思うように進まなくなるありさま。長編化するつもりでフロッピイを持ちかえった小夜子のお話でしたが、結局淫靡なシーンを大幅に削った上で制限枚数内におさめ、アンソロジー担当編集者さんにお渡ししました。〆切を一週間以上も吹っ飛ばしてしまったわけですが、それでも他の執筆者のみなさまと比べると入稿が早かったほうらしくて、心配していたほどには叱られずに済みました。よかったよかった。

やれやれと気が抜けたわたしは、しばらく自宅に籠もりきり。少々古いですが一応庭付きの家です。留守しているあいだに伸び放題になっていた草をむしったり、いつの間にか庭に住み着いているガマを観察したり。陽が落ちた後、蚊取り線香を焚《た》いて、軒下の釣《つ》り忍《しのぶ》を愛《め》で、風鈴の音に耳を傾けつつ、縁台にふたり分のオリジナルカクテルを置きます。恋人だか愛人だか片想いの相手だかと一緒になごんでいる夢想にうっとりと浸っているうちに夜は更けて、掟《おきて》破りの昼型耽美主義者は日付が変わる前に、さっさと布団に潜り込むのでした。

そんな折、マンガ家の野間美由紀さんからお電話があったのです。野間さんは日本で唯一ミステリを専門に描かれているマンガ家さん。そういえば、前述しましたように倉阪鬼一郎さんは日本で唯一の怪奇小説家（ホラー作家ではなく）ですし、牧野修さんは日本で唯一のホラー坊主（職業的な意味合いではなく）、そしてわたくしこと森奈津子は日本で唯一お笑い百合小説専門の耽美作家。なんだかむりやりな部分もありますが、こうして見ると、なかなか濃い面々ではあります。ちょっと横道に逸れましたけれど、野間さんからのお電話の話でした。

「――奈津子さん、あなた最近、行方不明になっていたんですって？」

例の〈ユリ島〉に軟禁されているあいだ連絡が取れなかった各版元の担当編集者さんたちには、まだ誰にも詳《くわ》しい事情を説明していないせいで、「森奈津子が失踪していた」という噂だけが独り歩きし、それが野間さんのお耳にも入ったようです。

「ええ、まあ、そんなところです」

「あらまあっ。じゃ、ほんとだったの？　無責任な噂とかではなくて？」

「行方不明、というほど、ドラマティックなものではないのですが」

「そうなの？　ついに理想のお姐さまが現われて、それが道ならぬ恋だったものだから、奈津子さん、思い詰める余り、かけおちしたんじゃないかって、みんな言ってたわよ」

「かけおち、ですか」しまった、その手があったか。どうせ噂になるなら、そう言いふらしておけばよかったかも。「理想のお姐さまと手に手を取り合っての逃避行かあ。うおおお。いいなあ。燃えるなあ」

「ていうと、そうじゃなかったわけ？」

「そんな色っぽい話だったらいいんですけどねえ。現実はセンスないっすね、どうも。何のときめきもない。どこその島で、独り、ぼけーっとしていただけで」

「島って、どこの？」

「一応東京都らしいんですけど。よく判らない。とにかく、そこに一週間ほど滞在していました」

「何してたの、一週間も」

「毛蟹を食べたり。ビールを飲んだり。お昼寝したり」

「ふーん。たしかにそれは、平穏無事なバカンス、って感じだわねえ」

「最後の最後で、平穏無事ではなくなっちゃいましたけどね。わけの判らない殺人事件に巻き込まれて――」

「何？　殺人事件、ですって？」野間さんの声が高くなりました。「どういうことなの、それ。奈津子さん。ね。ね。もっと詳しく聞かせてちょうだい」

「いや、あの、ですね。ちょっとひとことでは言いにくい、というか、その、わたしもあんまりよく判っていない、というか」

「そうだ。ね。今夜、何か予定ある？　〆切とか、デートとか」

「いえ、今夜は特に」

「じゃ、どこかへお食事にいきましょうよ。ね。あ。いや、待てよ。だめだ。今夜はだめなんだ。旦那と息子と一緒に映画を観にいって、その後でお買物。うーん。ねえ、奈津子さん。明日じゃだめかしら?」

「別にいいですよ、わたしは」

「そう。じゃ明日。あ。明日は出版社のパーティーが……ま、まあいいや、適当に切り上げてきちゃえ。じゃそゆことで。明日、ね。お食事にいきましょ。あたしが奢《おご》るからさ。その殺人事件のこと、じっくりと聞かせてちょうだいな。じゃねっ」

というわけで、その翌日、野間さんと銀座の〈煉《れん》瓦《が》亭〉でお会いすることになった次第です。といっても、そこではまったく事件の話は出ず、ふたりでタンシチューや蟹クリームコロッケなどに舌鼓《したつづみ》を打ちつつ、お互いの近況報告。その後、帝国ホテルの〈レインボー・ラウンジ〉へ移動。窓側の暗いボックス席で都会の夜景に見惚れながら、カクテルをいただきます。パーティー会場から駈けつけてきた野間さんは眼もあやなチャイナドレス姿。いつもお洒落な方なのですが、今夜はひと際セクシーです。

　こういう暗い席で、野間さんとおふたりでいますと、なんだかパトロンのお姐さまに呼びつけられて畏《かしこ》まっている子猫ちゃんのような気分。なにしろ、ふたり並んで窓を向く形ですので、野間さんがつと手を伸ばしますれば、わたしの膝はすぐそこ。

「奈津子さん、あたしね、実は前からあなたのこと……」なんて耳もとで囁《ささや》かれたりしたらどうしようと、妄想ぐるぐるエンドレス状態。

でも、この夜の野間さんはわたしよりも事件のことが気になるようでしたので、先月の十五日、牧野さん、倉阪さん、そしてミーコちゃんと一緒に〈おなかの事件〉で飲んでいて遭遇した青年実業家ふう（牧野さんに言わせると、詐欺師ふう）の男性が〈アニキ島〉の別荘の持ち主、依羅正徳氏だったことから始めて、事件のあらましを説明。

「――でもさあ、奈津子さん、その別荘の持ち主と、そこで殺害されていた被害者の顔が似ているっていうのは、もろ、ミステリ的に臭うよね」

「そうですよね。双子というわけではないので注意して観察すれば区別はつくと思いますが、ぱっと見がすごく似ているから、よく知らないひとだと、まずまちがいなく、ふたりを取り違えてしまうでしょうね」

「そんなに自分とよく似た男を、全然知らないって主張しているわけか、その依羅氏は。怪しいなあ。も、怪しさ全開だなあ」タバコを灰皿に置くと、アルコールをたしなまれない野間さん、紅茶をひとくち。「で、奈津子さんが軟禁されていたっていう島の別荘のほうなんだけど。そっちは？」

「これは羽生田雅恵《まさえ》さんていう女性の別荘らしいんですが、この雅恵さんが、なんと驚いたことに、十五日の夜、わたしに一服盛ったゴージャス美人だったんです」

「へえ？　てことは、その羽生田雅恵が、奈津子さんを拉致して離れ小島に連れ込んだ犯人である可能性は、極めて高いわけだ」

「極めて高いどころか、本人、認めているらしいんですよ。わたしを拉致したことを」

「おやおや」ますます興味津々《しんしん》といった態《てい》で組み換えた足の膝に頬杖《ほおづえ》をついた野間さん、身を乗り出してきます。「随分とあっさり認めたもんだわね、そのひと。別荘の所有者が誰なのかは調べればすぐ判るから、しらばっくれても無駄だと思ったのかな」

「かもしれません。わたしにその話を教えてくださった堀詰という刑事さんも、同じようなことをおっしゃってました」

「にしても、隣り合った小島に、それぞれ別荘を所有している男女、か。何か関係があるのかな、そのふたり」

「それがね、姉弟らしいんですよ。雅恵さんというのは、その依羅氏の実のお姉さんなんですって」

「ほう。姉と弟、か」

「つまり、弟に遭遇した直後、姉が現われたわけです、わたしの前に」

「もろ、計画的だね。当然、依羅氏も奈津子さん拉致事件にかかわりがありそうな感じだけど、とりあえずそれは措《お》いておいて。雅恵という女性は、なんだってまた、拉致までして奈津子さんをむりやり離れ小島に閉じ込める必要があったのかな」

「一応、その動機も判っています。といっても、これはあくまでも雅恵さん本人の言い分に過ぎませんが――」

「うんうん」野間さん、意味ありげな微笑を浮かべて紫煙をくゆらせます。「本人の言い分、ね。拝聴しましょ」

「ここに三番目の人物が登場します。厚谷千賀《こたにちか》という名前なんですが」

「厚谷千賀。何者？」

「結論から言いますと、この千賀ちゃん、バイセクシュアルで、依羅氏と雅恵さんは、彼女を巡って三角関係にあるらしいんです」

「そういえば、その雅恵ってひとの別荘、奈津子さんの著作他レズビアン文学の蔵書が充実しているという話だったよね。ひょっとして彼女、真正？」

「かもしれませんね」

「でも、彼女、弟と苗字《みようじ》がちがうよね。てことは、結婚してるのかな」

「そうらしいです。旦那さんの羽生田さんという方も、何をやっているのかは知らないけど、かなりお金持ちみたい」

「そんな孤島に豪華な別荘を建てているくらいだもんね。彼女が真正だとすれば、あるいは偽装婚姻の類いかしら」

「どうでしょう。結婚した後で自分がレズビアンであることに気づくというパターンもありますが。ともかく、雅恵さんが現在ぞっこんなのが、その千賀ちゃんなんです。彼女は女子大生で、依羅氏の会社でバイトしていたところを、雅恵さんと依羅氏、ふたりから同時に見初《みそ》められたらしい」

「可憐な女子大生を巡って、熾烈《しれつ》な恋の鞘当《さやあ》てを繰り広げる女と男。それも実の姉と弟同士とくれば、これは奈津子さんの好きなパターンじゃなくて？」

「そうでもないですよ。全然」

「あれ。そうなの？」

「男にしろ女にしろ、ひとりの人間を奪い合うなんて無粋《ぶすい》極まる。少なくとも、わたしは苦手です」

「へえ。ちょっと意外」

「恋愛っていうのは、たしなむ程度でちょうどいいと思うんですよ。色恋沙汰如きに眼の色を変えて他人と争うなんて、わたし、嫌いだな。かっこ悪いじゃないですか」

「ふうん。じゃあ、情念のもつれの果てに生きるの死ぬのってのも、お断わり？」

「も、全然だめ」

「そうなんだ。そこら辺り、ちょっと誤解があったみたいだね。ごめんごめん」

「いえ、ちっともかまわないんですけど。わたしってどうも、恋愛や房事《ぼうじ》に命を懸けて、快楽追求に血眼《ちまなこ》になっている怖い女、みたいなイメージがあるようで」

「それはそうかもね。あたしもさ、なんとなく、奈津子さんてすごくパッションの高い、情熱のひとなんだと思い込んでた。直接知っているあたしからして、こうだもんな。そりゃ、世間のひとは誤解するよね。ま、そもそも、エロスにこだわる女性作家って聞いただけで引くけどさ、世の男どもは。セックスにおいて男にしか主体性を認めない、男根原理主義っていうのかな」

「そうかもしれません。作家さんにもいますものね、そういうひとたちって。倉阪さんや牧野さんはちがうけど」

「だってあのふたり、中味は女じゃん」

「そういやそうでした。倉阪さんなんか、例の百合アンソロジーに女性名義で幻想百合ホラーを書かせてもらえないかって、わざわざ編集部に問い合わせたという話だし」

「おもしろそうじゃない、それ。女性名義って、どんな?」

「倉阪ミーコじゃないですかね」野間さん、大ウケでしたが、脱線しているときりがありません。「それはともかく。千賀ちゃんを巡って、姉と弟は普段から虚々実々のかけひきをしていた。雅恵さんがわたしを孤島に軟禁したのも、その一環だったようです」

「どういうこと？」

「その厚谷千賀って娘、わたしに似ているらしいんですよ、見た目が」

「へ？　ああ」さすが野間さん、詳しく説明せずともピンときたご様子。「なるほど」

「つまり、わたしを千賀ちゃんの代役に仕立てる――そういう思惑があったんですね、雅恵さんには。どうやら、以前テレビに出演していたわたしを見て、これだ、と思いついたらしいんだけど」

「テレビ？　あ。あれ。観たみた。〈今夜は洗いざらし人生〉とかっていうトーク番組でしょ」

「そうです。もともと雅恵さんは、わたしの著作を揃えているくらいですから、森奈津子という作家がいること自体は知っていたわけですが、あの番組を観て初めて、へえ、このひとって千賀ちゃんによく似てるんだ、と。そう思っているうちに、ふと、その計画を思いついた――」

つまり、あの夜、〈羽菜名和弐苑〉というお店の個室で「あなた、レズでしょ」と彼女がわたしに迫ってきたのは、別に勘が鋭かったからでも何でもなく、ただ単に、あらかじめ知っていただけの話だったわけです。ちょっとがっかり。

「でも、テレビを観るまで、そのことを知らなかったのかしらね、雅恵は。奈津子さんの本をいっぱい持っているのなら、著者近影が載《の》っているやつも、たしかあったと思うんだけど。ええと――」

「『ノンセクシュアル』ですね。あの写真を写した時、わたし、セミロングにしてましたし。いまのショートボブ、たまたま千賀ちゃんと同じ髪形なものだから、よけいに似ているという印象が強調されたようで」

「なるほど。つまり、千賀ちゃんに似ている奈津子さんを利用して、彼女が〈ユリ島〉の羽生田家の別荘に滞在していると依羅氏に思い込ませようとしたんだね、雅恵は」

「そうなんです。そのあいだに彼女は、本物の千賀ちゃんを連れて旅行へ出かける」

「旅行？　どこ」

「たしか、北海道という話でしたが」

「いいわねえ。そこで、ふたりきり、愛欲の日々に耽るわけだ」

わたしによく似た娘に、あの夜のように情熱的に迫りまくっている雅恵さんの姿が鮮明に浮かんでまいります。（ふふふ、千賀ちゃん、ようやくふたりっきりよ。あ、お姐さまったら、いきなりそんな、だめ。さ。どんなふうにされたいのか言ってごらん。優しくして、やさしくして。可愛い、ああ可愛いわ、千賀ちゃん、あたしのものよ、ここもあそこも、全部ぜんぶ、あたしのもの。奪って、お姐さま、千賀のことみ

んなみんな奪って）

「――奈津子さん、奈津子さんてば」野間さんに鼻先で掌をひらひら振られて、ようやく我に返りました。「戻ってきた？」

「あ、すみません。ちょっとトリップしちゃって」

「雅恵は、奈津子さんを替え玉に仕立てて、本物の千賀ちゃんを旅行に連れ出したことを弟に知られないようにしたわけよね。でも、自分の別荘に彼女を滞在させる、という設定は如何なものかしら。却《かえ》って弟を刺戟《しげき》しかねないんじゃない？」

「雅恵さんは、大学のレポートに専念するためにしばらく独りでどこかに閉じ籠もる、と千賀ちゃんに言わせる。それを聞いた依羅氏は当然、それならボクの別荘を使いたまえ、と勧める。それを雅恵さんは強引に遮って、〈ユリ島〉の別荘のほうが自分が設計に携《たずさ》わっているから女性にとって使い勝手がいい、自分はしばらく旅行に出て留守にするから千賀ちゃんも気兼ねなく滞在できる、と勧める。もちろん、あらかじめ打ち合わせてあった通り、千賀ちゃんは一応迷うふりをしておいて結局は〈ユリ島〉のほうを選ぶ、という段取りなわけです」

「そう言われて、はいそうですかと納得しますかね、依羅氏は」

「それは釈然としないでしょうね。当然、旅行の話は嘘で、姉は千賀ちゃんを独占するつもりなんじゃないかと疑うでしょう。雅恵さんは、そんなに心配なら、自分の別荘から千賀ちゃんのことを見張るなり何なりすればいいじゃない、と自信たっぷりに挑発する。羅氏が実際に〈ユリ島〉を監視してみると、たしかに姉は不在で、千賀ちゃんは独りで滞在している。もちろん、実際にそこにいるのは替え玉のわたしなわけですが」

「でもさ、その計画だと、雅恵は独りで旅行中という設定なわけよね。その隙に弟の依羅氏が、千賀ちゃんに連絡を取ろうとするんじゃないかとか、はたまた〈ユリ島〉へと押しかけてゆくんじゃないかとか、心配しなかったのかな、雅恵は。彼が、千賀ちゃんは孤島の別荘に独りでいるんだと確信したら、そういう衝動にかられないわけはない。そうでしょ。改めて考えてみるまでもないわ。もしそうなった場合、別荘にいるのが千賀ちゃんではなくて奈津子さんであることは、いっぺんにばれてしまう」

「そこら辺りも、雅恵さんは一応対策を立てていて、千賀ちゃんに、レポートに集中するために外部との連絡は遮断する、電話のソケットも抜いておく、というふうに言わせたらしいです」

「依羅氏はクルーザーだって所有しているんでしょ。電話なんてまどろっこしいことはしないで、直接〈ユリ島〉に押しかけるわよ」

「もしもそんなことをしたら、あなたとは絶交よ、と彼を脅《おど》しておくように、千賀ちゃんに指示していたのだとか」

野間さん、まったく釈然としないのでしょう、タバコを持った手の小指で頬をぽりぽり掻きながら、しらけたお顔。

「……たしかに、対策としては、ちょっと弱いですが」

「っていうか、全然対策になっていない。依羅氏というのは千賀ちゃんにめろめろなわけでしょ。彼女はいま孤島で独りきり、そう思い込んでいる男が実力行使に出ないわけがない。押しかけてきたら絶交よ、なんて言われたくらいで、おとなしく我慢するかしら」

「でも結果的に、依羅氏は〈ユリ島〉には乗り込んでこなかったわけです。そこら辺り、姉は弟の性格を見切っていた、というふうにも考えられませんか」

「そのことなんだけどさ。依羅氏は問題の一週間のあいだ、どこで何をしていたと主張しているわけ？　つまり、事件に関するアリバイとかは、あるの？」

「最初の二日、つまり十六日と十七日は〈アニキ島〉にいて、双眼鏡で〈ユリ島〉の別荘の様子を窺っていた、と言っています」

「つまり、最初の二日に関しては、奈津子さんが見た〈アニキ島〉の男は、本物の依羅氏だった——ってわけ？　その後は？」

「どうやら千賀ちゃんはほんとに独りで頑張っているらしい、そう納得した彼は、自分も羽を伸ばすために旅行に出た——というふうに言っているそうです」

「旅行。ふん。姉に続いて弟も、ね。当ててみせましょうか。きっと依羅氏のほうは、沖縄へ行ってた、と主張しているんでしょ？」

驚きました。まさに野間さんのおっしゃる通りだったからです。「よ……よく、お判りになりましたね」

「定石《じょうせき》よ。それで？」

「そして、依羅氏が〈アニキ島〉を離れるのと入れ替わるようにして、問題の被害者が別荘へとやってきた——」

「依羅氏によく似た男が、ね」

「それが偶然にも三日目のことだったため、〈ユリ島〉から見ていたわたしは、依羅氏が途中で〈アニキ島〉からいなくなっていることに気がつかなかった——ということになるわけなんだけど、納得いかないんですよね、なんだか」

「そうでしょう」野間さん、灰皿で吸殻を押し潰して、「そうでしょうそうでしょう。誰だって納得いかないわよ、そんな寝言」

「遺体を発見した依羅氏は、その時、自分のもの以外の船は島に見当たらなかったと証言しています。だったら、そもそも被害者はどうやって〈アニキ島〉へ来られたのでしょうか。やっぱり、あの島には最初から、男がふたりいた、ということなんじゃないかと、わたしは思うんですけど……」

「で、お互いにオーラルセックスし合っていたんじゃないか、という例の説ね。さあ、どうかな。あたしは、〈アニキ島〉にいた男はひとりだったという説を採る。だって、奈津子さんの勘が正しいとしたら、彼らはわざわざ〈ユリ島〉の別荘を双眼鏡で覗きながら行為に耽っていたことになる。そんな必要があるのかしら。〈ユリ島〉で何か刺戟的な事態が進行していたのなら話は別だけど、実際には奈津子さんが独りでいただけでしょ。もちろん、奈津子さんの姿をオカズにして自慰行為に耽るというのはあり得ることよ。相手も独りだったのなら、ね。でも、ゲイにしろバイにしろ、パートナーがすぐ傍にいるのに、遠くの島にいる別の女をオカズにしなきゃいけない理由なんてないでしょ、普通は」

「ふたりは露出マニアで、わたしに見て欲しかったのかもしれません。双眼鏡をかまえたのは、そうやってわたしを挑発して、あちらを覗かせようとしたのかも」

「だったら、ふたりでくんずほぐれつ、しごき合っているシーンを、もっとはっきり奈津子さんに見せつけていたはずでしょ。ひとりいるのかふたりいるのか、よく判らないような曖昧《あいまい》な構図は取らないで、さ」

「なるほど。でも〈アニキ島〉にいた男がひとりだったのだとしたら、やっぱり依羅氏と被害者は、どこかで入れ替わっていた、ということですか?」

「多分。ただし、あたしの考えによれば、逆の順番で、ね」

「逆の順番……といいますと」

「依羅氏の主張によれば、最初の二日間〈アニキ島〉にいたのが本物の自分で、その後にいたのは被害者だという。でもそれは多分、嘘よ。ほんとうは逆で、最初にいたのが被害者。後から入れ替わったのが本物の依羅氏だったはず」

「ど」あまりにも意外な仮説展開に、わたしは到底理解が追いつかず、すっかり面喰らってしまいました。「どういうことですか、それって……な、なんで逆？」

だとしたら殺害されていたのは本物の依羅氏のほうだ、なんて奇妙な結論になりませんかと反論しかけたわたしを、野間さん、新しいタバコを咥えながら遮って、

「順番に説明するわね。先ず、十五日に〈おなかの事件〉で依羅氏は偶然、奈津子さんの姿を目撃した――これがすべての発端になったと考えられる。というのも、その時、依羅氏が連れていた女性は千賀ちゃんだったと思われるからなんだけど。どうなの？」

「あ。そうそう。言うのを忘れていましたけど、そうだったという話です」

あの夜、後ろ姿しか見ていない、細い腰つきの女性。たしかに彼女、わたしと同じようなショートボブの髪でした。

「その千賀ちゃんは奈津子さんにそっくりなのよね。ていうより、依羅氏にとっては、奈津子さんが千賀ちゃんにそっくりなわけだけど。自分が同伴している娘とそっくり

な女性を、たまたま目撃した彼は、さぞ驚いたでしょう。そして、どうしたか?」

「どうした、とは?」

「依羅氏はその場で、奈津子さんのことを話題にはしなかったのか、ってこと。千賀ちゃんに、ほらほら、きみにそっくりな女性があそこにいるよ、とか何とか——どう?」

「それは話題にしたでしょうね、きっと。おもしろがって」

「そう。それが人情だよね。彼にとっては酒の席での、ちょっとおもしろい話題に過ぎなかった。ところが、それを聞いた千賀ちゃんは動揺する」

「どうしてです?」

「さっきの、奈津子さん替え玉説が正しいのだとしたら、千賀ちゃんは雅恵とグルだったはずよね。ふたりでこっそりお忍び旅行へゆくために、その夜、雅恵が森奈津子という作家を拉致する計画を、千賀ちゃんだって、あらかじめ知らされていた——そう考えるのが自然でしょ?」

「それは……なるほど、そうですね」

「となれば、知らん顔をして、その夜、依羅氏に付き合ってあげていた千賀ちゃんは、きみにそっくりな女性がいるよ、なんて彼に言われてドキッとしたでしょう。まさか、雅恵が狙《ねら》っている作家が飲んでいる店に偶然、彼と一緒に入ってしまうなんて——

と」

「え。でも、彼女とわたし、お互いに背中を向けて座っていましたが」

「雅恵は奈津子さんを連れ込んで一服盛るための舞台として〈羽菜名和弐苑〉というお店を、あらかじめ用意していたふしがあるわけでしょ。てことは雅恵と、そして彼女が狙っている奈津子さんが、いま〈おなかの事件〉の近辺にいる、ということを千賀ちゃんは知っていたはずよ。もちろん、依羅氏が話題にしているのが奈津子さん本人だと確信はできなかったでしょうけど、その可能性が否定できない以上これはやばいかもしれない、という緊張が顔に出た。そんな彼女の態度に依羅氏は不審を覚えたのかも」

「つまり、その段階で依羅氏は、姉と千賀ちゃんの企《たくら》みに気がついた……ということですか？」

「あり得ることでしょ？　彼がどこまで具体的に推測したのかはともかく、自分を置き去りにした計画をふたりが練っている、くらいの察しはつけられたんじゃないかしら」

「すると彼は、その時点で既に、もう〈ユリ島〉を見張っている場合ではない、と判断した可能性もあるわけですか」

「というか、そっちのほうが正しいと、あたしは思うけどね。依羅氏は〈アニキ島〉

の別荘には行っていないんだよ。少なくとも、問題の一週間のうちの最初のほうは」

「では彼は、どこに？」

「ずばり、追いかけていったのよ、姉と千賀ちゃんのことを。北海道まで」

なるほど。そのことを隠さなければという後ろめたさが依羅氏をして、つい正反対の方角である沖縄へ行っていたのだと主張させたわけかと、ようやく思い当たりました。たしかに野間さんがおっしゃる通り、これは人間心理の定石というものでしょう。

「ただし、ふたりにはばれないように、ね。こっそり後からついていって、姉と千賀ちゃんとの同性愛関係の決定的証拠写真を盗み撮りするとか、そういう思惑だったんじゃないかな。雅恵には、財力も社会的地位もあるとおぼしき夫がいるんだから、彼女の弱みを握っておけば、千賀ちゃんを巡る攻防において自分が何かと有利になる、という計算をしたんでしょうね。それだけじゃない。依羅氏は出発する前に、ちゃんと自分の替え玉も用意していった」

「え……替え玉？」

「〈アニキ島〉で殺されていたという、身元不明の彼氏のことよ」

「あのひとが？　依羅氏の替え玉？」

「例えば、たまたま持ち主にそっくりな男が別荘に忍び込んでいた、なんてそんな偶然、絶対にないとまでは言わないけど、まあ滅多にないでしょう。だったら被害者は、まずまちがいなく依羅氏が自分の替え玉として〈アニキ島〉に送り込んだ人物だったはず」

「じゃ、依羅氏が被害者のことを知らないと主張しているのは嘘なんですね。でも、彼は何のために替え玉なんかが必要だったのでしょう？」

「それは、奈津子さんのためよ」

「え。わたしのため？」

「もしも雅恵たちの計画が順調に進行していたら、どうなっていたか、考えてごらんなさいな。千賀ちゃんとのお忍び旅行から戻ってきた雅恵は先ず、奈津子さんを〈ユリ島〉から本土へ返してあげなくちゃいけない。そうでしょ。いつまでも自分の別荘に置き去りにしておくわけにはいかないものね。その際、ある程度の事情を奈津子さんに打ち明けて、謝っていたと思うのね。どこまで真実かはともかく。だって、何の説明もなかったら、奈津子さん、自分は誘拐されたと騒いで警察に訴えにゆくかもしれない」

「そうか。それもそうですよね」

「なんとか奈津子さんに納得してもらうために、最低限の説明と警察沙汰は勘弁してもらうための鼻薬を用意して懐柔にかかる。その際、奈津子さんが〈ユリ島〉に滞在中のことが話題になるのが自然な流れでしょ。そのあいだ〈アニキ島〉はどんな様子だったのか、そういう話になってもおかしくない」

「あ……そうか」

「もしもそこで奈津子さんが、一週間のあいだ〈アニキ島〉には誰もいなかった、なんて証言してごらん。雅恵は、それはおかしいと思うでしょう。〈ユリ島〉では千賀ちゃんが独りでレポートと格闘しているという設定になっているのに、それを依羅氏が見張りにこないなんて、と。もしかして弟は自分たちの企みに気づいていたんじゃないか——姉にそう悟られるかもしれない、そう用心したからこそ、依羅氏は自分の替え玉を用意したのよ。奈津子さんに目撃してもらうために、ね」

つまり一週間のあいだずっと、海を挟んだふたつの島で、替え玉同士が、そうとは知らずにお互いを〝監視〟し合っていた……そういう構図になります。しかし、では依羅氏の替え玉は、なぜ殺されたのでしょう？　というか、誰に殺されたのかな」

「な……なんか、マヌケだったんですね、わたしたちって。

「たまたま〈アニキ島〉まで乗り込んできていた強盗か何かの仕業《しわざ》という可能性もないわけじゃないけど、ま、ちがうでしょうね。むしろ、そう思わせることが犯人の目的だったんじゃないかしら」

「でも、邸内は、特に荒らされた様子はなかったという話ですが」

「忍び込んだところを住人に見つかって騒がれたため、つい殺してしまい、慌てて何も盗らずに逃げた——というストーリーもありでしょ。要するにね、本来の計画によれば、いったい誰が殺される予定だったのか、ということなのよ、問題は」

「本来の計画？　って……誰の？」

「雅恵と千賀ちゃんの、よ。ずばり、依羅氏を殺害する、という計画を、ふたりは練っていたんじゃないかと思うのよね」

「ど」もう何を聞かされても驚くまいと思っていたのに、やっぱり度肝《どぎも》を抜かれてしまいました。「どうやって、そんな……」

「雅恵は、どうして奈津子さんを拉致してまで〈ユリ島〉の羽生田邸に軟禁しなければいけなかったのか。その真の目的なのよ、問題は。雅恵本人によれば、それは奈津子さんを千賀ちゃんの替え玉に仕立てておいて彼女とお忍び旅行に行きたかったから、ということなんだけれど。実際には、そんな牧歌的な理由ではなかったのでしょうね、きっと」

「では、いったい、どういう……？」

「雅恵は、実の弟である依羅氏を殺害する計画を練った。動機は、千賀ちゃん絡みのことでしょうね。弟のことが決定的に邪魔になったとか、さっき言ったように、彼女との関係の証拠を握られて旦那にバラすぞと脅迫されたとか、いろいろ考えられる。もちろん、千賀ちゃんも共犯なんでしょう。計画の実行に当たって、ふたりの女は自分たちのアリバイを確保しておくことにした」

「アリバイ？　どんな」

「目撃者を確保するのよ」

「え、目撃者？　誰です？」

「あなたよ」

「わたし？」

「そう。奈津子さん、あなたは実は、千賀ちゃんの替え玉ではなく、目撃者の役割を担わされていたのよ。純然たる第三者として」

「で、でも、わたし……わたし、何も特別なことは見ていませんけど？」

「それは結果的に、ふたりの計画に微妙な狂いが生じてしまったからよ。いい。もしも雅恵たちの思惑通りにことが運んでいたら、どうなっていたか。順番に、詳しく検証してみましょう」

野間さん、バッグから手帳を取り出して何かを書き始めました。暗いこともあってそのお手もとははっきりとは見えませんが、どうやらメモを取りながら順次説明の内容をまとめていらっしゃるようです。

「先ず雅恵は、奈津子さんを〈ユリ島〉の羽生田邸に置き去りにした後、とりあえず千賀ちゃんと北海道へ発つ。これは、ほんとうにふたりでお忍び旅行中だったんだ、という痕跡を残しておくため」

　換言すれば、雅恵さんたちは、後から自分たちのアリバイが警察によって調べられるという展開を見越した上で、すべての行動をしていた、という理屈になるわけです。

「ふたりがどれくらいのあいだ留守にするつもりだったのかは判らないけど、仮に一週間だったとしましょう。しかし、実際には、その期間中、まるまる留守にするつもりはなかった。もっと正確に言えば、途中で、どちらかひとりが、こっそりと舞い戻ってきて〈アニキ島〉の依羅邸へ向かう、そういう段取りになっていた」

「どっちかって、どっちでしょう」

「おそらく雅恵のほうよ。なにしろ実行犯になるわけだから、殺人の。これは愛《いと》しい千賀ちゃんには任せられないでしょう。弟は千賀ちゃんのことを見張るために〈アニキ島〉へ来ているはず、雅恵はそう思っていた。そこで彼を殺しておいてから、雅恵は北海道に取って返して千賀ちゃんと合流し、旅行中であるという痕跡をさらに調《ととの》える。本来ならば、これで雅恵たちはアリバイを確保できるはずだったんだけれど――」

「え。ちょ、ちょっと待ってください。それってアリバイにならないんじゃないですか、全然？　だって、わたしが双眼鏡を使うことは簡単に予測できたはずですよね。別荘の寝室に置いてあったんだから」

「むしろ、奈津子さんの好奇心を刺戟して、それを使わせようとして、わざわざそこに置いてあったんでしょうね。〈アニキ島〉の様子を窺ってもらうために」

「だ、だから、それっておかしいじゃないですか。もしもわたしが双眼鏡で殺害現場を目撃してしまったら、雅恵さんの犯行だってことは一発で判ってしまうわけで……あ、それとも、マスクを被るとか、変装して犯行に及ぶつもりだったのかな？」

「それも考えられるけど、この場合、雅恵が奈津子さんに目撃して欲しかったのは、犯行そのものの場面じゃないと思うの」

「じゃ、何なんです？」

「〈アニキ島〉の別荘そのもの、よ」

「は？」

「厳密に言えば、犯行後、遺体を残して犯人も立ち去り、ひとの気配がなくなってしまった別荘——それこそが雅恵が奈津子さんに目撃して欲しかったものなんでしょうね」

「えーと……あの、ごめんなさい、わたし、もうひとつよく判らないんですが」

「〈アニキ島〉から双眼鏡を使ってこちらを見ている男の姿を、奈津子さんは目撃するわけでしょ。それが、本来の計画によれば何日続く予定だったのかは判らない。便宜的に、雅恵はそれを二日と設定していたと仮定しましょう。つまり、三日目に雅恵は犯行に及ぶつもりだった、と。当然、それ以降〈アニキ島〉には遺体しか残されていないから、ひとの気配がしない。雅恵が奈津子さんに期待していたのは、警察の事情聴取を受けてそのことを証言してくれる展開だったのよ。その証言に基づき、警察は犯行日時を、奈津子さんの滞在中、三日目かそれ以降のことだったと判断する。その時、雅恵は千賀ちゃんと一緒に遥か遠くの北海道にいたことになっている——ざっと、そんな感じのアリバイよ」

「しかし〈アニキ島〉に誰の姿も見えなくなったから、犯行はそれ以降だったんだろう、なんて、そんなふうに判断されるものなんですか。わたし、よく知らないんですけど、それだけでは、特定の根拠としては、極めて薄弱なような気が」

「そうでもないわ。だって、検視なり司法解剖なりをすれば、遺体が死後何日経過しているかということは、おおよその目安が出る。その時期が奈津子さんの証言と合致していれば警察だって、犯行日時はその頃、という判断を下すでしょうよ。依羅氏の遺体が発見される段取りを、どういうふうに組んでいたかは判らないけど、ともかく北海道から戻ってきた雅恵は奈津子さんを迎えに〈ユリ島〉へ赴《おもむ》く。そこで、実は千賀ちゃんとふたりきりで旅行がしたかったためにむりやり代役になってもらったのだ、と偽の理由を明かす。それと前後して依羅氏の死体が隣りの〈アニキ島〉から発見される。どちらが先になるかは判らないけれど、警察は奈津子さんの目撃証言に注目し、犯行日時がしぼられ、アリバイを確保した雅恵と千賀ちゃんは安全圏内へと逃げ切る

——ざっと、こんな計画だったんでしょうね、本来は」

「……しかし、実際には、彼女たちの計画通りに、ことは運ばなかった」

「なにしろ肝心の依羅氏が〈アニキ島〉に、いなかったんだからね。その代わり、さっき説明した思惑のために彼が用意した、替え玉がいた。それが、よくなかった」

「といいますと……まさか」

「そのまさかじゃないかな。雅恵は、替え玉の彼を依羅氏と勘違いして、殺害してしまったのではないか、と」

「そんなこと、あり得るでしょうか。いくら似ているとはいえ、それは遠目とかよく知らない相手であればごまかせるというレベルでしょう。依羅正徳氏は雅恵さんの弟なんですよ。よりにもよって、他人を弟と見まちがえたりするでしょうか？」

「あり得ない話じゃないと思うよ。例えば明かりが消えて真っ暗な中、寝ているところを襲ったため、とか。いろいろ要因が重なり、まちがえてしまった。もしかしたら、すぐにまちがいに気がついたかもしれないけど、いまさらどうにもならない。雅恵としては当初の予定通り北海道に戻って千賀ちゃんと合流するしかなかった、というわけよ」

「厳密に何日目のことなのかはともかく、雅恵さんは計画通り殺害を実行に移した、というんですか……あれ。でも待ってください。わたしは警察がやってくる前日の夜、あの別荘で動いている被害者を見ているんですよ。たしかにこの眼で」

「それは被害者ではなく別人だったんでしょうね。それを裏付ける傍証もある。ほら。若い刑事さんが、犯行直後に発見されたにしては遺体の腐敗が進行しているような気がするという意味のことを言っていた、という話だったでしょ？　それは正しかったのよ。実際には、ずっと早く殺されていたのね」

「じゃあ、まさか、わたしが最後の夜に〈アニキ島〉で見たのは？」

「依羅氏本人だったんでしょう。彼は、替え玉のふりをして奈津子さんに目撃してもらうことによって、犯行推定日時を実際よりも後にずらそうとした」

「何のために、そんなことを……？」

「さあ。穿《うが》った見方かもしれないけど、雅恵たちのアリバイを奪ってやるとか、そういうつもりだったのかもね。ふたりの計画を概《おおむ》ね把握していたとしての話だけれど」

「把握できていたんでしょうか」

「かもね。さっきも言った通り、彼は奈津子さんを〈おなかの事件〉で目撃しているわけだし。この女性かどうかは断定できないが、雅恵は千賀ちゃんの替え玉を用意するつもりかもしれない、と。漠然とながら策略の臭いを嗅ぎつけた。そして、それはふたりがお忍び旅行にゆくためというより、むしろ邪魔者である自分を抹殺するためのアリバイ工作の一環なのではないか——と」

「そこまで細かく読み切ることが、できるものなのでしょうか」

「普段から、ふたりの言動に何かそれらしい兆候を嗅ぎ取っていたとすれば、あり得ない話ではないと思うわ」

「じゃあ……あの男を殺したのは、雅恵さんなんだ」

「という見方も可能ってだけで、なんの確証もないけどね——よし」と野間さん、手帳を閉じました。「できあがり」

「何がです？」

「ん。次回作のネーム」

「って……野間さん、もしかして、さっきの仮説？」

「うん。ちょっとアレンジしなきゃいけないけどね。大筋では、なかなかのものではないかな、と」

「じゃあ、実際は雅恵さんが犯人ではない、ということですか」

「そうは言っていないわよ。彼女が犯人だって確証はないけど、犯人じゃないって確証もないわけでしょ。実際に男がひとり殺されているんだから、犯人はどこかに存在するはずで、それが羽生田雅恵であったとしてもおかしくない。それだけの話よ」

「なーんだ」迫真の仮説に息を詰めて聞いていたわたしは、一気に拍子抜け。「結局、何も判らないってことですか？　野間さんのお知恵をもってしても？」

「こらこら。そんな過剰な期待をかけないでちょうだいな。あたしゃ本職の探偵じゃないんですからね。ま、この仮説自体は、なかなかのもんだとも思ってるけど」

「では、警察に？」

「さっきも言ったでしょ。確証なんか何にもないんだから。知らん顔してネタに使ったほうがお得ってものです」

「じゃあ、わたしもこの設定、次の短編に使っちゃおうかな。殺人事件のほうは野間さんにお任せして。わたしは、もっぱらエロティックなあれを。離れ小島で美少女を巡ってふたりの男女が争っているうちに、なんとなく和解、最後は仲良く3Pして、ハッピーエンドっていうお話。どですか？」

「うんうん。いいんじゃない。あたしはハッピーエンド支持派だよ」

なんて、おばかな結論で、その夜は野間さんとお別れしたのですが。

その後、事件は予想もしなかった展開を見せたのでございます。

4

あの堀詰という刑事さんから、わたしの自宅へ電話が掛かってきたのは八月十七日のこと。折しもわたしはキーボードを叩いて、アマゾネスタイプの美女五人に、よってたかって責めさいなまれる哀れな美少女を喘がせまくっているところでした。こう説明すると、ものすごくハードな内容のように聞こえますけれど、そこは森奈津子、本質はいつものお笑い百合SM小説でございます。五人のアマゾネスたちは彼女の唇をかわるがわる吸い、奪い合うようにして乳房を揉みしだく。耳たぶやお臍《へそ》など窪《くぼ》みという窪みは五本の舌にかわるがわる舐め尽くされ、たゆたう双丘は甘噛みされ。合計五十本の指によって前の扉《とびら》も後ろの蕾《つぼみ》も、いまにも壊れそうなほど転がされた彼女はたまらず獣のように絶叫、「いやあっ、変になっちゃう」——と書き込んだ途端、無粋な電話のベルが鳴って、わたしは現実に引き戻されました。うーむ。いいところだったのに。やや憮然とした気分で受話器を取ってみると、それが堀詰刑事で、例の〈アニキ島〉事件に関して話があるとのこと。俄然《がぜん》興味をそそられました。

「犯人が逮捕されたのですか?」

「いや、まだです。というか、さて、何と申せばいいものやら……ともかく、ちょっとお時間をいただけませんか」

というわけで、新宿まで出ると、編集者さんたちとよく打ち合わせに利用する喫茶店で堀詰刑事とお会いしました。

「——どうも、妙な雲行きになっておりまして、ですね」堀詰さん、従業員が持ってきたコーヒーをひとくち啜《すす》ってておいてから、そう切り出しました。「例の島で発見された遺体ですが、ようやく身元が判明しました」

「どなただったんですの」

「それが」再びコーヒーに口をつけて、間をとりました。「……なんと、依羅正徳氏だったんです」

「え？　あのアニ――」ついうっかり〈アニキ島〉と口走りそうになりました。「ではなくて、あの島の別荘の持ち主の？　インターネット会社の社長さん？」

「そうです。その依羅氏だったんです」

「でも、遺体を発見したのが、その依羅さんだったはずでは？」

「そう身元を騙《かた》っていたんです。発見者のほうの男性は本名を福間《ふくま》といいましてね、都内に住むフリーターなんだが、どうも依羅家とは何の関係もない人間のようでして」

なんだか、いきなり面妖な話になってまいりました。「そのひとが、いったいどうして依羅氏の名前を騙っていたのですか？」

「さあねえ」堀詰刑事、苦虫をかみつぶしたようなお顔。「本人は、自分はそう身元を騙るように頼まれただけで何も知らない、の一点張りなんです。それがまた、あながち嘘とも思えない。さっきフリーターだと言いましたが、要するにアルバイト感覚だったんですな、彼にとっては」

「アルバイト、って……そんなこと、誰に頼まれたというのでしょう」

「羽生田雅恵だと言っています」

「え。雅恵さんが？」

「しかも、彼女本人に問い質《ただ》したところ、たしかに福間という若い男を雇って弟のふりをさせた、と認めているとくる」

「それは、でも、いったい何のためだったのでしょうか？」

「さあ。彼女本人の言い分によりますと、ですね——」

その口調からして、堀詰刑事が雅恵さんの主張をてんから信用していないのは明らかでしたが、ともかくその言い分とやらを聞いてみることに致しましょう。

「こういうことらしいんです——先月の十五日の夜、雅恵は、睡眠薬を盛って眠らせたあなたを、夫の羽生田氏が所有する離れ小島の別荘へと運び込んだ」

「〈ユリ島〉のほうですね」

「は？」

「あ。いえ。すみません。そんなふうに呼んで、わたし、もうひとつの島と区別していたものですから、つい——」

「なるほど。たしかに呼び名がないと、まぎらわしいですな。ともかく、雅恵はあなたを自分の別荘へと運び込んだ。それは、あなたを厚谷千賀という女性の替え玉に仕立てるつもりだったからだ、と。そこら辺りは、先日お会いした際にご説明した通りなんですが、問題はここから後でして」

　つい、わたしは身を乗り出しました。

「眠っているあなたを別荘に置き去りにした雅恵は、自分のクルーザーに乗って島を離れる途上、ふと弟の別荘の在るほうの島を見た、と言うんです」

〈アニキ島〉のほうですね、とはさすがに、わたし、申しませんでしたが。

「すると、弟の別荘に明かりがついていて驚いた、と。雅恵の言い分によれば、千賀という娘が羽生田邸に籠もるのは十六日からの予定だと弟は思い込んでいるはずで、その前夜から早くも見張りにきているのは不自然だ、と感じたのだそうです」

　厳密にいえば、実際に羽生田邸に籠もるのは千賀ちゃんではなく、替え玉であるわたしなわけですが。

「不安にかられた雅恵は、依羅邸の在る島へ寄ってみることにした。明かりのついた別荘へ入った彼女は、そこで弟の遺体を発見したと、こう言うのです」

「え?」驚くというより、なんだかポカンとなってしまいました。「では、依羅氏は十五日の夜、既に殺されていた、と?」

「というか、その夜、弟は既に死んでいた、と雅恵は主張しているんですな」

　わたしの言い回しを堀詰刑事が微妙に訂正したことの意味に、まだこの時はさほどピンとこず、「しかし、それは変ではありませんか。だって、もしそうだとすると、二十三日に刑事さんたちが現場へやってきた段階で、遺体は既に死後一週間も経過していた、ということになってしまいます。わたし、素人なのでよく知らないんですけど、あの遺体、それほどの時間が経過していたものには、とても見えませんでした。特にあの陽気です。雅恵さんの主張が正しいのなら、もっと腐敗が進んでいたはずでは？」

「まさしく我々もその点を追及しましたよ。しかし雅恵がさらに主張するには、弟の遺体を発見した彼女は、すぐに本土へ向かって大量のドライアイスを用意し、依羅邸に取って返すと、遺体をそれで囲い、腐敗が進行するのを防いだ、と言うのです」

「なぜ、そんなことをしたのでしょう？　何の意味もないように思えるのですが」

「本人の言い分によると、ですね」と同じフレーズを枕詞《まくらことば》みたいに、しつこくしつこく反復する堀詰刑事、よっぽど雅恵さんの主張を苦々《にがにが》しく思っておられるようです。

「この時点で弟の遺体が発見されると、自分が殺したのではないかと疑われる――そう思ったと言うんです。彼女が厚谷千賀という女子大生を巡って弟と敵対関係にあったことは公然の秘密だったのだから、と」

「公然の秘密……そうだったんですの？」

「ですから、いまお話ししているのは全部、雅恵本人がそう主張している、ということですよ。加えて、厚谷千賀の替え玉として、森さん、あなたを自分の島に連れてきた直後だったのも何かとまずいと思った、と」

「何が、どうまずいのでしょう」

「雅恵の計画によれば十六日からの一週間、あなたを厚谷千賀に見せかける予定で、その相手は弟だった。その肝心の弟が死んでしまった、これは急遽《きゆうきよ》代役を立てなければいけない、と」

「代役？　何のために？」

「あなたに見せるために。つまり、弟がまだ生きているように偽装したかった、と。彼によく似た福間というフリーターを島へ連れてきて依羅邸に滞在させることにした、と。雅恵は、そう言っているんです」

「でも、そんなに依羅氏に似た人物を、よく簡単に見つけられましたね」

「まさしく我々も、同じ疑問を追及しましたよ。しかしこれも、雅恵には言い分がありましてね。以前から彼女は厚谷千賀を我がものにせんがため、弟を陥れ《おとしい》る手段をあれこれ考案していた、と。その一環として、弟によく似た男によからぬ行為をさせて厚谷千賀に不信感を抱かせるというアイデアを真剣に検討していたことがある、と言うんです。その時から福間に目をつけていたのだ、と」

「すると、その福間というひとは一週間のあいだ、あの別荘で、ずっと依羅氏のふりをしていたのですか？　すぐ傍に遺体が転がっている状況下で？」

「彼らの言い分をすべて信じるなら、そういうことになりますな。ただ、福間によれば、依羅邸の寝室にはたしかにシーツを掛けられたものがあったが、雅恵に、捲ってはいけないと言われていたので、それが人間の死体だとは知らなかったんだ、とか」

「でも、警察に遺体のことを通報したのは、その福間さんなのでしょう？」

「ええ。二十三日になったらシーツを捲るように言われていたから、そうしたんだ、と。死体を見つけた福間は驚いて、雅恵に連絡した。ちなみに彼女は、二十三日には東京に戻っていると言っていたそうです。その後、島から警察に通報したのも、すべて雅恵の指示によるものだと福間は言っています」

「だったら雅恵さんは、どうして遺体発見の日を二十三日に設定したのでしょう。さっきのお話では、彼女が福間さんという代役を立てたのは自分に嫌疑がかけられないようにするためだったはず。ならば、二十三日以前、つまり、自分が旅行中に警察に通報させないと、そもそもアリバイを確保できないではありませんか」

「ええ、ええ。まさしく我々もその点を追及しましたとも」堀詰刑事、うんざりとしたお顔です。「またしても雅恵には言い分がありましてね。福間は依羅氏のふりをして通報するわけだが、彼独りでその設定を貫き通してくれるかどうか心許《こころもと》なかったので、万一に備えて自分が戻ってからにさせたんだ、と」

「本末転倒……というか、支離滅裂ですね、なんだか」

「誰が聞いてもそう思うでしょう。めちゃくちゃですよ、言っていることが何もかも」

「そもそも、依羅氏が生きているという偽装を貫き通せると雅恵さんが考えていたとは、とても思えない」

「まさにそういうことです。実際、こうして露見しました」

「結局、彼女の言い分はすべて、雅恵さんの無実を証明するどころか、自分が怪しいんだぞと自分で主張しているのと同じです」

「実際、雅恵の主張するアリバイは、まったく裏付けられておりませんしね。北海道へ行っていたと言っているが、飛行機の搭乗記録もないし、投宿したとされるホテルにも宿泊記録はない。偽名を使ったんだと言っているが、その偽名すら残っていないとくる。ふざけた話ですよ。加えて、決定的なことには、雅恵に同行していたとされる厚谷千賀が、ここへ来て証言を翻《ひるがえ》し始めましてね」

「どんなふうにです？」

「一緒に旅行していたことにしてくれと雅恵に頼まれたけれども、実際には自分は行っていない、と。それどころか、そもそも自分は依羅氏と雅恵に会ったことは、たった一回しかないんだ、と」

「え……一回しか会っていない？」

「これまで出てきていた話によれば、厚谷千賀は依羅氏の会社でアルバイトしているところを姉弟に揃って見初《みそ》められた、ということになっていましたよね。ところが、そもそも彼女がそんなアルバイトをしていたという事実自体、ありゃせんのです」

ずっとハートのエースだとばかり思い込んでいたトランプのカードを捲ってみると、にやにや笑っているジョーカーの顔が現われたかのような気分……とでも申しましょうか。次から次へと奇妙な話が出てきて、筋道を整理するだけで目が回りそうです。

「ただし厚谷千賀は、会社でパートで勤めている彼女の友人を通じて、アルバイトをしないかと依羅氏から打診されたことはあったそうです。それも、先月の十五日の夜に」

「え……？」

「〈おなかの事件〉という洋風居酒屋に呼ばれて、その話を切り出されたんだとか」

あの時に？

「そのバイトの内容というのが、ちょっと変わっていた。羽生田氏が所有する島の別荘にしばらく独りで滞在して欲しい、それだけでいい、他には特に何もする必要はない、のんびりしていてくれればいいから、と。それだけのことに、破格のバイト料を提示してきたらしいのです」

「島の別荘へ独りで滞在する……」

まるで、わたしがむりやりそうさせられたのと同じ……そう思ったのが伝播《でんぱ》したみたいに、堀詰刑事、重々しく頷いて、

「楽な上にいい金になる話ではあったが、あまりにも胡散臭いので厚谷千賀は、それを断わった。依羅氏と雅恵に会ったのは、その夜が最初で最後だ、と——」

「え？」

あの夜、〈おなかの事件〉には雅恵さんもいたというのでしょうか？　わたしがトイレに立つふりをして、そっと彼らのテーブルを窺った限りでは、千賀ちゃんとおぼしき女性と向き合って座っていたのは依羅氏だけだったはずなのですが。それとも、雅恵さんはその時、たまたま席を外していた、とか？

「ともかく雅恵にはアリバイがないわけですが、そのこと自体が問題なのではない。そもそもこれは殺人事件ではありませんし」

あまりにも意外な話が続くものだから、もはや声も出ません。ただ、ぽかんと口を開けるだけ。

「ん。ああ、すみません。最初に言っておくべきでしたが、実は依羅氏の死因は絞殺ではなかったんですよ」

「では、何だったんですの？」

「それが実は不明なんです。どうも、突然死の類いではないかという話ですが。心臓麻痺とか、そういう、ね。」

「でも、だったら首に巻きついていた、あのベルトは？」

「あれは、その後の調べで、死後、巻き付けられたものであることが判明しました。ついでにいえば頭の傷も、ね。死後につけられたものでした」

そういえば、被害者が殴られたにしては現場には血痕が見当たりませんでした。心臓が停止すると傷がついても出血しなくなる、という話を聞いたことがありますが。

「……誰がそんなことをしたのでしょう」

「さあねえ。福間によると、彼がシーツを捲った時には既にベルトが首に巻きついた状態だった、と言っていますが」

「雅恵さんは、そのことについては？」

「黙して語らず、ってやつですよ」

その口調からして、ベルトを依羅氏の遺体の首に巻き付けたのは雅恵さんである、と堀詰刑事が確信しているのは明らかでした。

「――ともかく、現在の状況はそんなところです。どうもお忙しいところ、お手間をとらせまして」

「いいえ」と立ち上がりかけて、ふと妙な気がしました。事件のことで話があるというからてっきり、改めていろいろ質問されるものとばかり思っていたのですが、堀詰刑事は結局何も訊きませんでした。これではまるで、わたしに捜査状況を教えるためだけに、わざわざ呼び出したような感じで。

「――あ、そうそう」首を傾げているわたしに堀詰刑事、如何にもついで、みたいな表情で紙袋を差し出してきて、「えーと。その。私は小説のこととか全然知らないんだが、いま浪人中の甥《おい》の奴が、たまたま、ええ、たまたまあなたのファンだというんですな。よければサインしてやってくれませんかね？」

その紙袋から出てきたのは『ノンセクシュアル』――著者近影が載っている、わたしの著作でございました。

＊

堀詰刑事と別れたその足で、わたしは電話ボックスへ入りました。倉阪鬼一郎さんの自宅の番号をプッシュ。

「――はい、こちらクラニーです」と自ら愛称で名乗るお茶目な倉阪さん。「あ、奈津子さんか。どうしたの」

「あの、先月の十五日、牧野さんと三人で飲みにいった夜のこと、憶えてます？」

「えと。どの日だっけ。あ、そうか。パーティーの二次会ね。うん。それが？」

「あの時、女性連れにもかかわらず、わたしのことをじっとりと見つめていたという、無防備な彼がいましたよね」

「ああはいはい。いたね、そういうのが」

「その彼の連れは、ひとりでした？」

「え。んーと。どうだったかな。ひとりだったと思うけど。四人掛けのテーブルで女性と向かい合ってたよね。少なくとも彼の隣りの席はからっぽだった、と思うけど」

「ということは、連れの女性の隣りの席に、もうひとり誰かいたのかも？」

「ぼくは見ていないな。位置的に見えなかっただけかもしれないけど」

「あ。牧野さんは見てるかも。ほら、憶えてません？　わたしが女性に関心を示したら、牧野さん、ご自分に似た方がお好きなんですね、みたいな意味のことを言っていた。あれって、あのテーブルには実は女性がふたりいて、そのうち自分に似た体型のひとのほうにわたしが関心を示したと牧野さんは解釈していた、と。そういうことだったのでは？」

「ああ、なるほどね。そうかもしれない」

というわけで、大阪の牧野さんの自宅に掛けてみました。お留守のようでしたが、結局あの日、雅恵さんが〈おなかの事件〉にいたことは、他ならぬ彼女本人によって証言されることになります。

＊

数日後、封書が自宅に届きました。出版社気付でわたし宛に送られてきたものが転送されてきたのです。差出人の名前は、羽生田雅恵となっていました。

「拝啓　森奈津子さま
ご挨拶《あいさつ》が遅れまして申し訳ありません。いつぞやは失礼なことをして、すみませんでした。さぞご不快だったことと思います。改めて陳謝致します。既に警察の方からもお聞き及びと存じますが、先月の十五日、あたしが奈津子さんのお洋服をコーラで汚したのは、わざとでした。その後、連れていったお店のお酒に睡眠薬を入れて眠らせ、孤島の別荘に運び込んだのも、すべてあたしの――といいますか、あたしたちの仕業です。
警察には、奈津子さんをある女の子の替え玉に仕立てるつもりだったという意味の釈明をしましたが、それは真実ではありません。もしかしたら、聡明なるアーティストである奈津子さんのこと、もうすべてお察しのことかもしれませんが――」

アーティスト、ですか。このわたしが。そんなふうに言っていただくのは初めての経験ですが、もうひとつピンときません。でも、なんとなく、うっとり。

「陳謝する以上、でき得る限りこちらの事情を説明するのが筋かと思い、こうして筆を執った次第ですが、正直な話、こんなことをいきなり他人に打ち明けてもいいものか、まだ迷っています。でも、奈津子さんならば、きっと世間一般のひとたちのような近視眼的な見方はせず、理解してくださるような気も致します。なんだか勝手な言い分だとお思いになるかもしれませんが——あ、申し遅れましたが、あたし、デビュー作の『お嬢さまとお呼び！』の頃から森奈津子さんの大・大・大ファンです」

じーん……やっぱり雅恵さんて、ええおひとやー。って、なんで急に関西弁に。

「一方的に打ち明け話を押しつけておいて勝手なお願いですけれど、以下の内容は、どうか奈津子さんお独りの胸に留めておいてくださいますように。今回の騒動のすべての原因は、あたしの弟、依羅正徳の性的嗜好にあります。はっきり言ってしまいますが、弟は変態でした（奈津子さんならきっと、変態の何が悪い、とおっしゃっていただけるのではないかと思います）……」

ま、そうですね。わたし自身が筋金入りの変態ですから。

「――詳しい背景などは割愛しますが、要するに弟は、生身の女性を相手にすることができない人間でした。セックスしようとしても勃《た》たないのです。そのかわり弟は〝見る〟という行為に殊《こと》の外《ほか》、執着しておりました。それも写真とかビデオではなくて、実際の他人の行為です。それを覗き見することでしか勃起できないのです。見ることによって性的に興奮し、そして自分を慰めることしかできない。そんな弟の性癖を思春期の頃、あたしはふとした機会に知りまして、ずっと不憫《ふびん》に思っておりました。その同情の延長線上で、いつしか、あたしは自ら、男との行為を弟に覗かせてやるようになったのです。もちろん、相手の男たちには気づかれないようにした上でです。いまの主人との行為も、よく弟に覗き見させていました。最初は、自分がこんなことをするのは単に弟への哀れみからのつもりだったのですが、いつしかあたし自身、弟に覗かれることに倒錯的な悦《よろこ》びを覚える、いえ、それどころか、覗き見されないと興奮できないという、ひとりの立派な変態になってしまっていたのでした」

なんだかディープな展開です。でも、とてもいいお話のようではありませんか。ここには愛がある、わたしはそう思いました。

「でも、そんな倒錯の遊戯も、何度も繰り返しているうちに、やがてマンネリになってまいります。ただ覗き見するだけでは満足できなくなった弟は、福間という若い男を見つけてきました。ご存じかと思いますけど、弟の素性を騙って遺体の発見役をした彼です。そう、福間は弟に外見がそっくりなのです。双子かと見まがうくらい。わざわざそんな男を選んだのには、もちろん理由がありました。その福間に女性を抱かせることを、弟は新たな代償行為としたのです。女性と絡み合っている福間と自分を同一視することで、刺戟と性的興奮を得るようになったわけです」

なるほど。福間という、依羅氏にそっくりな男を都合よく調達できたのには、そういう背景があったのですか。

「さっき便宜的に、福間に女性を抱かせる、という表現をしましたけれど、実際には他の女性には任せられないことでした。男に気づかれずに弟に覗き見させるためには、女性側の協力がどうしても必要で、そんな危険なことを、とても赤の他人に頼めたものではありません。結局あたしが福間に抱かれることになりました。しかし、ということは弟は、あたしを抱いている福間と自分を同一視していたということであり、実の姉との擬似セックスに興奮していたわけです。危険な兆候は、既にこの時、顕現《けんげん》していたとも言えます。

そんな折、弟は森奈津子という作家の存在を知りました。最初は単に姉が大ファンだということと作風がエロティックだということで興味を抱いたようですが、先日テレビ番組に出演されていたお姿を拝見して、弟は強烈に奈津子さんに惹かれてしまったのです。ある日、思い詰めた顔で、とんでもないことを言い出しました。姉さんと森奈津子が愛し合っているところを見てみたいんだ、と。そんなの無理よと、さすがにあたしもたしなめました。第一奈津子さんがどこに住んでいらっしゃるのかも判らないのに。出版社にコネがあるわけでもありません。しかし弟は、その願望に強烈にとり憑《つ》かれてしまい、どうしても諦《あきら》めてくれません。

そこでわたしは代替案を出しました。弟の会社にパートで勤めている女の子の知り合いに、奈津子さんにわりとよく似た娘がいるらしい、と。そうです。それが厚谷千賀さんのことです。その話を聞き、あたしは弟に提案しました。奈津子さんのかわりに千賀さんと愛し合っているところを見せてあげるから、と。その段階で、あたしは同性とのセックスは未体験でしたが、千賀さんは可愛い方でしたので、彼女ならいいかなと思ったのです。もともとレズビアニズムに興味はありましたし。それでも弟は本物の奈津子さんにこだわっていましたが、とりあえず姉のレズビアン体験を見てみたいという好奇心も働いたのでしょう、千賀さんを羽生田の別荘に呼び寄せる提案に同意しました。

千賀さんへのお願いには、あたしも同行しました。十五日の夜のことです。もちろん、ほんとうの目的は彼女には明かさず、ただ島の別荘に滞在してくれるだけでいいとお願いしていた、その時……なんという偶然でしょう、あの洋風居酒屋に、奈津子さん、あなたがいらっしゃったのです。最初に気づいたのは弟のほうでした。あまりといえばあまりの巡り合わせに、あたしもなかなか信じられませんでしたが、これは運命だと感じたのでしょう、あろうことか弟は、ここで奈津子さんを拉致してしまおうと言い出しました。ちょうど、千賀さんに断わられた場合を想定して彼女を眠らせるために用意しておいた睡眠薬もあります。そうです。あたしたちは、いざという時には千賀さんを眠らせてでも思いを遂げようと考えていました。その場合、彼女を連れ込もうと用意していたのが、あの〈羽菜名和弐苑〉です。お気づきかと存じますが、あそこの個室は床の間の奥が隠し部屋になっていまして、弟の性癖のために、それまでにも度々利用したことのあるお店です。そこで意識を失っている千賀さんを、あたしが弄ぶことになっていました。もちろん犯罪です。言い訳するわけではありませんが、弟の欲望はそれだけ臨界点に達していたのです。千賀さんのために用意していた段取りを、そのまま奈津子さんに転用したわけです。あの夜、そんな準備さえしていなければ、あるいは奈津子さんを拉致する、などという無茶を思いついたりはしなかったでしょう。

結局千賀さんには別荘滞在の申し出を断わられましたが、もう弟は彼女のことなんかどうでもよくなっていました。あたしもそうでした。あたしが弟の邪心に加担したのは、彼の妄執《もうしゅう》が激し過ぎて逆らえなかったからというよりも、あたし自身が強烈に奈津子さんに惹かれていたからでした。拉致して孤島の別荘に閉じ込めてしまえば、あの奈津子さんは自分の思うがまま……そう想像しただけで頭がくらくらして、理性なんか吹き飛んでしまったのです。〈羽菜名和弐苑〉で意識を失った奈津子さんを、弟とあたしは車で運び出し、クルーザーで羽生田の別荘へ置き去りにしました。当初は、奈津子さんがご自分の置かれている状況を把握し、別荘に馴染《なじ》むのを待ってから、あたしが羽生田の別荘へ赴く。そして、すんなりと愛し合えればよし。もしも拒絶されれば、再び睡眠薬で意識を失わせているあいだにそのお身体を弄ぶ。弟はそれをどこかから覗き見する――ざっと、そういう段取りでした。でも結局、その思惑は、すべて外れてしまった。

その原因は……奈津子さん、あなたです。奈津子さん。あのお店であたしはあなたを魔性の女と呼びました。憶えておられますか。その言葉に誇張はありません。

弟は双眼鏡で隣りの島から、羽生田邸のあなたの様子を窺っていました。ええ、あたしも一緒にあそこにおりました。すると、どうでしょう。弟はあなたを見つめ続けながら自分のことを慰め始めたのです。あたしの眼もはばからず。欲望が臨界点に達していた弟は奈津子さんのお姿を見るだけで、もう我慢できなくなっていたのでしょう。そんな弟に、あたしは哀れみを覚えました。いいえ、それは嫉妬だったのかもしれない。

気がつくと、あたしは弟の前にひざまずいて、彼の怒張を口に含んでいました。でも弟は、そんな姉の痴態を無視するみたいに、両手を双眼鏡から離しません。ただひたすら、奈津子さん、あなたを見つめ続けているのです。あたしはますますむきになって、弟を吸い上げ、その根元をしごき下ろしました。そして、とうとう彼を果てさせたのです。あやまちを犯してしまったという実感は後から湧いてきました。でも反面、生身の女の身体には反応しなかったはずの弟を、この口で、この手で果てさせたことに、感動に近いものも覚えておりました。

しかし、弟が可能だったのは、奈津子さんを見つめていればこそです。あたしは、どう足掻《あが》いても奈津子さんにはかなわない。そう思うと口惜しかったけれど、何回放出してもそそり立つ弟の姿に熱病にうかされたかのように有頂天になったあたしは、請われるままに彼の怒張を口に含み、何回も何回も果てさせたのでした。冷静になってみれば、あんなに立て続けに放出させて、身体に障らないわけがありません。なにしろ弟は、あなたの姿が見える限り興奮しているのです。いちいち数えていませんでしたが、ひと晩に十回以上放出することも珍しくありませんでした。あの時、弟もあたしも普通の精神状態ではなかった。あたしに関して言えば、あるいは、そんな行為を繰り返しているうちに弟は奈津子さんの姿を見ずとも可能な身体になってくれるかもしれない、そんな一縷《いちる》の望みに縋《すが》っていたのかもしれません。でも結果的には、それが弟の命を奪ってしまった。

二十二日の夜のことです。腎虚《じんきょ》という言葉は知識として知ってはいましたが、まさかそれが弟の身に降りかかるとは……弟はあたしの口の中で痙攣《けいれん》しました。いつもなら放出されたものが溢れる感覚があるのですが、その時は、空気が射出されたような感じが残っただけでした。そして弟は、その場に崩れ落ちるなり息絶えてしまったのです。

あたしはすっかり気が動転してしまいました。後から思えば、もっと他にやり方があったかもしれません。しかし、血の繋がった弟と罪深い行為に耽っていた後ろめたさも手伝い、このままの形で発見されてはいけないと思い込んでしまったのです。遺体の首にベルトを巻き付け、他殺の偽装をしたり、隣りの別荘にいる奈津子さんは千賀さんの替え玉のために拉致してきたのだという設定を、でっち上げたり……どれも、考えついた時は、なかなかうまく辻褄《つじつま》を合わせられたと思っていましたが、そんなことは全然ありませんでした。却って話が不自然になり、墓穴を掘ってしまっただけ。首にベルトを巻き付けたりする前に、ずり下ろしたままの弟のトランクスをなおしておいてやるべきだったのに、そんなことにすら頭が回らないありさま。福間くんや千賀さんに、あれこれ頼んだのもよくなかったようです。

奈津子さん。この手紙を投函したら、あたしは警察に行くつもりです。そしてありのままをお話しするつもりです。あたしの罪そのものは、それほど大したことはないと思います。奈津子さんの拉致監禁罪、それから弟の遺体の死体損壊罪くらいでしょうか。しかし、とにかく嘘をつくのに疲れました。自分と弟の恥を晒《さら》すわけです。もしかしたら主人には離婚されるかもしれません。それでもいいと、いまは思っています。弟が変態だったように、あたしも変態だったのだから。それを姑息《こそく》に糊塗《こと》しようとしたのが、いけなかったのです。

奈津子さん。さんざんご迷惑をおかけしておいて、こんなことを言うのはずうずうしいと重々承知しておりますが、最後に。

あなたを愛しています。

この世の誰よりも。きっと正徳よりも。

でも、もうお会いすることは二度とないでしょう。残念ですが、仕方のないことだと思います。ご健筆を、遠くの空の下より、お祈り申し上げます。

さようなら。

羽生田雅恵拝」

勃《た》って逝《ゆ》け、乙女のもとへ

1

「――やっぱ、さんぴぃっすか、森《もり》さん的に萌《も》えもえなのは」

ふいにそんな声が耳に飛び込んできて、蜷原《になはら》の手が止まる。寸止めしたつもりのフォークがオードヴルのマグロと帆立貝のタルタルを通り越して皿の表面をこすり、微《かす》かながら耳障りな音がした。ひどく不作法な真似《まね》をしたような気がしたものの、蜷原が狼狽《ろうばい》したのはそれが原因ではない。さんぴぃ……って、やっぱりあの3Pだろうか。つまりその、ふたりじゃなくて男女三人が入り乱れて致すアレのことであろうか。

蜷原は恐るおそる、声が聞こえてきたほうを横眼で窺《うかが》った。空席を幾つか挟んだ斜め向かいのテーブルに、女性のふたり連れが向かい合って座っている。ひとりはロングヘアで細面、長身をパンツルックのツーピースに包んだ美人だ。そのままテレビCMで笑顔を披露してもおかしくないくらい艶《あで》やかな雰囲気で、さきほどの「さんぴい」云々《うんぬん》がこの彼女の口から発せられたことに気づいた蜷原は、嚥下《えんか》しそこなったパンの細かいかけらが逆流して気管に入り、噎《む》せると同時にズボンの局部が突っ張ってしまった。

「同じ3Pは3Pでも、やっぱ、森さんの場合はあれっすか、男二の女一とか女二の男一よりも、女三というパターンが」

内容といい喋《しゃべ》り方といい、まるで一杯飲み屋でおだをあげているおっさんみたいで、へたしたらムードぶち壊しのはずなのだが、彼女の物腰が良い意味で体育会系なせいだろうか、あまり不快な感じはしない。しかし、それにしても……おい。水を飲んで落ち着こうとするが、ますます勃起《ぼっき》してくる。３Ｐか、そういえばおれ、したことないなあ、一遍に女ふたりとなんて、そういうのも経験しないまま人生終わっちゃうんだなあ、などと妙にしみじみしている自分に気づき、蜷原はそっと引きつった笑みを浮かべた。再び水のグラスに手を伸ばしかけて思いなおし、ワインをがぶ飲みする。

「いえ。そんなこともないです」

モリさんと呼ばれた小柄な女もパンツルックだが、ボブカットのせいか、よりマニッシュな感じ。公家顔というのだろうか、典雅な微笑は謎《なぞ》めいている。ムード歌謡が似合いそうな低めの渋い声で、知らず知らずのうちに魅入られそうだ。

「どちらかと言えば、女二に男一が、わたしは好きかも」

大雑把に分類して、長身ロングヘアのほうが洋風とすれば、モリ嬢は和風の美貌《びぼう》だろうか。前者のスタイリッシュで垢抜《あかぬ》けた雰囲気とはまたタイプの違う、おっとりした気品がモリ嬢には漂っているのだが、その彼女の口から、これまた蜷原の度肝を抜くような言葉が飛び出してくる。

「で、女ふたりして、その男の子をあれこれいぢめ抜く、という設定です」

「ああ、そっかー。バイセクシュアルにとっては両手に花の黄金パターンですもんねえ。やっぱオトコはM男くんっすか」

「M男くんがいいですねえ。わたし、綺麗《きれい》なお姐《ねえ》さまにはいぢめられたいけれど、男はいぢめたいの」

「縛りまくりの、しばき倒しの」

「それよりもまず、彼には女性用下着をつけさせるのです」

「ほう。ブラですか、パンティですか。それともキャミやテディとか」

「ブラもいいけど、やっぱりパンティですわね。彼が羞恥《しゅうち》に身悶《みもだ》えて嫌がっても許してあげない。絶対に穿《は》かせちゃう」

「いいですね、いいですねえ。できればちっちゃい紐《ひも》パンみたいなのを、こう。でも、はみ出ちゃうか」

「そしたら亀頭《きとう》をぐりぐり踏んづけて、何かしらなにかしらこれは、大きなクリトリスかしら、とかって言葉責めでいたぶる」

「たまりませんね、たまりませんね」

「それとも、あ、そうかこれはきっと精巧なディルドなのね、こうしてやるわ、えい、おや、どうなっているのかしら、外れないわ、なんて言って、手で引っこ抜こうとしてやるわけです。どうなっているの、ねえったら、これはどうなっているのかしら？と」

「美女がふたりがかりで可愛《かわい》い男の子を。言ってごらん、ほうら言ってごらん、と。ねちねちと」

「言えないのなら、お仕置きよ。ふたりともペニバン装着して、彼のお口とアナルを同時責めっ」

「おうう」

蜷原は頭がくらくらしてきた。最初は興奮していたのが徐々に冷めてくる。すっかり萎《な》えたと思っていたところへ彼女たちふたりの美貌が眼《め》に入り、再び勃起。その拍子に陰毛が下着と陰茎のあいだに挟まれてしまったらしく、しばらくむず痒《がゆ》い痛みに身悶える羽目になってしまった。なんだか悪い夢を見ているかのようだ。いくら現代女性はセクシュアルな話題にオープンとはいえ、これはいくらなんでもあんまりではないのか。少なくとも場末のホルモン焼き屋とかでならともかく、こんなシックなレストラン内でなんて……それとも、そんなふうに感じる自分のほうが頭が固いのか？

〈ラ・ターブル・ロワンタン〉というフレンチで、蜷原は初めて訪れる店である。大通りから住宅街へ入ったところに在る二階建ての建物で、ぱっと見にはそれと判《わか》らない隠れ家的な趣き。さほど大仰な門構えではないが、それが却《かえ》って高級感を醸し出す。

ひとによってはこういうタイプの店の常連になることにステイタスを見出《みいだ》すかもしれない。普段の蜷原なら立ち寄ってみる気にはならなかったろうし、そもそも小ぶりの看板が眼に入ることもなかったろう。が、今日はたまたまスーツを着ていることだし、人生最後の晩餐《ばんさん》と洒落《しゃれ》込《こ》んで散財するのも悪くないか……そんな気持ちで扉をくぐった。

入ってみると、一階は大きなソファが並べられたサロンのような広間で、客がアペリティフを楽しみながら待ち合わせに使うバーらしい。敷地面積はそれほど広くはないようだが、空間を無駄なく利用するセンスの良さが窺える店だ。メートルドテルに導かれ、蜷原は二階の窓際の小さいテーブルへついた。窓の外には、個人の住宅だろうか、コンクリート打ちっぱなしの建物の壁に蔦《つた》が絡まっているのが見える。ひとつまちがうと狭苦しさを感じそうだが、洗練されたインテリアの延長線上ではそんな眺めも一幅の絵画のように楽しめるから不思議だ。

メニューを見てみると高価は高価だが、庶民感覚から著しく懸け離れるほどではない。それでいてフロマージュはプラトーでサービスされるなど、これまで蜷原があまり経験したことのないような本格的な段取り。どのみち普段フレンチなどあまり嗜《たしな》まない蜷原は無難にコース料理を選び、ワインもソムリエに頼って適当に決めた。

注文を済ませてから少し後悔した。最後の晩餐にフレンチというのは重すぎたかもしれない。五十も半ばを過ぎた蟾原は最近、食事という行為そのものを負担に感じることが多くなっている。決して食欲がないわけではないのだが身体《からだ》が追いついてきてくれない。同僚や家族の付き合いで焼肉を食べざるを得ない時など息切れして、すぐに満腹になってしまう。こういうのってセックスと同じなんだよなあ、ふと蟾原はそんな感慨に耽《ふけ》った。若い頃《ころ》は高価なステーキをたらふく喰《く》ってみたくても金がない。精力が続く限り女をとっかえひっかえ遊び尽くしてみたいと悶々《もんもん》としながらも金がない。ようやく小金ができた頃にはすっかり体力が失《う》せ、肉なんか見ただけでゲップが出るわ、あちらのほうもED気味ですぐに中折れするわで。

虚《むな》しいよなあ、人生なんて。庶民的なスケールとはいえようやく自由を手に入れた時には、それを享受する能力が失われている。残酷なものだ。このまま生き続けていたって何の歓《よろこ》びもない……そう溜《た》め息をついた蟾原の耳へ、冒頭の美女たちの会話が飛び込んできた、というわけである。

若い女たちがこんな場所で人目もはばからずに猥談《わいだん》とは。なんと嘆かわしい。もう日本も終わりだ。当初はことさらに自分の中で嫌悪感をかきたてようとしていた蟾原だが、どうもうまくいかない。ふたりの口から次々に繰り出される内容はアブノーマルでありながら、彼女たちの物腰はどこか清楚《せいそ》で、口調は真面目《まじめ》くさっている。その落差が生み出すシュールさは蟾原の想像力を超越しており、なんだか少しも下品な感じがしないのだ。特にモリ嬢はアブノーマルどころかむしろノーブルで、エロティックなお喋りを重ねるたびにある種のカリスマ的なオーラが輝きを増す。ただ個人的にはどちらかといえばおれはロングヘアの女のほうが好みかな、と道徳的な反発心とは裏腹に、蜷原の目尻《めじり》はどんどん下がってゆくのであった。

加えて彼女たちの食べっぷり。瘦《や》せの大食いと言うが、ふたり揃《そろ》って華奢《きゃしゃ》なくせに、鮑《あわび》のフランベやエスカルゴのフリカッセ、オマールのガレット添え、鴨《かも》のロティ、牛ヒレの蒸し焼きなど、コースではなくアラカルトで次から次へもりもりと。おまけに「なんだかちょっと物足りませんねえ、森さん。仔羊《こひつじ》のローストでもいきますか。お。ピジョンの膀胱《ぼうこう》包みってのがありますよ」「それはどんなお料理ですか」「知りませんが、鳩でしょうね。って、あたりまえか。これ、いってみますか。話のネタに。ね。その後、クレープ・ノルマンドあたりで仕上げとか」「いいですねえ」などと盛り上がる。いつもの蜷原なら見ているだけで胸焼けがしただろうが、いまはいっそ爽快《そうかい》なくらいだ。

「遅塚《ちづか》さんは如何《いかが》ですか？」

あのロングヘアの美女はチヅカというのかと、蜷原は無意識に耳をそばだてる。どういう漢字を当てるのだろう。

「え。何です？」

「男の子をいぢめてみたいとか、そういう願望はありませんか？」

「わたしが？　例えばペニバン着けて、男の尻をかかえ、こう、ぐいーんと。なるほど。おもしろそうではありますねえ」

わはははと豪快に笑う。モリ嬢はワインを飲んでいるが、チヅカ嬢のほうはアルコールが駄目らしく、もっぱらミネラルウォーターばかり。そのくせモリ嬢よりもテンションが高い。うーむ。見た目はともかく、この性格はちょっとなあ、例えば身体はチヅカ嬢のままで中味をそっくりモリ嬢と入れ替えれば、かなりおれ好みの女に近づきそうだぞ、などと蜷原は勝手に品定め。

「考えたこともなかったけど、やってやれないことはないかも。ペニバンで、ね。うん。っていうか、わたし、それをやるなら好きなオトコよりも、むしろ嫌いなヤツの尻を犯してやりたいっすね。いやいや。そっか、ペニバンかあ。いずれにしろ、なんか新しい扉が開いちまいそうですが。わはは。やっぱりわたしは殿方を抱くよりも抱かれるほうがいいなあ。なーんちって」

「そういえばこれまでお訊《き》きしたことがなかったけれど、遅塚さんの男性のお好みって、どういうタイプですの？」

「わたしですか。守備範囲、広いっすよ。ええ。そりゃもう多くは望みません。ちょいとビジュアル系で、歌がうまい男ならそれでいいっす。わははは。もし結婚なり同居なりする関係だとしたら、優しくて家事を全部やってくれるひとならば充分。なーんちって。わははは。なにしろね、ええ、わたしもいい歳《とし》ですから。はい。決して高望みはいたしませんとも。わははは」

何が「高望みはしない」だと蜷原は呆《あき》れたものの、会話が自分に付いてゆけるレベルに変わったことに少し安堵《あんど》してもいた。そうそう、妙齢の女性はやっぱり好きな男性のタイプとか流行のファッションとかそういう他愛なくも可愛らしい話題を選ばなきゃ。チヅカ嬢のような美人の口からペニバン、ペニバンと連呼されるのは、蜷原みたいに保守的でちょいと封建主義寄りの男にとっては非常に心臓に悪いのであった。

「いやあ、でもそういう性格もよくて可愛い男の子なんて、一生見つかりそうにないしなあ。結婚しないで独りでいるとなると、老後のことを考えてブルーにもなったり。あ。そうだ。森さん、知ってます？　フレンチではブルーって、ステーキ肉の加熱表現のことらしいですよ」

「へーえ、そうなんですか。それは初めて聞きました」

「えーとね。セニャンが生焼け、ア・ポワンがほどよく焼けた、ビアン・キュイが充分焼けたで、ブルーは若目に火を通した、だったかな。わたしも先日、知り合いのシエフに教えてもらったばかりなんすけど」

「普段わたしたちの言う、レアとかウェルダンってことなのですね」

なんていうやりとりを聞くと、自覚する以上にピューリタン的価値観に染まっている蛯原はホッとするわけであった。その調子だよお嬢さんたち、これでやっと優雅にフレンチを楽しむ心の余裕が——などと安心していたら、またしても彼女たちの会話は怪しい方向へシフトしてゆく。

「わたしも遅塚さんと同じで、同居するとしたら、家事を全部、少なくとも半分はやってくれる男性がいいですね」

「おうう。森さんもですか。それはそれは。奇遇っすね。とかってー」

「あと、タバコを喫《す》わないで、きみにぼくの子供を生んで欲しいなんて絶対に言い出さなくて、それでいて夜中にこちらから予告なしに夜這《よば》いをかけてもきちんと勃《た》ってくれる、ちょっと和風のすっきり系の可愛い男の子なら、結婚してもいいかなあ。どこかにいませんかね、そういうひと」

「どーでしょうねえ。っていうか、そんなオトコがいたら誰かに紹介する前にわたし、自分で押し倒しますよ。わははは」

「それは当然ですわ。なかなか希少価値的存在ですもの。おいそれと何人も見つからないでしょうね。せいぜいひとり見つかればラッキーって感じで」

「お。そうだ。森さん、どうです、そういう男性がいたら、即つかまえてですね、いっそわたしたちで共有しませんか。ね」

蜷原は切り分けたばかりのスズキのポワレを、ぽとりと取り落としそうになった。共有って、それってつまり、こ、このふたりとさんぴ……あらぬ妄想が脳裡《のうり》をぐるぐる駆け巡り、大量の血液がどどっと下半身へ雪崩《なだ》れ落ちてゆく。

「まあ。それはすばらしいご提案ですわ」

「わたし基本的にヘテロですけど、モリさんとなら3P、オッケーっすよ。わははは。それは抜きにしても、共同生活っていうのは案外いいアイデアかも。お互い独身なわけですし。老後のことを考えたら。ね」

「お互い介護し合う、と。なるほど。現実問題として悪くないかも」

「でしょ。でしょ？　形式上はその男性と森さんが結婚して。で、わたしはおふたりの養女とゆーことで。って。こちらがずっと歳上のくせに、おふたかたの子供になりたがるのも厚かましいですが」

「いえいえ。では、そういたしましょう。老後はどうかよろしくお願いします」

「こちらこそ。いやマジで」

「実を言いますと、わたし、ずっと結婚に憧《あこが》れていたのです」

「えっ。森さんが結婚に、ですか？　それは意外。ほんとに？」

「だってわたし、やってみたくてたまらないことがあるんですけど、そればかりは結婚していないと不可能でして」

「といいますと、どういう？」

「夫が隠れてオナニーしているところを覗《のぞ》き見するんです」

蜷原の口の端っこから、含んだばかりのワインが、ぴゅっと噴き出た。

「ははあ。そういうプレイっすか。でも、結婚していなくてもできるのでは？　お互いに見せっこして」

「それでは意味がありません。彼が妻に覗かれていることに全然気がついていないところが、肝要なんですもの」

「うーむ。奥が深い。しかし、ほんと、どっかにいませんかね。我々が共有してもいいと思うような、いいオトコが。いっそナンパでもしにいきますか」

「そういうタイプの殿方って、ナンパに引っかかるかしら」

「微妙っすね。あ。そうそう。ナンパといえば、森さん、わたしこの前、渋谷でだったかな、奇妙な光景を目にしまして」

「奇妙な光景？」

「あれは四十くらいかな、何をしているひとか知りませんが、一見自由業者ふうの恰《かっ》好《こう》をした男がですね、そこへ通りかかったミニスカートにブランドもののバッグで決めてる、いけいけどんどんふうの綺麗なお姐さんに声をかけてまして」

「ナンパですか」

「声は聞こえなかったけど、多分そうだったんでしょう。ありきたりな眺めではあったんですが、そこからが奇妙で――」

と、ふたりのテーブルへ人影が近寄っていった。シェフドランらしい。会話が一旦《いったん》途切れてくれたお蔭《かげ》で、ばかもーん、妙齢の娘がでかい声でオナニーなんて口にするんじゃなーいっ、と危うく叫び出しそうになっていた蜷原はホッと安堵の息をつく。だが、改めて彼女たちのほうを見た彼は、今度は別の意味で驚いてしまった。

モリ嬢とチヅカ嬢のテーブルへふわふわ近づいていったのは人間ではなかった。ふわふわ、というのは文字通りで、なんと空中に浮かんでいる。体長は成人の半分くらいで、全体的に丸っこい。クマだ。いや、ほんとうにクマなのかどうかは判らないが、少なくともデフォルメされたぬいぐるみのシロクマのように見える。なぜかサングラスを掛け、ままごとみたいな作りながらも蝶《ちょう》ネクタイやギャルソンタイプのエプロンも一応着け、手に持った盆へ空の皿を戻している。

「おりょ」さすがにびっくりしたのか、チヅカ嬢、ちょっと身を引く。「っと」

「あらま」モリ嬢も眼を丸くしたものの、相変わらず泰然自若とした口ぶり。「まだこちらにいらっしゃったのですか？」

「って。それはこっちの科白《せりふ》だップ」シロクマもどきは如何《いか》にもぬいぐるみっぽい無表情のまま、指のないふかふかの手をモリ嬢へ向けた。「よくそんなにたびたび来られるもんだね、こんな高級フレンチへ」

「前回はゲイのお友だちのお誕生日だったのですが。今日は」とチヅカ嬢を紹介。

「ちょっと編集の方と打ち合わせで」

「編集？　あ。そうか。きみって作家とか言ってたね、そういえば。ええと。あーもう、この前も名前を訊いたばかりなのに、もう度忘れしてしまったップ」

「森奈津子《なつこ》でございます。こちらは遅塚久美子《くみこ》さん。で、その後、お元気ですか」

「お元気もなにもだね、ご覧のとおりなのであるップ。こうしてシェフドランとして地道に働く毎日なのであるップ」

「もうとっくに、ここでのバイトを終え、おくにのほうへお帰りになったものとばかり思っていましたが」

「帰りたくても帰れなくなってしまったのであるップ。例の通信システムの暗証番号を地球人に洩《も》らしてしまったばっかりに。こんなところへ島流し。ううう。まったく。あの一見優しそうで邪悪な笑みを絶やさぬ、髭面《ひげづら》の坊主頭の男のせいで――」

「一見優しそうで邪悪な笑みの坊主頭？」とチヅカ嬢、首を傾《かし》げた。「それってひょっとして、牧野修《まきのおさむ》さんのことですか？」

「ええ」とモリ嬢が頷《うなず》くのと「えっ」とシロクマもどきがのけぞるのが同時だった。

「まさか、き……きみも、あのホラーな男の知り合いなのであるップか？」

「えーまあ。一応、担当させていただいてますけど。はいー」

「じゃ、じゃあもしかして、肩から黒猫を生やした、あの怪奇な男も……」

「黒猫ってミーコちゃん？　ええ、倉阪《くらさか》鬼一郎《きいちろう》さんの担当もしてますけど」

「そ、そりは失礼をばいたしました。では、ど、どうぞ、ごゆるりと」

　ふわふわ空中浮遊して皿をかたづけていたシロクマもどきはそそくさとテーブルから離れるや、体操競技のフィニッシュを決めるみたいに床に着地。ふかふかの短い後ろ足で、とっとこ逃げるように立ち去った。

「ほう。二足歩行なんですねー」チヅカ嬢、妙に律儀にシロクマもどきを見送っておいてから、モリ嬢のほうへ向きなおる。「ところで、何ですかあれ」

「話せば長いのでございますが」モリ嬢、しばし困惑の笑み。「どうやら、牧野さんに業務上の機密を知られてしまったせいで、懲罰として地球に足留めさせられている、と。そういう事情のようですね」

「はー。するとあれが例の」とチヅカ嬢、納得したように頷いた。「宇宙人っすか」

　うちゅうじん……？　蜷原はさっきとは全然ちがう次元で眩暈《めまい》がしてきた。そんな荒唐無稽《こうとうむけい》な。で、でも、あのぬいぐるみもどきが空中浮遊していたのは事実だし。いや、そもそもなんで誰も驚かないんだ？　モリ嬢とチヅカ嬢はともかく、他の客や従業員たちはどうして平気なんだ？

「先日たまたまこのお店でお会いした時は、単なる気まぐれでバイトされているのかなあと思っていたのですが。いまのご様子では長期滞在を余儀なくされているみたい。というか、厳密には地球抑留なのかしら」

「このまま地球に骨を埋《うず》めることになるかもですね。あいつでしょ、森さんに一物を生《は》やして騒動を起こした例のシロクマって？」

「はい。なかなか得難い体験でしたわ。まさかああいう形で、長年の私的ファンタジーが現実化するとは」

「なにしろペニバンじゃなくて、本物のペニスでセックスを体験できたんですもんねえ。さすが宇宙人、未知のテクノロジーを駆使してくること。で、如何でしたか、可愛い男の子を羽交い締めにしたご気分は」

「それが、わたしったら女性のお相手ばかりしてたもので。殿方をひいひい泣かせる機会は結局逃してしまいました」

「あらー。それは残念」

もはや蜷原は彼女たちの会話には上の空だった。宇宙人……未知のテクノロジー……私的ファンタジーが現実化……それらのキーワードが頭の中でぐるぐる回っている。もしかしたらこれは——さっきまで、これで家族や同僚たちともお別れだ、食事の後はどこかのビルから飛び下りると決めていたこともすっかり忘れ、これは千載一遇の大チャンスかもしれんぞと有頂天になる。

「そういえば、遅塚さん、さきほどの渋谷でナンパしていた殿方のお話は？」

「お。そうそう。彼はそのいけいけどんどんふうのお姐さんに声をかけたんですが、彼女は速攻で、そっぽを向いちゃったんですよ。その男をまるっきり無視したまま、長くて綺麗な脚のブーツのヒールでこれみよがしに道路を蹴《け》って。どっかへ行っちゃった」

「ふられてしまったわけですね」

「どう見てもね。ところがその男、それにも構わず、ずーっと独りで何か喋っているんですわ。しかも、彼女が立ち去って誰もいなくなっている場所に向かって」

「はて。それはまた面妖《めんよう》な」

「でしょ？　で、ひとしきり喋ったかと思うや、気落ちした様子もなく、にこにこして彼もそこから立ち去っていったんです。まるで何事もなかったかのように」

「たしかに奇異な光景ですね。もしかしてその方、ナンパに失敗したのが恥ずかしかったので、そうやってずっと独り言を呟《つぶや》いていたふりをして周囲をごまかそうとしたとか、そういうことなのでしょうか」

「あーなるほど。それは思いつかなかったけど。案外そんなところかな。そんなの誰も注目したりしやしないのにねえ。そういやなんだか自意識過剰そうな感じもし。って。おっと。あんまりずけずけ言っちゃまずいかも。実はその男性、このお店でたまーに見かけるお客さんなんすよ」

「あら。そうなのですか」

「といっても名前も知らないし、話したこともないんだけど。たまたま顔を知ってたせいで、なおさら印象的な一幕でした。どうやら今夜は」とチヅカ嬢、半分ほど席が埋まった店内を見回した。「来ていないみたいだな、そのひと」

「もしかしたら彼のほうでも遅塚さんの顔に見覚えがあったのではないでしょうか。それでよけいに恥ずかしかった、とか」

「そうかなあ。わたしのほうを見ている様子はなかったけど。にしてもあのお姐さん、ぎんぎんド派手な衣装でカッコよかったなあ。一歩まちがえたらケバくなりそうなんだけれど、不思議に颯爽《さっそう》としているんですよ。いいなあ。いいっ。あの男のひとが思わず声をかけてしまった気持ち、よく判るよなあ。わたしも一遍、ああいういけいけどんどんスタイルを試してみたいなあ、なんて」

「それはぜひ。遅塚さんなら、どんな服でもきっとお似合いですわ」

「いやあ、だめっすよ。だめだめ。せめて五年前とかなら、ね。どうにかなったかもしれないけど。いまとなっちゃ、あのマイクロミニはけっこうきついかもー。歳甲斐《としがい》もないってゆーか、なんだか出来の悪いコスプレみたくなりそうで」

「そうだ。コスプレといえば、いつかみんなで撮影会をしませんか。わたしのお友だちで現役コスプレイヤーの方がいらっしゃるのですが、今度プライベートでもコスプレ大会を催し、記念撮影しましょうよ、という話になっておりまして」

「ほほう。おもしろそうですね。わたしでよろしければ、まぜてくださいな」

「いまのところその方はチアリーダー、わたしはメイド服の予定なんですけど。あ。バニーガールの衣装を貰《もら》ったんだ。遅塚さん、それやりません？」

「おうう。バニーっすか。ウサ耳つけて、網タイツ穿《は》いて。いいっすねーそれ。ぜひやってみたいかもーん。って。デジカメで写すんですよね？　は。はは。ちょ、ちょっと照れるぜってゆーか、怖かったりして。いや、後でウサ耳の自分を写真で見るのが、ね。ははは。うはははは」

　いまや蜷原は、思いついたばかりのアイデアに没頭しており、彼女たちの会話は耳を素通り――かと思いきや、メイド服とかバニーガールという単語にはしっかり反応し、このふたりのコスプレなら金を払ってでも見てみたいぞと、にやついたりもしていた。

「——では、お先に」

2

その日の午後十一時。〈ラ・タープル・ロワンタン〉の裏口が開いた。ひょこひょこ白い影が出てくる。

「わたしは失礼するであるップ。みなさま、明日もどうかよろしく。バイバイよ」

そう屋内へ声をかけると、シロクマもどきはとことこ歩く。ギャルソンタイプの衣装は脱いでいるが、街灯が少なく暗い夜道でもサングラスは掛けたままである。

「ふー。今日もよく働いたップ。これからお楽しみの生を、きゅーっと一杯。いやいやいや、仕事の後はこれが、こたえられないのであるップ。労働は尊いのお。賄《まかな》い、いっぱい食べちゃったけど、もうおなかぺこぺこップよ。さてさて。今夜はどこへ行こうかなあ。本格的に肌寒い季節になってきたことだし、ひさしぶりに温かいオデンなんてどうだね。ん。どうだねどうだね」

鼻唄《はなうた》まじりに独り言と戯れながらスキップし、時折ふわふわ浮かぶシロクマもどきの前に、いきなり人影が立ちはだかった。白く丸っこい身体が、ぎくりと凝固する。

「だ……誰？　誰だップ？　待て。待ちなさい。わ、わたしを襲ったって、な、ないップよ、お金なんか。ありません。ないったら、ない。そりゃ、たったいま飲みにゆく算段をしてたけど、あくまでも庶民的なレベルの話でありまして、ですね、決して強盗されるほど裕福なわけでは――」

「おいおい。少し落ち着きたまえ」人影は一歩踏み出し、暗闇《くらやみ》から街灯の光の輪の中へ入ってきた。「別に怪しい者じゃない」

蜷原だった。如才ない仕種《しぐさ》で、さっと名刺を取り出す。「さっきもきみのお店で食事をさせてもらってたんだが」

「えーと。蜷原康正《やすまさ》さん、ですか。ほう。これはこれは、一流企業にお勤めだップね。しかも部長さんとは」

「急なお願いで申し訳ないが、ちょっと付き合ってもらえないか。これから食事と言っていたようだが、なんならぼくが御馳走《ごちそう》させてもらおう」

「え。ほ、ほんと？」

シロクマもどきは、ころっと破顔した。いや、ぬいぐるみなんだから表情はまったく変わらないし、サングラスの奥の眼もボタンのままなのだが、少なくとも蜷原には破顔したかのように見えた。

「つまり奢《おご》りってこと？　あなた持ち？　いくら飲んでも食べても、全部？」

「もちろんそうさ」

「そういうことは、もっと早く言いたまい。おお。いま気がつきましたが、なんと偶然にもこの近くに、なかなか落ち着ける和風のお店があるのであるップ。美味《うま》いし、遅くまでやってるし。早速そこへ行きましょう。行こういこう。行くのであるップ。さあ。さあささあさあっ」

シロクマもどきが案内したのは〈銀の鵺《ぬえ》〉という小料理屋だ。入ってみると、この時間帯にしては混《こ》んでいる。満席かと思ったのだが、運よくカウンターの隅っこにおさまることができた。と、その時。

「——遅塚さんはお仕事柄、ミステリにはお詳しいですよね」

そんな声が聞こえてきて蜷原は、ぎょっとなった。あれってまさか……恐るおそる肩越しに窺ってみると、はたしてあのモリ嬢だ。チヅカ嬢と一緒に座敷席に陣取っている。どうやら偶然にも彼女たちの二次会と同じ店へ来てしまったらしい。それはいいのだが、ふたりの女の前のテーブルには空になったジョッキや皿が山のように積み上げられているではないか。おまけに「あ。すみませーん。地鶏の串焼《くしや》きとシカの竜田揚げ、追加」「揚げ出し豆腐も二人前ー」「茶ソバとフライドポテトと、それからそれから」「あ。酒盗がある。これ、いっていいですか」「いきましょういきましょう。蒟蒻《こんにゃく》の唐揚げもいってみましょう」などと間断なくオーダーしている。フレンチをあんなにこってり喰った後で、いったい胃のどこにそんな余裕が残っているんだろう?

いつもの蜷原なら聞いているだけで吐きそうになっただろうが、シロクマもどきの隣りにいる己れの立場に改めて思いを馳《は》せると、まあ世の中にはいろいろSFなことがあるんだからさ、別に深く考えなくてもいいわな、と寛容な気持ちになれる。

「詳しいってこともないけど」チヅカ嬢、相変わらずノンアルコール飲料で通しているくせに、他のどの酔っぱらいよりもテンションが高そうである。「仕事抜きでもミステリは好きっすよ。それが何か」

「例えばですね、ある男のひとが独りでラヴホテルへ入って」モリ嬢は酒盗を肴《さかな》に、冷酒をちびちび。「そしてしばらくして独りで出てきた——とします」

「ふむふむ」

「それってミステリ的には、どういう解釈ができるでしょう？　つまり、その男性が独りでラヴホテルに出入りしたことに何か合理的な理由はあるのか、という意味ですが」

「その男が出ていった部屋から、後になって他殺死体が発見されたとか、そういう設定ではなくて、ですか？」

「ちがうと思います。もし同じ場所で殺人事件があったのだとしたら、そのことは必ず言ってくれてたでしょうから」

「もしかして実話ですか、それ」

「ええ。某知人の目撃談です」

「その口ぶりだと、たまたま他の宿がどこも満室で泊まるところがなかったから仕方なくラヴホテルを利用した——なんて単純な種明かしでもなさそうっすね」

「真っ昼間だったそうなんですよ。ごく普通の身なりの平凡そうな中年男性が、ご休息に独りで入って、二時間後に独りで出てきた。変でしょう」

「独りで、というのはたしかなことなんですか。実は建物の中で女性と落ち合い、しかる後に別々に出てきた、とか。そういうオチなのでは」

「どういう状況で目撃したのかは、その知人も事情があるらしくて教えてくれませんでしたが、その男性が独りで入って、そして独りで出てきたことは絶対にたしかだ、と言い張っているのです」

「待ち合わせをしていたんだけれど、相手の女性にすっぽかされてしまった、とか」

「そんな表情は窺えなかった、むしろその男性は非常に満足そうにしていたんだとか。もちろんその知人の主観に左右された意見ですけど、仮にそれがほんとうだとしたら、なかなか奇妙なことだなあと思って」

「ふーん。何でしょうね。その日はすごく天候が悪かった、とか？」

「え。といいますと？」

「例えばその男性は徹夜明けで、ふらふらになっていた、次の仕事までの短いあいだ、とにかく眠っておきたい、公園のベンチで昼寝しようと思ったが、あいにく土砂降りで、他に適当な場所もなかったものだから、仕方なくラヴホテルへ入った——と。どうでしょうか、この仮説」

「その日は至ってよいお天気だったような口ぶりでしたけれど」

「そうですか。うーん。むずかしいな」

「最初この話を聞いた時、わたしてっきり、その殿方は急にオナニーをしたくなったんだろうな、と考えたのですが」

「男が独り、ラヴホテルでオナニーっすか。それって新機軸は新機軸かも」

「外出中、唐突に一発抜きたくて抜きたくて辛抱たまらなくなり、目についた密室へ駆け込んだのではないか、と。でも」

「でも、そのためにわざわざお金を払いますかね。普通、駅かどこかのトイレで間に合わせようとしそうなものですが」

「ですよね。些細《ささい》なと言えば些細な謎なんだけど、どうにも不可解で——」

まだあのふたりはオナニーだの何だのと破廉恥で猥雑な話に耽っとるのか。まったく。蜷原はうんざりしたが、まあいい。彼女たちがこちらに気づきさえしなければ何も問題はない——と思ったそばから、特大ジョッキで生ビールをごっきゅごっきゅ一気飲みしたシロクマもどきが、ぷはっと泡を噴きつつ、声を張り上げた。

「かーっ。この一杯のために生きてるね、ってか。お姐さんお姐さん、本日のお勧めメニュー、見せてちょうだいなップ」

「ちょっとちょっと、きみ」こそこそ首を竦《すく》めながら蜷原はたしなめた。「そんな大声を出してはいかん」

「ん。なんで。なんでだップ？」

「他のお客さんの迷惑になるだろ」

幸いモリ嬢とチヅカ嬢は自分たちの会話に夢中で、カウンターのほうを窺う素振りなどは見せないが、油断禁物。ふたりとも宇宙人の存在を知っているわけだし、特殊な能力を有するシロクマもどきにこっそり接触してきた人物がいると気づかれたら、何かよからぬ思惑があるのではないかと察知されるかもしれない。用心に越したことはない。

「えと。どうだろう、河岸《かし》を変えないか」

「って。何を言い出すんですか、あなた。まだ来たばかりだップよ」

「いや、他にもっと落ち着けるところがあるんじゃないか、と思ってさ」

「やだ。ここがいい。ここがいいップ」とカウンターにへばりつく。「ここがいいんだもん。お。今日は伊勢海老《いせえび》があるップ。ほう。近江《おうみ》牛にタラバガニも。うふふ」

「判ったわかった。じゃ、ここで寛《くつろ》いでくれたまえ。しかしくれぐれも静かに、な」

と釘《くぎ》を刺しながら、何げなしに本日のお勧めメニューで伊勢海老や近江牛、そしてタラバガニの値段を見た蜷原は眼を剝《む》き、そして顔面蒼白《そうはく》になった。「そ、それからきみ、あんまり極端に高価なものは注文しないように。特に本日のお勧めとかは絶対」

「え。えええ。えー」表情の変わらないぬいぐるみのはずが、ぶうと頰《ほお》を膨らませたように見える。「そんな殺生な。話がちがう。ちがうップ」

「奢るとは言ったけど、こっちの予算だって青天井じゃないんだから。そこら辺りは良識を働かせてくれたまえ。頼むよ」

「判った。判りましたよ。ちぇ。あ。お姐さんお姐さん。生のおかわりと、それからアジのタタキ、和風ギョーザね。あと焼鳥は、ボンボチとソリをよろしくップ」

「――実はな」蜷原はさらに声を低めて、本題に入った。「きみを見込んで、ぜひお願いしたいことがあるのだ」

「はいはい。何だップ」生をぐびぐびやりながら気のない返事。「何であるプか」

「さきほど耳にしたところでは、きみは宇宙人なんだとか?」

「如何にも、その通りであるップ」

「すると人類には不可能なことでも、きみにはできたりするわけだ」

「まあね。テクノロジーの進歩はここと桁違《けたちが》いと考えてもらってけっこうだップ。あなたたちの眼から見れば、まるで魔法のようなことだって――」

「さあ、そこだ」ふかふかの白いおなかを突き出すようにしてふんぞり返られた分、嘘臭《うそ》いと思わないでもなかったが、どうせダメもと、蜷原はじっとシロクマもどきの顔を覗き込んだ。「このぼくを若返らせるなんてどうだろう。きみ、できるか？」

「若返らせるって、何歳くらいに？」

「いや、文字通り若者にならなくてもいいんだ。つまりその、精力的にというか」

「ははあ」おもしろくもなさそうに、指のないふかふかの手で箸《はし》を器用に操り、アジのタタキを口もとへ運ぶ。「要するに、あちらのほうの話題だップね」

「察しがいいな」

「多いプからね。そういうひと、ね」

「やっぱり宇宙人でもそうなのか」

「いや、当方のことではないのだップ。どうもね、地球の男って」ぬいぐるみに口はないはずなのに、どういう仕組みか、和風ギョーザがするするする、シロクマもどきの中へと消えてゆく。「みんな同じ願望を抱くんだなあ、と思って。あーあ。ま、いいけど。つまらん。興味ない話だップ」

「そうつれない言い方をしないで。ちゃんと話を聞いてくれよ」

しばらく黙って焼鳥を食べていたシロクマもどきは、じろりと陰気にサングラスの背後のボタン眼を蜷原のほうへ向けた。「土佐の〈文佳人〉、飲んでいいプか」

「えーと」蜷原は酒の料金表を見て、咳払《せきばら》いした。「まあどうぞ、それくらいなら」

「お姐さんお姐さん」打って変わって陽気な声で、はしゃぎまくる。「土佐の〈文佳人〉をコップでふたつね。いやあ、これが口あたりがよくて騙《だま》されるけど、強い酒なのであるップ。ずしんと腰へ来ます」

「話を続けていいかな」

「どうぞ。どうぞどうぞどうぞ。思う存分お話しくださいなップ。わはい」

「自慢にならない話だが、ぼくは女性経験はさほど豊富ではない。普通というか、平均的ではあると思うんだが。学生時代には一緒に旅行もできる恋人がいたし、風俗でそれなりに遊びもした。見合いで結婚して、子供はふたり」

「絵に描いたような凡庸さであるップな。って。これは失礼」

「いや。きみの言う通りさ。凡庸。そのひとことに尽きる。それが一番幸せだと言う向きもあるが。ぼくは納得できなくてね。なんというのか、長年ずっと、騙されてきたような気分なんだよな、いま」

「騙されてきた？　といいますと」

「いまどきセックスというのは、子供でもお手軽にできる遊びという風潮だけど、ぼくが思春期の頃はそうじゃなかった。一応モラルがまだ有効な時代だったからさ。異性といろいろ楽しむのは大人にならないとできない特別なこと、というイメージがあった。道徳教育がそれなりに効力を発揮していたんだね。多分ぼくたちはそういう固定観念に引っかかっている最後の世代だと思うが」

「なるほどなるほど」酔っぱらってきたらしく、シロクマもどきは機嫌よくコップ酒をおかわり。「興味深いお話であるップな」

「もちろんぼくたちが中学生の頃だって、やるやつはやってたよ。でも、そういうのって後ろ暗いイメージがあってさ。一人前にもなっていないのに粗相をしてしまった馬鹿、みたいな。実際、ここそこ同級生たちから堕胎費用をカンパしてもらうやつらって例外なく頭が悪そうだったし。そんなこともあって、セックスというのは努力して立派な大人になり、ちゃんと家族をつくるご褒美として得られる快楽というイメージが確立されてた——なんて言いながら、ぼく自身、そんなモラルに縛られていたのはせいぜい高校生ぐらいまで。大学生になった記念に、まだ親の臑《すね》かじりの身で、プロ相手にあっさり童貞を捨てちゃったんだけどさ」

「ありがちだップね。それで目覚めて、こんな気持ちいいことなら、もっと早くしておけばよかった、なーんて」

「いや、それがそうじゃない。そりゃね、ぼくだって最初は女の肉体に溺《おぼ》れたよ。それこそ貪《むさぼ》るように。でも、成長するにつれ、セックスというものはどんどん味気なくなってゆく。おかしい、こんなはずじゃなかったのにと。そう感じ始めるんだ」

「こんなはずじゃなかった？」

「思春期の頃って、やりたい盛りなのにセックスがタブー視され、抑圧される。その分、イメージばかりが先行して頭の中でどんどん膨らんでゆくわけだ」

「ああもあろう、こうもあろう、と」

「行為そのものやそれに伴う快楽が誇張されるし、神秘化される。すると実際に体験した時、どうしても幻滅してしまう。おかしい、この程度のものだったのかな、そんなはずはないんだが……と」

「うむうむ。なんとなく判るップ」

「それでも若い頃は、すぐに気持ちの切り替えができる。新しい女を抱くと、やはり新鮮だったし。女房でさえ、いまは指一本触れる気にならんが、新婚当時は台所と言わず風呂場《ふろば》と言わず、時と場所を選ばないで、やりまくりましたよ」

「子供もふたりできたわけだップ」

「しかしこの歳になると、さすがに冷めてしまった。女房に限らず、どの女に対しても。肉体的にばかりでなく精神的にも、ほとほと疲れてしまって。いや、たまにはその気になるよ。その気になって会社の部下やバイトの娘を誘って挑みかかるんだが、どうしても途中で萎える。興奮が持続しないんだよ。インポ気味というか、いまふうに言えばＥＤってことなのかな」

「ありがちな悩みだップね。なるほど、あなたが若返りたいのは、精力を取り戻して再びばりばりセックスできる身体になり、人生のすばらしさを謳歌《おうか》したいからだ、と」

「いや、それは微妙にちがう」

「ちがう？　どんなふうに」

「セックスって実はとてもつまらない、その真実に変わりはない。だってそうだろ。挿入して粘膜摩擦で刺戟《しげき》して射精、どんな女とやろうが基本パターンは同じなんだから」

「まあ、そうだップね。というか、そうみたいですね。わたしはやらないから、よく知りませんけど」

「女の肉体が神々しいと思えるのも、せいぜい二十代までだよ。どんなに美人だって裸に剝けば、いろいろ粗《あら》が目立つ。乳房が腹まで垂れてたり、見えないところに脂肪がついてたり、変な形のイボがあったり、外反母趾《がいはんぼし》だったり、足の裏の角質がぼろぼろ剝《は》がれてたり、脱肛《だっこう》してたりしてさ」

「そりゃ人間だって生物なんですからね。新陳代謝する以上、そういうのは仕方ありません。しかしどうもよく判らんプ。要するにあなた、セックスや女に幻滅しているわけでしょ。なのにまたどうして、精力的に若返りたいなんて願うわけ？」

「だって口惜《くや》しいじゃないか」

「って何が」

「さっきも言ったように、ぼくはそれほど女性体験が豊富なほうではない。世の中には千人斬《ぎ》りを誇る男だっているんだから。そういうのと比べれば餓鬼もいいところ。そんなぼくがだよ、セックスはつまらん、なんてのたまったところで説得力ないだろ？　いくらそれが真実とはいえ。負け惜しみを言っているみたいに冷笑されるのがオチだ。それがめちゃくちゃ口惜しいのだ」

「はー、そうですか」シロクマもどきは相変わらず無表情だったが、むきになる蜷原に呆れ、辟易《へきえき》しているようだ。「そんなものなんですか。いろいろ大変だップね」

「だいたいエロティシズムなんて人類が発明した最大のガセネタなんだよ。何か途轍《とてつ》もなくすばらしい快楽が現実にあるかのように惑わせ、男を肉欲へ肉欲へと追い込む。これはねきみ、陰謀だよ」

「陰謀、ですか」もうどうでもよくなってきたのか、シロクマもどきは投げ遣《や》りに駄洒落をかます。「つまりあなた、陰謀のせいでインポーになってしまったわけですね。なーんちゃってップ。あは。あは。あははは」

「さもセックスはすばらしい快楽をもたらしてくれるというイメージを捏造《ねつぞう》することで子供をどんどん生ませ、安定した労働力を得ようという、これは陰謀なんだ。こら。

笑いごとじゃない。モラルや宗教だってタブー視することで実はセックスの神秘化に加担しているだけだ。種の繁栄を図ろうとする陰の意思が、そうやって我々にむりやり交尾させようとしているんだ。何がなんでもセックスさせておいて、あとはこっちが幻滅しようがどうしようが知らん顔。ぼくが騙されたと感じるのも無理はなかろう」

「はいはいはい。判った。判ったップ。で、あなた結局、どうしたいわけですか」

「真実を暴きたい。セックスなんてつまらんぞと。そう堂々と言ってやりたい」

「言えば」

「いまのままでは説得力がない。だからぼくは千人斬りをしなければいけないんだ。厳密に千人でなくてもいい。百人でもいい。とにかく女をたくさん抱いて、そしてその上で言ってやるんだ。セックスなんかつまらん、女にはうんざりだ、とね。判るだろ。結論は同じでも、言葉の重みが違う」

「千人とか百人って、あなた。やれやれ。どうしてこうも同じことばかり頼むかな、みんな。って。いやいや、こっちの話だップ。ともかく、なんだかんだと理屈を捏《こ》ねられましたけど、たしかに結論は同じだップね。要するにあなたも、もっとたくさん、いろんな女とエッチしてみたいだけの話で」

「どんなふうに解釈してもらってもかまわんが、そのためには、まず二十代の若者並みの体力が要《い》る。どうだろう。ぼくの肉体を改造してくれないか」

「そう言われましても、ねえ」

「ぼくはね、今夜きみの店で腹いっぱい食べた後は、どこか適当なビルを選んで投身自殺しようと思っていた」

「え。自殺？　なんでまたそんなことを。ひょっとして病気か何かで？」

「いや、お蔭さまでこの歳のわりには健康なんだが。つまらなくてね、人生が」

「そんな、部長さんたら。身も蓋《ふた》もないことを言うんじゃありませんプよ。そこまで出世したくてもできないひとたちのほうが世の中には多いんだから。ね」

「たしかに第三者から見れば、ぼくは一応成功者の部類に入るだろう。しかし、精一杯努力して得られたものはこの程度かと。そういう気持ちがあるんだよ。この歳になったからこそ敢《あ》えて言うんだが。おれの人生、所詮《しょせん》はこの程度かと」

「うーむ。そういうのって普遍的な悩みですからねえ。まあお飲みなさいップ」

「だいたい、だな」蜷原はちらりと座敷席のほうを窺ったが、モリ嬢とチヅカ嬢の姿は既に消えていた。「例えば今夜、レストランのほうにすごい美人のふたり連れがいただろ。きみの知り合いの」

「ああ、あの作家と編集者の」

「仮にぼくが、彼女たちをふたり一遍に抱きたいと思ったとする。ふたりに同時に奉仕させたり、彼女たちにレズ行為をさせたりして濃厚な三人プレイに耽りたいと願ったとしよう。しかしそれは実際に可能なのか」

「さあ」シロクマもどきが、ふっと虚無的に失笑したみたいに見えたのは、蜷原の気のせいだったろうか。「一応お試しになってみれば如何かなッップ。言っておきますが、わたしは責任もちません」

「常識的に考えれば、まず無理だ。そうだろう。つまり、その程度の願望も叶《かな》わないのがぼくの人生なんだ。いったいどこが成功者なんだか、我ながら笑わせる」

「ちょっとちょっと。いまあなた、彼女たちのことをすごい美人だと言ったッップ。そのふたりとエッチすることを、その程度の願望、なんて称するのは矛盾してませんか」

「言葉の綾《あや》だよ。言葉の綾。自分の人生なんだからぼくの思うようになるはずだとずっと思い込んでいたのに、実はなにひとつ自由にならないんだと、ようやく悟ったんだってことを言いたいの」

「要するに、ここでもまた騙されていたんだと。そう言いたいわけッップね」

「だからこの世に何の未練もない。そう決めて家を出てきたんだ。もう息子も娘も独立しているし、女房だって金銭的にも精神的にもぼくを頼ってはいない。一応簡単な書き置きはしてきたが。ね。判るだろ。そこまで思い詰めていたんだよ。しかし、こうしてきみと出会ったことで、いままで想像もできなかった活路が開けるかもしれない。な。ここはひとつ、ひと助けだと思って。ぼくの願いを叶えてくれ。頼むよ」

「そんな、泣き落としをされても……」

「できないと言うのか」

「まあそりゃあ、ね。できないこともないップが、微妙にその、何ていうか」

会話が途切れる。蜷原は腕組みをして、本日のお勧めメニューを、ちらりと見た。

「どうだね。近江牛でもひとつ」

「ちょいとお姐さんっ」蜷原が言い終わる前に、シロクマもどきは背伸びして腕をぶんぶん振りたくる。「お姐さんお姐さん。近江牛のガーリック・ステーキ、五人前。ミディアムレアにしてちょうだいなップ。大至急ね、大至急っ」

「で、どんなものだろう」

「部長さんを精力絶倫の男にすればいいんですね？　よろしいよろしい。簡単であるップよ、それしきのこと。食事が終わったら、ちょちょいのちょいと」

「えーと。実はお願いというのは、それだけではないのだ」

「え。まだあるの」

「精力絶倫なだけじゃなくて、黙っていても女のほうからしなだれかかってきてくれるような男に改造してもらえないかな」

再び沈黙が下りた。絶句していたシロクマもどきは、やおらコップ酒を呷《あお》り、深々と厭世《えんせい》的な溜め息をつく。

「まったく……揃いもそろって。みんなそういうオプションを欲しがるプ」

「ムシのいいことを頼むと思うだろうが、これはぼくにとって切実な問題なんだ。この歳だろう。時間がない。なにしろこれから千人斬りに挑まなきゃいけないんだぞ」

「誰もやれとは強制してません」

「色恋のかけひきを楽しんでいる場合じゃないし、無駄弾も撃ちたくない。だいたい、めんどくさいんだよ、相手をその気にさせるのって。早い話、用があるのは女の肉体であって、人格じゃないんだ。交渉も前戯も無いに越したことはない。黙っていても女のほうから股《また》を拡《ひろ》げてくれるようにしてくれ。なあ。そういうのもできるんだろ？　フェロモン関係か何かを、ちょいといじってさ。催眠術とか、そういうのでもいい。なにしろきみ、宇宙人なんだから」

「宇宙人を免罪符にして、なんでもかんでも万能にしてはいかんのであるップ。いくらわたしだってね、おのずからできることと、できないことが」

「じゃあ無理だというのか」

「まあその……似たような結果が出ればいいのなら、できなくもないというか、なんというか、うーむ、微妙であるップ」

「もっと注文しなくていいのかね。そうだ。伊勢海老なんてどうかな」

「お姐さんっ。お姐さんてば。伊勢海老ね、伊勢海老。そこ。そこの生《い》け簀《す》にいる一番大きいやつ。それ。それそれそれっ。それを、おつくりにして、あとで雑炊にしてちょうだいなップ」立ち上がって絶叫した後、悠然と座りなおし、うほんと咳払い。

「うむ。つまり何だプ、部長さんを、黙ってそこに立っているだけで女性たちのほうから誘惑してきてくれるような、強烈な性愛フェロモンむんむん、ナニも抜かずの三十連発が可能な精力絶倫の男にすればいい、と」

「そういうこと。まさにそういうことだよ。じゃ、やってくれるんだな」

「似たようなことでよければ。はい」

「何だねそれは。似たようなことって、どういう意味なんだ?」

「出る結果は同じということだップ。プロセスは部長さんが考えているのと、微妙にというか、ちょっとちがうけど」

「なんだかよく判らんが……そんなので、ぼくは満足できるのか」

「それはまちがいなく。保証するップ」

「じゃあ早速、やってくれ」

「伊勢海老の雑炊が来るまで待つップ」

「待てない。支払いは済ませておくから、早くやってくれよ。ちょちょいのちょいで、できるんだろ？」

「せっかちだップな、ほんとに」とシロクマもどきはおなかの辺りをごそごそしていたかと思うや、銀色に光るものを取り出した。米粒ほどのサイズだ。「じゃ」

「何だい、これ？」

「こちらの星の概念に沿って判りやすく言えば、バイオチップのようなものであるップ。このデバイスを部長さんの頭に埋め込み、大脳やら神経中枢に作用。って。まあ詳しい説明は無駄だろうから割愛しますが」

「こ、これを埋め込むのか？」さすがに蜷原は怯《ひる》んだようだ。「ぼくの頭の中に？　いまここで？」

「大丈夫だップ。痛くも痒《かゆ》くもないから」

ふかふかの手が蜷原の顔面へ伸びてきた。眉間《みけん》の辺りにひんやりした感触があったと思うや、もう離れている。

「え……あの」

「終わったップよ」

ほんとに痛くも痒くもない。蜷原は自分の額に触れてみたが、傷痕《きずあと》もないようだ。何も変わってるようには思えない。騙されているんじゃないかと、つい疑ってしまう。

「ほんと……なのか？　これでぼくは積年の望み通りに生まれ変われたのか？　ほん

とうに、たったこれだけで？」

「ほんとだップ」

「いまふと思いついたんだが、いろいろ人知を超えた、すごい能力や技術があるのに、なんできみ、フレンチレストランで働いたりしているんだ？　不本意な形でこの星に留まっているのだとしても、地道に稼ぐ必要なんかなかろうに」

「こういう設定ではそんな野暮な質問は遠慮するのが筋だップ。いろいろあるんですよ、ひとには事情ってものが」

「ひょっとしてあのレストラン、賄い料理がすごく美味《おい》しいとか」

「ぎくっ。って。だから、ど、どうでもいいでしょ、そんなことはっ」

「いや、決してきみの能力を疑っているわけではないんだが。どうも不慣れなことで、実感が湧《わ》かなくて」

「論より証拠だップ。早速街へ繰り出して、試してみるがよろし」

「そうだな。うん。そうしよう」

「ここの支払いはよろしくね。タラバガニ、追加しとくから。そゆことで。あ。お姐さんお姐さん。タラバガニ、しゃぶしゃぶと炭火焼きにしてちょうだいなップ」

3

蜷原は真夜中の街へ彷徨《さまよ》い出る。あのシロクマもどきはほんとうに自分を生まれ変わらせてくれたのだろうか。まだ実感は湧かないが、不思議と不安はない。

こんな時間だというのに、街は若者たちで溢《あふ》れていた。何をするでもなくたむろし、道に座り込んだりしている。そんな中ふと、ひとりの娘が蜷原の眼に留まった。

長い黒髪を紙縒《こよ》りのように三つ編みにして胸もとに垂らしている。寒空の下、ノースリーブの服で両腕を剝き出しにしているところが、細い身体つきに似合わず、ひどく肉感的だ。二十代、いや、へたしたらまだ十代ではなかろうか。上着と微妙にアンバランスな赤と緑の縞《しま》模様のハイソックスが素朴さを醸し出す。夜の繁華街をうろつくようなタイプには見えない。鼻が高く、バタ臭い顔つきは大人っぽいが、良い意味で泥臭く、清純そうな雰囲気が蜷原の好みだった。

これは絶対に未成年だろう、そう思った途端、彼女を抱きたいという強烈な欲望が蜷原の中で沸騰した。すると、まるでそのリビドーに呼応したかのように三つ編みの娘が彼のほうを向く。眼と眼が合い、時が停止した。

娘はしばらく眩《まぶ》しげな眼つきで蜷原を見つめていたが、やがて艶然《えんぜん》と微笑《ほほえ》み、近寄ってきた。これってまさか、おれに歩み寄ってくるふりをしておきながら実は背後にいる別人に手を振っていたとかそういう、ドラマなどでよくある間抜けなオチじゃあるまいな。蜷原はそんなことを思ったが、杞憂《きゆう》だった。彼の背後には誰もいない。

娘は、そっと蜷原の手を取った。上眼遣いに彼を見上げてくる瞳《ひとみ》が青い潤みを帯びて輝いている。薄く歯を覗かせて意味ありげに微笑む唇がピンク色に濡《ぬ》れている。近くで見るとその若さがさらに強調される。まちがいなく高校生くらいだ。張り詰めた肌が夜の寒気を弾き返し、まるでオイルを被《かぶ》ったかのように光っている。

いつの間にかその娘と一緒に密室に籠《こ》もっている自分に蜷原は気がついた。どうやらラヴホテルの中らしい。彼女を連れて入ってきた時の記憶が全然ない。内装からして初めて利用するところのはずだが、まるで勝手を知り尽くしているかのように蜷原の身体は自動的に動く。

ベッドの傍らに立っている娘は、既に服を脱いでいた。野暮ったいくらい大きな白いパンティと縞模様のハイソックスだけを残し、己れを搔《か》き抱くように両腕で胸もとを隠している。その羞《は》じらいの仕種に、蜷原の脳裡《のうり》で赤い火玉が膨張した。

これからおれは彼女を抱くのだ。まだ女というより少女と呼ぶのが相応《ふさわ》しい、この若々しい身体を我がものにする。するのだ。そうだとも。彼のズボンは股間の部分がはち切れそうになっている。うっかり動くとペニスが下着にこすれ、暴発しそうなほどだ。こんなに興奮したのはひさしぶりだった。いや、やりたい盛りの思春期でさえも、これほどまでに激しい怒張はかつて経験したことがなかったかもしれない。もどかしく衣類を脱ぎ捨てた蜷原は少女を抱きしめた。唇を吸うと蜜《みつ》のような甘い香りが脳天を突き抜けてゆく。掌《てのひら》で、胸板で、そして充血した亀頭で彼女のつるつるした肌を思うさま味わう悦楽に、蜷原はほんとうに暴発してしまった。まだ先端も挿入しないうちに、おびただしい量の精を、しかも二回も少女の腹部や臀部《でんぶ》にぶちまけてしまう。

おれはこんなに早漏気味ではなかったはずだがと訝《いぶか》ったり恥じ入ったりする間もなく、みるみるうちに蜷原のものは極限まで再三屹立《きつりつ》した。己れの驚異の回復力を目の当たりにした彼はただ子供のようにはしゃぎ、そして歓喜に打ち震えた。か、回春だ。回春だ。これこそが回春だああっ。

狂乱の一方、頭の隅っこで戦慄《せんりつ》めいたものを覚えなくもない。自ら望んで得たとはいえこの興奮ぶり、そして回復力は異常だと我ながら恐ろしくなる。こんなに可憐《かれん》な少女を自分の思うがままにするのが生まれて初めてのせいもあるだろう。これまで蜷原は十代の娘と性愛的接触をした経験がなかった。性的交渉を持った女性の中で一番若いのは学生時代の恋人だろう。当時、二十一か二だったか。その恋人でさえ、この少女ほど瑞々《みずみず》しくはなかった。まさしく青い果実。

彼女の甘酸っぱい汗の匂《にお》いで肺の中を掻き回しながら、叢《くさむら》から溢れ出る少女のしずくを啜《すす》り上げる。脳味噌《のうみそ》が溶けてしまったかのような酩酊《めいてい》に包まれ、いま自分が何をしているのか判らなくなりそうだ。肉襞《にくひだ》に鼻面を突っ込んだまま少女の脚を胸に掻き抱いた、その拍子に彼女の足の甲が、そして爪先《つまさき》が蜷原の怒張をこすり立て、彼はまたもや暴発してしまう。し、しまった。またやっちまったかとさすがに慌てたが、ハイソックスにさながら白いミミズのようにのたくった樹液を見た途端、そのエロティックな眺めに蜷原のものは再度、鋼鉄を埋め込んだかのように速攻でそそり立ち、びんびん腹部を打った。

荒々しく少女の両脚のあいだに割り込み、覆いかぶさった。汗ばんだ彼の腹部が、彼女のつるつるの肌に吸いついて熱を帯び、ぬるぬる互いの鼓動を押し合う。蜷原に組み伏せられた彼女は、まるで網から逃げようとする魚のようにぴちぴち跳ね回った。真っ赤に熟れた眼尻から涙を滲《にじ》ませ、許しを乞《こ》うかのように彼を見上げてくる。

「ああ……そんな、おじさま」

切なげに掠《かす》れる彼女の悲鳴に蜷原は、挿入してまだ一回も動いていないというのに、いきなり噴出してしまった。「おじさま」なんていまどき妄想系の官能小説の中でしかお目にかかれないような言い回しをこんな若い娘が感極まったとはいえほんとうに口にするものなのか、などと疑問に思う余裕もない。可愛い。ううう。可愛いかわいい可愛い。感極まっているのは蜷原のほうで、思わず彼女に乗っかった姿勢のまま、子供のように手足をばたばたさせる。

食べてしまいたい。なるほど、食べてしまいたくなるほど可愛いとはこういうことかと実感し、蜷原は彼女の顔面を舐《な》め回す。首筋に吸いつき、乳房を口に含む。少女の汗が唾液《だえき》に混ざり合い、いっそう匂い立つ。結合したまま萎えることなく既に回復している怒張を少女の中で動かし始めた。

「す、すてき」がくがくと顎《あご》を揺さぶり、声を震わせながら少女は号泣した。「すてき、おじさま。もっと。あ。だめ。だめだめ。そんなふうにしたら。ああ。あ。頭に。頭に響いちゃう。ずんずん、と、あ、ずんずんきちゃうよ。ど。どうなっちゃうの。怖いよう。あたし、どうなっちゃうの。怖い。だめ。ああん。あああんあああん。いやいやいや。だめ。だめ。だめだったらあっ」

彼女が啜り泣きながら首にかじりついてくるたびに蜷原の嗜虐《しぎゃく》的な興奮は爆裂し、せわしなく体位を変える。押し広げられ、折り畳まれる彼女の肉体の中で、そして外で、おびただしい量の精が次から次へと放たれた。いったい合計で何回射精したか判らない。十回を過ぎたあたりから、もうどうでもよくなってしまった。ナニも抜かずの三十連発が可能なとあのシロクマもどきが言ったのは、まさに文字通りの意味だったようだ。ってオい。しかしそれって大丈夫なのか？　いくら精力を青年並みに盛り返したとはいえ、こんな無茶をしてたらそのうち頓死《とんし》してしまうんではなかろうか。そんな恐怖が脳裡をよぎるものの、生まれて初めて経験する圧倒的な快楽の前にはすべてが埋没してしまう――

とにかく少女を味わい尽くした蜷原は、さすがに疲労困憊《こんぱい》で意識が朦朧《もうろう》となり、自分がどこで眠ったのか、どんなふうに彼女と別れたのか、いっさいの記憶が飛ぶ。次に我に返った時には別の繁華街に立っており、全然別の娘に目を留めていた。

今度も若い。しかもどこの学校かは知らないが、ブレザーにリボン、チェックのスカートの制服を着ている。この季節にもかかわらず紺色のハイソックスだけの素足だが、褐色に照り輝く肌は生命力の熱を帯びている。ああこれだよこれ、若いっていいなあと思う一方、このシチュエーションで彼女を怪しげな場所へ連れ込むのはやばいんじゃないかと、さすがに蜷原は躊躇《ちゅうちょ》した。昨日は夜の闇に紛れられたが、いまは真っ昼間。もろに淫行《いんこう》だもんなあ。いくら同意の下であろうとも、歩行者の誰かに通報されたりしたら、手が後ろに回。

しかし、ショートヘアで丸顔のその少女がにっこり親しげに微笑んで彼へ近寄ってきた途端、そんな理性は吹き飛んだ。やる。やる。こ、こここ、この娘とやるのだ。おれはやる。錯乱めいた欲望が弾《はじ》けたと思ったら、いつの間にか蜷原は彼女とふたりきりで、昨夜と似たような密室に籠《こ》もっている。

「名前は？」「きみの」二度目となると、そんな質問をする余裕が出てきた。「あさみ」制服越しに全身をまさぐられながら、少女は身をよじり、蛹原がうっとりするような羞じらいの笑みを浮かべた。「よしずみ、あさみ」

どんな漢字を当てるのかと訊くと「妙泉亜沙美」だという。蛹原は妙な気分になった。「妙泉」と書いて「よしずみ」と読ませるのはかなり珍しい苗字なのではあるまいか。しかも下の名前は「亜沙美」とは……どこかで聞いたことがあるような気がする。そうだ。蛹原が中学生の頃、上級生の女子生徒にそんな名前の娘がいた。特に美少女ではなかったが、当時の女子中学生にしては珍しく大柄で均整のとれた身体をしていた。水泳部の選手だった彼女が放課後にプールで練習をしている姿を、網フェンス越しに覗き見した記憶が鮮烈に甦《よみがえ》る。黒いスクール水着に包まれた身体がプールサイドへ上がってきて……長い褐色の脚、陽光のきらめきが噎《む》せかえるような水の匂いを蛹原の鼻孔へ運んでくる。甘い香りの混ざった水飛沫《みずしぶき》のきらめきに思わずズボンのポケットの中で己れを握りしめ、無我夢中でしごいてしまったあの日。

憧れても憧れても手が届かなかったあの娘も、もし存命ならいまは六十くらいか。同姓同名……こんな偶然もあるんだなと、しばし茫然《ぼうぜん》となったものの、まあそれも何かの縁さと気持ちを切り替えた。その拍子に、少女が持っていた学生カバンが眼に留まる。本能的な第六感が命じるまま、蛹原は彼女にそれを開けさせた。中から黒いスクール水着が出てくる。いまどき見かけないような古めかしいデザインだったが、蜷原は全然気づかない。そもそも夏でもないのに、なぜ彼女はこんなものを持ち歩いているのかという疑問すら頭に浮かばない。

「これに着替えなさい」と命じてから、ふと蜷原は動揺している自分に気がついた。少女が水着を着る以上、紺色のハイソックスを脱ぐわけだが、その展開にひどく抵抗感を覚える。嫌だ。ずっと穿いていてくれ。そんな焦《じ》れたような気分……ひょっとしておれは靴下フェチだったのか？　それはまあいい。不可解なのは、靴下に執着する己れに対して嫌悪感にも似た後ろめたさが湧いたことだ。我ながら戸惑うほど激しく、そして急に。

なぜだろう？　なぜこんなに罪悪感のようなものを覚えるのか。女の靴下やストッキングというのは言わばセクシュアルな記号に過ぎない。蜷原の部下で「男のロマンです」とか言ってボディストッキングなるものを通信販売で何十種類も大量に買い込んで新婚旅行先のホテルへ持ち込み「これ全部、順番に穿いて見せてくれえっ」と迫って新妻を呆れ果てさせた挙げ句、離婚されてしまった男がいたが、それは極端な例としても、ガーターベルトや網タイツに反応するのはフェティシズム云々以前に、もっと普遍的な男の条件反射と言うべきだろう。従って蜷原がいま、脱ぎ捨てられた少女のハイソックスを思わず手に取ってむしゃぶりつき乙女のエキスを吸い込みたい衝動を抑えかねても、それはさほど異常なことではない。いや、自信ないけど、多分ね。少なくとも、女性側がそうした男の性癖を理解できなかったり嫌悪感を示したりするのならばともかく、なぜ蜷原が自身の反応に対してこんなにも過剰な忌避《きひ》感を覚えなければならないのだろう？

水着に着替えた亜沙美を、蜷原はバスルームへ連れ込んだ。彼女を浴槽の中でしゃがませ、シャワーの冷水を頭から浴びせかける。顔面を水の膜で覆われ息継ぎができなくて咳き込む少女。濡れた髪が目隠しのようにへばりつき、だらしなく大口を開けている。その無防備さが蜷原にサディスティックな衝動を目覚めさせる。不可解な不安を振り切るためにも、ことさらに乱暴に振る舞い、立ち上がって水の奔流から逃れようとする亜沙美の肩を押さえつけた。

彼女の頭をかかえ込み、その口に己れの怒張を含ませようとした蜷原の眼に、水を吸って重く黒光りするスクール水着の背中が飛び込んできた。少女の肌が水玉を弾き、褐色にぬめ光っている。中学校のプールサイドの光景が鮮烈に甦り、くるおしいばかりの欲情が破裂する。亀頭が彼女の頬に触れただけなのに、蜷原はぴくんと痙攣《けいれん》するや暴発してしまった。童貞の餓鬼じゃあるまいし、いったいなんでこんなに敏感になっているんだと我ながら呆れる間もなく復活。ようやく亜沙美の口に屹立したものを突っ込んだ時には、既に三回も放出した後で、彼女は垂れ落ちてくるザーメンで眼も開けられない状態である。少女の側頭部を押さえ込み、蜷原は腰を突き入れた。動かすたびに噴出しているような気がして、いったい何回射精して、何回復活しているのやらさっぱり不明。

亜沙美の身体の向きを変えさせた。バスタブの縁に手をつかせると、丸っこい臀部をかかえ込む。水着の股の部分をずらし、陰部と陽に焼けていない白い肌を露出させた。放射状に裂けた少女の肛門がピンク色にひくひく蠢《うごめ》いているのを見た途端、またしても蜷原は挿入してもいないのに大噴火。「のぬおううっ」亜沙美の背中を白濁した液で一面べとべとにしながら、ようやく背後から接合。水着に陰茎を締めつけられながら、ぱんぱんぱんぱんっと鼠蹊部《そけいぶ》と彼女の尻たぶが楽器のように叩《たた》き合う音がバスルームに響くたびに蜷原は「あ」ぴゅっ。「うぬ」どぴゅっ。「くうう」ぴゅぴゅぴゅぴゅ。ぜえぜえぜえ。「はひはひ、はひ」

いつの間にか意識が暗転し、気がついたら繁華街で別の娘を物色する自分がいた。はたしてあの後、ちゃんと睡眠をとったかどうか判らない。日付が変わっているかどうかも判然としない。とにかく次だ。次。と、真っ先に眼に留まったのがセーラー服姿の娘だったことで、さすがに蜷原は困惑した。

ひょっとしておれはロリコンなのか？　いや、それはちょっと大袈裟《おおげさ》だろう。いくら少女とはいえ十六、七ともなれば結婚して子供も生める歳だ。ロリータ趣味とはもっと年端もゆかぬ幼女に執着するやつらのことであり、おれは断じてロリコンではない、蜷原はそうムキになった。ただ自分が女子高生という存在に特に惹《ひ》かれる傾向があるのはたしかで、それは単に年齢のせいだろう。蜷原は自己分析する。六十も近くなり人生の黄昏《たそがれ》どきを迎えたいま、若い娘たちとはまさに回春の象徴であり、どうしてもそちらへ関心が向きがちになる道理だ。淫行条例などによって聖域化されていることも彼女たちの商品価値を上げるポイントだし、加えて蜷原は高校生時代にセックスを体験できなかった、その個人的遺恨の埋め合わせをしたい心理も微妙に作用しているにちがいない。

とにかくおれはロリコンではないぞと自分に言い聞かせながら、蜷原はそのポニーテールの少女のプリーツスカートだけを床へ落とさせた。上はセーラー服姿のまま、厚手の黒いタイツに包まれた下半身をくねらせベッドに腰を降ろす少女は悠然と脚を組みながら、足首をひねり、靴を蹴り脱いだ。それを見て蜷原は心臓が停《と》まりそうになった。しかしそれは性的興奮ゆえではない。どうしてストッキング・フェティシズムに傾く己れに激越な嫌悪感を覚えるのか、その理由に思い当たったからである。

「り……」がくりと少女の前に跪《ひざまず》くかのように、蜷原の膝《ひざ》が床に落ちた。「里佐子《りさこ》」

そうだ。憶い出した。いまから二十年ほど前。娘の里佐子が高校へ入学した。制服はセーラー服で、そして冬場はちょうどこんな黒い厚手のタイツを穿いていた。ある日の朝、登校前の娘は食卓についていて。テーブルの下で動いていた彼女の足からふいにスリッパがぽとりと落ちた。それがたまたま続きの間のソファに座っていた蜷原の位置から、よく見えたのだ。それが。それが。

黒いタイツに包まれた里佐子のその爪先と踵《かかと》の部分が、うっすら透けている。生地の色と血色の良い若い肌がほどよく混ざり合ってか、鮮やかなピンク色に輝いていて。そしてあの時から娘の足元が無性に気になり始めたのだ。今日はどんな靴下を穿いているのか。素足なのか。ちらちら盗み見するようになってしまった。そのたびに。

そのたびに。おお。なんということだ。おれは里佐子に欲情していたのだ。あろうことか血を分けた自分の娘に対して。彼女を見るたびに汚らわしい興奮を覚えていた。口にするのもおぞましい願望。長年ずっと抑圧してきたが、いまこそ判った。いまこそ判った。おれは。おれはおれはおれは。

「り、里佐子」少女の前にひれ伏したまま蜷原は彼女の爪先に額をこすりつける。「里佐子。ゆるしてくれ。ゆ、ゆるしてくれ。わたしは。わ、わたしはとん。とんでもないことを。とんでもないことをおまえに」

「だめよ、お父さま。もうだめなの」

なぜか少女は何の疑問を抱く様子もなく、そう応じた。実際の娘からは「父ちゃん」とか「おやじー」とか顎《あご》であしらわれていたはずの蜷原もまた、そんな大時代な呼ばれ方をされて不思議な顔ひとつしない。

「わたしだってわたしだって。お父さまのことを。ああっ。ずっとずっと。あんなことやこんなことをされてみたい、なんて。いやらしい。いやらしい、不潔な子なのわたしは。ゆるして。お父さま。わたしはいやらしい子なの。お父さまに嫌われても仕方のない、汚らわしい娘なのよっ」

「里佐子」顔を上げ、少女の下半身にむしゃぶりついた。「り、里佐子。もうだめだ。我慢できん。ゆるしてくれ。こんなことをおまえにするお父さんをゆるしてくれえっ」

「だめ、お父さま。だめっ、そんな。ああでも。でも、うれしい。うれしいの。して。して思う存分。お父さまがやりたいように。ええもう。どんなことでも。里佐子を、めちゃくちゃにして。めちゃくちゃにしてえっ」

うおっと獣のように唸《うな》ってベッドへ飛び乗ろうとした拍子に、少女の爪先が蜷原の股間を撫《な》でた。「あ」タイツの感触に電流のような痺《しび》れが走り、あえなく暴発。「う、ううう」すぐさま回復して再度挑みかかろうとした陰茎を今度は少女の足の甲がこすり立てる。「のぬっ」放出してもかまわず、ぴくぴく痙攣しながら回復し「く、くくく」なんとか態勢を立て直そうとするが、彼女のふくらはぎにずりずりされ「ふしゅる」膝が触れた途端「ぱぴゅん」諦《あきら》めずに突き進んだら太腿《ふともも》に挟まれて「ごるぐっ」「は」「ひ、ひひ」「うぬぬぬぬぬ」「にょ」

ようやく彼女と同じ目線の高さまで這《は》い上がってきた時には、既に数えきれぬほど射精し尽くし、少女のタイツはまるで消火剤でも撒《ま》き散らしたかのように白い泡まみれでどろどろのぬるぬる。ぜえぜえ喘《あえ》ぎながら、いざ本番とばかりにセーラー服の胸もとに指をかけた瞬間、蜷原はぐるりんと白眼を剝き、失神してしまった。

この一件によって蜷原の中で何かの箍《たが》が外れた。さらに若い娘の肉体を、来る日も来る日も貪るのだが、それが快楽を追い求めるがゆえなのか、単に強迫反復的に射精を繰り返す行為が止められなくなっているだけなのか自分にも判別がつかない。もちろん当初の千人斬りという目標などとっくに忘れてしまっている。ただひたすら肉欲の泥沼に嵌《は》まってゆく蜷原は街なかで、ふたり連れの少女に眼を留めた。中学生、いや、へたをしたらまだ小学校高学年かもしれないと思わせるくらい幼い顔だちをしているが、スーツを着せて化粧をさせたらＯＬとして通用しそうなほど体格はいい。そしてふたり揃って驚くほどの美少女だった。

さて、どちらを抱くべきかと品定めする蜷原に、ふたりの少女は同時に意味ありげな視線を寄越した。ん。お。そうか。考えてみれば、どちらかひとりを選ぶ必要なんかないわな。ふたり一遍にやればいいわけで。そうとも。いまならできる。いまのおれなら、できる。つまり、さ、さんぴ。おお。そうだ。そうなのだ。いまのおれには

3Pだってできるのだ。一生縁がないと諦めていた乱交プレイだ。夢の酒池肉林だあ。しかも、こ、こんな超弩級《ちょうどきゅう》の美少女をふたり両脇にはべらせて。やりたい放題、し放題ってか。うは。うはははは。やるぞやるぞ、やるぞおっ。

布団が三組敷かれている和室へ、ふたりの少女を連れ込む。見慣れない部屋だったが、もちろん蜷原は気にしない。さあ、どちらの娘から裸に剝いてやろうかと彼女たちのほうを振り向いた彼はいきなり、ぽんと胸板を突かれた。さほど強い力ではなかったが、予想していなかったせいで蜷原はあっさりと布団へ倒れ込んだ。

「お、おいおい、ずいぶん積極的だねえ、きみたち。いいねいいね。おじさん、期待しちゃうよ。さあ。さあさあさあ」

と最初は少女たちから交互に唇を吸われたり、指で乳首をいじられたりしながらマグロ状態を楽しむ蜷原だったが、愛撫が本格的になってくるにつれ己れの反応が過敏になってきて、不安にかられる。少女たちは、その罪深いばかりにあどけない風貌からは想像もできないテクニシャンだった。彼の乳首を口の中に含んだまま舌先をぐるりと回転させ、絶妙な刺戟を加えてくる。しかも両側から同時に攻めたててくる。まるで男と女の役割が転倒したかのようだ。

そういや「嬲《なぶ》る」という漢字は「嫐《なぶ》る」とも書くんだよな。いまのおれは後者の状態なわけで、などと考える蜷原の上半身をひとりがいじくり回す一方、もうひとりは股間に吸いついてきた。うおうう。これはこれは。戸惑っていた彼もようやく快感に身を委《ゆだ》ねる余裕が出てきた。と、その時。

下半身にとりついていたほうの少女がおもむろに、蜷原の腰を持ち上げ、がばっと両脚を大きく開かせた。「あ？　あ？」肛門のあたりに涼しい風の流れを感じ、蜷原はうろたえた。覆いかぶさってくる彼女の口もとには小悪魔的で淫蕩《いんとう》な笑みが浮かんでいる。特大のナメクジみたいに突き出された舌が唾液のぬめりを帯びて光り、ぴくぴく跳ね回っている。そして、なんと少女の股間からはいつの間にか、赤銅色の陰茎がそそり立っているではないか。

「ちょ、ちょっと……きみ」

それってもしかしてペニスバンドとかいう代物ではと言おうとしても声が出てこない。こんな子供がどうしてそんな大人の玩具《おもちゃ》を持ち歩いているのかと詮索《せんさく》する余裕もない。ただ最近ペニバン、ペニバンと連呼する女たちがいたなあと関係ないことを考え、狼狽するだけ。そんな蜷原をまるで母親にオムツを換えてもらう赤ん坊のような姿勢にするや、少女はにたにた笑いながら腰を突き入れ、彼のアナルを犯し始めた。

「わひっ……ちょ。ちょっと。ちょっと待。待ってくれえっ。ぼくは。ぼくはそんな。そんな趣味はないんだよおっ。ぎゃっ」

そんな哀願に聞く耳持たず、少女は蜷原を大股開きにさせ、容赦なく挿入してくる。

赤銅色のものが引き抜かれるたびに、直腸を持っていかれそうだ。もうひとりの少女もいつの間にか黒いペニスバンドを装着し、蜷原の頭をかかえ込む。口いっぱいに黒光りする亀頭を捩《ね》じ込まれ、窒息しそうになった。

わわわ。な、何だ。何だこれ。がほがほと噎せかえり、涙眼になりながら、すっかりパニック状態。これは何だ。おれはいったい何をされているんだあっ。

「ほうら、どうだ」口の中を掻《か》き回していたほうの少女が一旦ペニスバンドを抜くや、蜷原をうつ伏せにさせ、でろりと開き切った彼をバックから犯し始めた。「どうだ。え。どうだい。うひ。うひひひ。気持ちいいか。ほれほれ。え。声を出せ。気持ちいいなら、声を出せって言ってんだよっ」

「き、きききき、きぼち……って」

「このボケ。泣くなら、もっと可愛く泣かんかい。ほれ。ほれほれほれほれ」

「き、気持ち……気持ち、いい。あ。あ。ああん。あああんああん」

まるで小娘のように語尾を震えさせながら切なげに喘ぐ自分。ついにおれは気が狂ったのかと蜷原は思った。それでいて経験したことのない甘やかな陶酔に押し流され、声はますます甲高《かんだか》くなってゆく。

「ああんああん、ああん」

犬のような姿勢で背後から貫かれている蜷原の身体の下へ、もうひとりの少女が逆向きに滑り込んできた。じゅるる、ずぽっと盛大な音を立てて彼のものを吸い込む。呆気《あっけ》なく蜷原は射精していた。視界が虹《にじ》色の閃光《せんこう》に染まり、さらに射精、射精、射精。とめどもなく射精するうちに、ふと気がついてみれば命令されたわけでもないのに、下にいる少女が装着したペニスバンドを握り、べろべろ舐め回している自分がいる。

「ほれ。ほれほれ。もっと腰を振れ」

「ああん、あんあんあん、あん」

「言ってみろ、ほら。どうされたいか、言ってごらん。大きな声で言ってごらん。聞こえないぞ、こら」

「気持ちいい。あん。お姐さま、もっと。もっともっともっと。ああんあああん。もっと激しくあたしの中を掻き回してえええっ」

少女たちは交互に蜷原の口とアナルを犯した。まるでプリンをスプーンで掬《すく》い出すみたいに身体の内側を掻き出され、少女たちの舌であちこち舐め回されるたびに蜷原は射精した。射精して。射精して。そんな状態がそのまま何年間も続いたような気がした。

我に返ると、ふたりの少女は布団に仰向《あおむ》けに転がり、ぐったりしている。ペニスバンドは見当たらない。だらしなく両脚を拡げて叢をあらわにしているその幼くも細い下半身を見ているうちに蜷原の中で嗜虐の炎がめらめらと燃え上がった。まるで娘っ子のようによがり狂っていた己れの痴態が甦り、絶望的な屈辱のあまり眼の前が真っ暗になった。く、くそ。こいつら。よくもあんな変態プレイを……どうするか、見てろ。

「がおっ」蜷原は彼女たちに飛びかかった。ふたりまとめて髪の毛を引っ張り、乳房を千切らんばかりに揉《も》みしだく。アクロバティックな体位で一方の叢に唾液の礫《つぶて》を吐きかけると同時に、もう一方を怒張で貫く。その蜷原の勢いに少女たちは先刻のサディスティックな面持ちはどこへやら、顔を歪《ゆが》めて泣きじゃくり、許しを乞う。

「ぬはは。ぬはは。この小娘たちめが。泣け、泣くのだ。もっと泣けええっ」

ただ翻弄《ほんろう》され、死んじゃう、こんなことされたら死んじゃうようと絶叫し、全身からしずくを垂らす少女たちのあちこちに放出、また放出を繰り返しながら蜷原の意識はだんだん薄れていった。げぼっと嫌な音をさせて咳き込む。しかし彼は決して腰の動きを止めようとはしない。

「ぬ。ぐ。く、くる。お。おかしい。なんだか息が。苦。苦しいような。いや。いやいやいや。気のせいだ。まだまだ。まだまだ行ける。まだまだ行けるぞおれは。まだや。やってや。がふっ。うえええ。げ。げほん。げほげほげほげほげほ。や。やってやる。おまえらち。どう。ど。どうら。ほれ。ほれほ。ぐむっ。うううく。まだや。ま。まだま。まだまだ。やりゅ。おれはやりゃのら。られにもひゃましゃせ。しゃせ。

しゃせ。ふにゅうううううう。ぷ」

＊＊＊＊

「美味しいですねえ、うーん」遅塚さんはうっとりと満足げに何度も頷かれます。

「森さん、これってラフテーってやつですよね」

「ええ、豚の角煮ですね。カツオだしで煮込んであります」

「おうう。ゴーヤーチャンプルーもすばらしいっす。うむうむ」と箸が進むご様子。

「お豆腐と豚肉のコンビネーションが絶妙で。ご飯が進むすすむ。それに苦瓜《にがうり》って思ったほど苦くないんですね」

「苦みをとるのに、調理時に、ちょっとしたコツがあるんです」

「いいなあいいなあ。お。豚足だあ。テビチってやつですね。この豊かなお味。幸せな気分にしてくれますね。よくつくられるんですか、こういう沖縄料理を」

「いつもはひとりだから、ここまで本格的にやらないんですけど、今日はちょっとがんばってみました」

「いやいやいや。わたし本気で森さんのお嫁さんになりたいかもーん。なんちて」

お世辞でもそう言っていただくと腕を揮《ふる》った甲斐があるというものでございます。

みなさま、こんばんは。森奈津子です。本日は編集者の遅塚久美子さんを我が家へお招きして沖縄料理で夕食のひとこま。

「――そういえば、さっきの話ですけど」ひと通り召し上がられた遅塚さん、傍らの今日の朝刊を手に取りました。「たしかに3Pって男一に女二、男二に女一、そして女三以外のパターンも、ありなんですよね。わたしなぜだかこの前、森さんとお話しした時にはそれに思い当たらなかったんだけれど。でも、このひとたちって、ほんとに男三人で3Pしてたんすかね？」

「どうやらそうだとしか思えない状況ではあるようですが」

新聞記事は、某民家の和室で中年男性が三人、全裸で死亡しているのが発見された事件について報じています。あまり詳細は記されていませんが、遅塚さんが知り合いのマスコミ関係者からいろいろ情報を仕入れてきてくださり、さきほどからこの話題で今宵は持ち切りなのでした。

「現場は、布団やシーツがめちゃくちゃだったのはもちろん、畳と言わず襖《ふすま》と言わず壁と言わず、もうそこらじゅう、ええ、ザーメンだらけだった」

「みなさん、よっぽどプレイに没頭されていたんでしょうね」

死亡原因はいまのところ不明とのこと。ただ性的放蕩《ほうとう》が祟《たた》っての腎虚《じんきょ》だったのではないかと推察されているそうです。

「たしかに、どこまで正確な情報か知らないけど、三人が三人ともまるで桃源郷に遊んでいるかのように陶然とした穏やかな死に顔だったとか。でもね、そこがどうも怪しい。だって、ざっと調べただけでも半端な量じゃなかったっていうんですよ、放出されたモノって。実際あんまり多いものだから、死亡していた三人以外にも乱交に加わった男たちがいたんじゃないかと疑われたくらいで」

「そうか。なるほど。もっと大がかりな、男性だけのオージーパーティーだったかもしれないわけですね」

「ただ、状況からしてその可能性は低いようですけどね。発見された時、現場はちゃんと戸締りがされて密室状態だったらしいし、もし乱交に参加していたのがもっと多人数だったのだとしたら現場の部屋以外にも情交の痕跡《こんせき》が残っていそうなものだというのが、その根拠らしいのですが」

「するとやはり、そのおびただしいザーメンはその三人のみで」

「そこがおかしいんですよ。いや、わたしも男じゃないからあまりよく知りませんが。それほど立て続けに射精しちゃったら快楽どころか苦痛だと思うんですけどねえ。むしろ何らかの方法で他者からむりやり強制されたんじゃないかって気がして。実際三人ともそれが原因で死亡したふしがあるわけでしょ。そう考えると、死に顔が安らかで満足そうっていうのはどうも眉唾《まゆつば》ものかな、と」

「具体的な方法は判りませんが、三人の男性はそこでゲイ・セックスの奥義を極め、想像もつかないエクスタシーに至り、そして昇天してしまったということなのかも」

「そうなのかなあ。一番不可解なのは、関係者の話によれば三人とも生前ゲイだった様子はまったくなかったってことですよ。もちろんそういう嗜好は偽装結婚などによって秘密にするものではあるんでしょうけれど。三人のうちふたりは妻子があったというし。でもやっぱり釈然としない。まだ完全に確認されたわけではないものの、三人とも生前はお互いに接点がなく、どうやらその夜のみの行きずりの関係だったらしい——というのもドラマみたく出来すぎっていうか。ね、森さん。男ふたりならばまだしも、三人でそういう展開ってあり得るものなんですか？」

「非常に稀《まれ》でしょうけれど、こうしてあり得たということかもしれません」

「うーん。あ。そうそう。これは単なる噂《うわさ》なんですが、三人には実は意外な接点で繋《つな》がっていたという仮説があって。それがなんと、あのフレンチ・レストラン——〈ラ・ターブル・ロワンタン〉だというんですよ」

「え？」びっくりしてしまいました。「もしかして先日、遅塚さんとお食事したあのお店ですか。どういうことですそれ？」

「三人ともあそこの客だったというんです。ただ利用する頻度はまちまちで。唯一独身だった四十代の男性——以前美容クリニックか何かを経営していたひとらしいですが、彼はかなり常連だったとか」

「三人の遺体が発見された民家に住んでいたという男性ですよね」

「そうです。そして同じく四十代で、妻子のあった方。このひとは家族連れで月一くらいで食事にきていた。そして最後のひとりですが、これがちょっと問題ありかも」

「問題？　といいますと」

「三人目は、某一流企業で部長職を務めていたという五十代の男性なんですが。このひとって〈ラ・ターブル・ロワンタン〉の従業員によると、お店へ来たのはたった一回きりだっていうんですね。しかも一昨日の夜に。家族連れではなく、独りで」

「あれれ。一昨日といえば？」

「そうです。わたしたちがあそこで食事をしたのと同じ日。時間帯が同じだったかどうか知りませんが、案外店内で遭遇してたりしてね。しかもこの部長さんについてはさらに興味深い事実があって、この方、一昨日の夜、家族に遺書めいた書き置きを残したきり、行方《ゆくえ》をくらましていたんだとか」

「となると、この三人目の方に関しては、普通の家庭を持ったりしてずっとヘテロのふりをしていたけれど実はゲイだった、自分の性愛嗜好を偽るのが耐えきれなくなり家出した——そういう可能性もありそうですね」

「うーん……かもしれないけど。あとのふたりについては関係者や遺族の話は一致していて、ゲイどころか桁外れの女好きだったというんですよ。いや、この三人目の部長さんだってかなりの女好きだったはずだと職場の関係者は揃って証言しているという話もあるんです。それもバイという意味ではなくて、ばりばりのヘテロとして」

「そうなのですか」

「まあ、他殺とかの事件性はないようですけれど、なんとも不可解というか」

「そういえば」ふとわたしは変なことを思いつきました。「先日お話しした際、遅塚さんにお訊きしたこと、憶えておられます？　男が独りでラヴホテルへ入り――」

「ああ。はい。そして独りで出てゆく謎に合理的解釈はできるのか、というあのお話ですね。それが？」

「ミステリ的解釈ではなく、SF的解釈なら可能かなと、ふと思ったのですが」

「SF的解釈？　なんすかそれ」

「つまり、第三者の眼から見ればその殿方は独りでラヴホテルへ出入りしたというのが事実なのですが、彼の主観としては女性連れのつもりだった――と」

「女性連れのつもりだった？　実際には、いもしないのに？」

「そして、いもしないはずの女性とセックスしたつもりだったのです。だから満足げな表情でラヴホテルから出てきた」

「なるほど。データスーツを着込むとか具体的な仕掛けはともかく、ヴァーチャルなセックスを体験した、そういう解釈っすか」

「そうですそうです。そして遅塚さんがおっしゃっていた、渋谷でナンパする殿方も同じだったのではないでしょうか」

「あ。判った。あのいけいけどんどんふうのお姐さんは誘いを無視した。それが事実なんだけれど、彼の頭の中では、にっこり微笑んで自分に付いてきてくれる仮想現実の彼女がずっと動いていたというわけですね」

「そして多分、そのまま独りでどこかのラヴホテルへ行き、独りでヴァーチャルなセックスに及び、独り満足して、独りでラヴホテルから出てきた、と」

「なんつーか、究極の自己完結型っすね。でもある意味、気楽でいいかも」

「そうですね。本人にとっては現実のセックスと同じくらい、いえ、もしかしたらそれ以上の満足が得られるわけですから。そして、今回の事件の三人の男性もそうだった」

「え。といいますと？」

「渋谷の例でも判るように、ヴァーチャル・セックス体験といってもそのモデルになるのは実在の女性ですよね、きっと」

「なるほど。実在の女性に声をかける。彼女はそっぽを向いちゃうんだけど、彼の頭の中ではちゃんと自分に付いてきてくれる。まず現実を土台にして、そこから徐々に妄想へとシフトする、そういう手順か」

「問題は、このヴァーチャル・セックスを体験できる能力を持っていた男性が、ひとりだけではなかった——そういうことなのではないでしょうか？」

「もしかしてこの三人が三人とも……」

「ええ。彼——彼らはほんとうは、ふたり連れの女性に声をかけたつもりだったのではないでしょうか？　それぞれが別の立場から。ところが偶然、ナンパする場所、そして眼に留めたふたり連れの女性など、三人の行動と思惑が完全に一致してしまったため、実際には彼らの誘いを無視して立ち去ったはずのふたりの女性の代わりに——」

「あとのふたりの男がそこへ入ってしまった……というわけですか。つまり彼らは各々、自分がふたりの女性と3Pしているつもりでいたんだけれど、実際には——」

複雑な表情で遅塚さん、口籠《くちご》もります。そのまま続けるべきか迷っておられるようでしたが、結局こう言って肩を竦められました。「——いまとなっては確認する術《すべ》はないけど、まあでも、どちらにしても本人たちが満足していたのなら幸せなことですよね」

「そうですわ。それが一番大切ですもの。そうだ。遅塚さん、お飲みものは如何ですか。泡盛の代わりにノンアルコールのカクテルをつくってみました」

「おうう。それはありがとうございます。いただきます。うむうむ。美味いっす」

というわけで今宵も我が家は、まったりと平和でございました。

うらがえし

その電話がかかってきた時、わたしはパソコンのキーボードを叩《たた》いておりました。時計を見てみると、午後九時。〈問題小説〉の原稿を書いているところだったので、ひょっとしてその催促かしらと思いつつ、受話器を取ります。

「もしもし?」

ザーッ……（ピイイ）ザーッ……

そんな雑音が耳へ流れ込んできました。雑音といっても意外に耳障りではなく、脳に染み入ってきて眠気を誘いそうな、普段あまり聴き慣れない、不思議な音程です。

「もしもし。もしもし?」

（も）ピイイ（も）ザーッ……（しも）

ひとの声が混ざっているようでもありますが、はっきりしません。何度か呼びかけてみたものの埒《らち》があきそうにないので、先方には失礼ながら一旦《いったん》切ろうとした、その時。声がクリアになりました。

（——もしもし）

「はい。どちらさまですか」と訊《き》くと、間が空きます。先刻のざらついたノイズも消えていたため、妙に狼狽《ろうばい》してしまいそうなほどの静寂に一瞬、室内が支配されて。

(もしもし)しばらくして再び、そう問いかけてきました。茹《ゆ》ですぎて芯《しん》が完全になくなってしまったパスタのように、なんだか頼りなげです。年齢不詳、性別不明。どちらかといえば、女性である可能性のほうが高いかしら。あるいは変声期前の少年とか?

「はい」わたしも繰り返しました。「どちらさまですか」

(そちらは)なぜか当方より相手のほうが戸惑っている感じです。(そちらはあの、あなたは——あなたは、どなたですか?)

「は?」

何を言っているのでしょうか、このひと。そっちからかけてきておいて、あなたはどなたもないもんだと思うのですが。とはいえ、唐突ながらどこか気品も感じさせる口調に乗せられ、うっかり「森《もり》ですが」と答えそうになり、口をつぐみました。あぶない危ない。なにしろこちらは女の独り暮らし。素性の知れぬ相手に迂闊《うかつ》に名乗ったりせぬが吉。

「えと。すみませんけど」と、やんわり声音に拒絶の意思を匂《にお》わせました。「どちらへおかけでしょうか」

(ああ、ごめんなさい)先方はだいぶ落ち着きを取り戻してきたようです。(お仕事

中だったようですね）

　うっかり聞き流しかけましたが、よく考えてみると、いまは夜の九時。向こうが平均的な一般家庭へかけてきたつもりだとしてですが、普通は仕事中だとはあまり思わない時間帯なのではないでしょうか。わたしの戸惑いをよそに声は、さらに続けます。

（それは……ええと、前にあるのはキーボード、とかいうんでしたっけ。何か文章を書いていらっしゃる？）

　わたしが立ち上がった拍子に椅子《いす》が背後へひっくり返りましたが、起こしている余裕もありません。窓のほうを見ました。が、しっかりとカーテンで覆われています。

（これは……ほう）まるで独り言のように声は続けます。（小説か何かですか？）

　コードレスの受話器を耳に当てたまま無意識に頭を低くすると、わたしは忍び足で玄関のほうへ向かいました。以前テレビの防犯番組で、ストーカーの類《たぐ》いの変質者が他人の生活を覗《のぞ》き見するためにマンションのドアポケットから室内の様子を窺《うかが》う方法が紹介されていましたが、ひょっとして……

　しかし、わたしの部屋のドアには何の異状もありません。念のため、魚眼レンズを覗いてみましたが、マンションの廊下にひと影はまったくない。常夜灯に照らし出された胸壁が見えるだけです。

（それも、官能的な内容のものを書いていらっしゃるのですね）

「誰ですか」沓脱《くつぬ》ぎに立ち竦《すく》んでいたわたしは、ようやく声を出しました。「あなた、いったい誰なんですか？」

（他に客のいない飲食店の店内で、かつての同級生の息子を誘惑する女――ですか。三人称だけれど、視点が彼女に据えられているのはやはり女性作家ならではの）

絶句する、とはこういうことなんだなと、初めて実感したような気がします。

（どうやら、とても良い方に巡り合えたようです）謎《なぞ》の声は、嬉《うれ》しそうでいながら、どこか、けだるげでもありました。（そこにたくさん置いてあるのは、あなたのお書きになった本なのですね？）

のろのろ横を見ると靴箱の上に、昼間宅配便で届いたばかりのわたしの百合コメディ短編集『姫百合たちの放課後』と、児童ミステリ『地下室の幽霊』の見本が、それぞれ数冊ずつ積んであります。

（なるほど、いずれも興味深いお話ばかりで……あ……こちらの媒体から繋《つな》いでもうまくいかないようだ……仕切りなおしかな）

そんな謎めいた言葉の意味を詮索《せんさく》する余裕は、もちろんありません。

（また日を改めて伺います。今日はこのへんで。ご機嫌よう、森奈津子《なつこ》さん）

ザーッ……（ピイィ）

「もしもし？　もしも――」再び起こった雑音は、すぐに消えました。同時に電話も切れています。まだ引っ越してきたばかりで全然かたづけが済んでいない室内を、茫《ぼう》然《ぜん》と見回すしか為《な》す術《すべ》のないわたし。

＊

喫茶店〈プレネール〉へ入ってきた少年をひとめ見て、松島里佐《まつしまりさ》は確信した。これは坪田《つぼた》だ、と。いやもちろんそんなこと、あるはずがない。少年はどう見ても高校生くらいであり、里佐の一学年上だった坪田俊介《しゅんすけ》は、今年でちょうど四十になる。

本人でないことは明らかなものの、少年は若き日の坪田に生き写しだ。睫毛《まつげ》が長く、ぱっちり大きめの瞳《ひとみ》。少し厚めの唇。エキゾティックで中性的な面差《おもざ》しに似合わず、がっしりと精悍《せいかん》な身体《からだ》つきをしている。まさに坪田そのものだ。その確信が里佐を熱く、とろけさせてゆく。

「……いらっしゃいませ」

じんわり腰へ痺《しび》れが来て、足がもつれそうになったため、ことさらに背筋を伸ばし、カウンターのストゥールに座った少年の前におひやを置いた。

「あの」里佐以外にひとけのない〈プレネール〉の店内を見回しておいてから、少年はメニューに目を落とす。「何か食事をしたいんですけど」

「サンドイッチか、カレーになります」

「カレーは、何カレーですか？」

「タイ風。もちろん辛いけど、ココナッツミルクの風味を効かせて、なかなかマイルドなので、食べやすいのよ」

「じゃあそれを」

「はぁい。ちょっと待っててね」

トレイを小脇《こわき》にかかえた里佐は、他のテーブルの上をかたづけるふりをしながら、さりげなく玄関ドアを開けると「準備中」の札をぶら下げた。ドアのガラス部分にスクリーンを下ろすと、音を立てないようにロックを掛ける。これで誰も入ってこられない。どうせ近いうちに廃業してしまうつもりの店だ。真面目《まじめ》に商売にいそしんでも始まらない。

「きみって」カウンターの裏へ入った里佐はことさらに気安く、少年に話しかけた。

「高校生？」

「はい」と彼はある学校名を挙げた。それは里佐の出身校だった。坪田、杉山《すぎやま》の出身校でもある――そして真智子《まちこ》の。

「何年生？」

「二年になったばかり」

「きみって――」

名前は坪田っていうんじゃないの、そう訊きかけて里佐は、まてよと思いなおした。この少年があの坪田の息子だということは充分にあり得る。が、母親は誰だろう。たしか坪田はずっと独身でいると聞く。

たとえ独身でも、子供がいること自体は変ではない。隠し子だろうか。だとしても誰に生ませたのだろう。ひょっとして……里佐は天啓のように閃《ひらめ》いた。

真智子か。そうにちがいない。というか、それしかあり得まい。真智子はいま戸籍上、杉山と夫婦のはずだ。その真智子が坪田の子を生んだ。むろん杉山も承知の上でだろう。ということは、この少年は三人の合意の下、杉山家の子供として育てられている――半ば妄想とわきまえつつ、里佐は確認せずにはいられなくなってしまった。

「きみって杉山さんちの子？」

「え」少年は驚いたようだった。「あの、どこかでお会いしましたっけ」

「お父さんは杉山雅治《まさはる》さんていうんじゃないの？　そしてお母さんは真智子さん」

ぽかんと口を開けたまま頷《うなず》く少年。その前に里佐はカレーの皿とミニサラダ。そしてスプーンとフォークを置いた。

「あの……」少年はスプーンを手に取ろうともしない。どうやら里佐の直感は当たっていたようだ。「おねえさん、誰？」

「おねえさん、なんて歳《とし》じゃないわ。若いのに、できた子だこと。きみのお母さんと同級生なんだから、もう立派なおばさんよ」

「……母の？」

「で、お父さんは」――正確に言えば、きみの継父ね、と里佐は胸中で呟《つぶや》く。「一年上の先輩だった。みんな、同じ高校のフォークソング部に所属してたの」

「そうだったんだ」

里佐に感化されてか、少年の口調も砕けたものになってきた。

「冷めちゃうわ。食べたら」

「あ。うん」少年はようやくスプーンを手に取り、やや緑色がかったルウをすくい、ライスにまぶしてひとくち。「美味《うま》い」

「下の名前は？」

「辰徳《たつのり》」

「杉山さんと真智子さんは元気？」

「うん」

「この辺に住んでるの？」里佐は厨房《ちゅうぼう》から出ると、さりげなく辰徳の隣りのストゥールに座り、脚を組んだ。「全然知らなかった」

「ううん。今日は学校が休みだから、ちょっとぶらぶら遠出をしてみた」

「じゃあいまは家族三人で、どこに――」

「いや、四人。弟がいるから」

「弟さん……？」

「孝良《たかよし》っていうんだ。いま中学三年で」

そちらはおそらく杉山の実子だろう。まだ自分の眼《め》で見たわけでもないのに、里佐は再び直感で確信する。

真智子、あなたったら……里佐の中で何かどす黒いものが渦巻き始めた。あなたは坪田センパイと杉山センパイを独り占めにしたのね。両方の息子の母親に、こうしてなっているのね。黒い渦巻きは極限まで硬化し、弾《はじ》けた後、急速に熱く爛《ただ》れてゆく。

腹腔《ふくこう》から湧《わ》き上がってきた衝動に任せ、里佐は辰徳の口もとへ手を伸ばした。唇の端っこに付いていたカレールウを、指の腹で拭《ふ》き取る。驚いたように眼を瞠《みは》る少年に、ことさらに見せつけるようにして里佐は、その指を舐《な》め、音を立てて吸った。スパイスが妖《あや》しく脳髄を掻《か》き回す。ちろりと彼女が覗かせた舌に、少年がまるで刃物で刺されたかのように身体を硬直させるのがはっきり判《わか》った。

「きみ」里佐は辰徳の膝《ひざ》に手を置いた。「きみ、ねえ、彼女、いるの」

辰徳が取り落としたスプーンが床の上で跳ね回り、耳障りな金属音を立てたが、里佐はかまわず、少年の膝を撫《な》で回す。

「いないわけ、ないよね。こんなにかっこいいんだもの。お父さんにそっくり」

「あんまり」里佐にシャツ越しに胸部を撫で回されながら、辰徳は場違いなことを口走った。「あ、あんまり父には似ていないって、よく言われるんだけど」

「そりゃあ――」

そうよ、という言葉を里佐は呑《の》み込んだ。きみのほんとうのお父さんは杉山センパイではなくて、坪田センパイなんだもの――とは言えない。さすがに杉山も真智子も、息子に自分たちの関係の秘密を正直に告げたりなんかしてはいないだろうし。

「あたしね、ずっときみのお父さんのこと、好きだったんだ。ずっと、ずーっと。多分いまでも、ね」

里佐がズボン越しに股間《こかん》をまさぐると、辰徳はびくっと身体をのけぞらせた。いまにもストゥールから転げ落ちそうになる少年の身体を抱き留めるや、里佐はもう我慢できず、彼の唇に吸いついた。ココナッツミルクの風味がいつもより甘く感じられる。

里佐の舌が侵入すると、辰徳は静かになった。為されるがまま、息継ぎをした拍子に、カレーの香りを消してしまいそうな勢いで口腔《こうくう》に溢《あふ》れ返る彼女の唾液《だえき》を嚥下《えんか》する。

「ちょうだい、ねえ、辰徳クン。きみのお父さんがあたしにくれなかったものを、ちょうだい。いまここで」

＊

電話の音で目が覚めました。どうやら夜っぴて仕事をしているうちに寝入ってしまっていたらしく、わたしはTシャツとジーンズを着たままベッドに倒れ込んでいます。カーテンの隙間《すきま》から微《かす》かに射《さ》し込んでくる陽光。時計を見ると、なんと、あと五分で正午ではありませんか。疲れのあまり爆睡してしまったようです。

まだ鳴り続けている電話に慌てて近寄ったものの、ふと昨夜の不可思議な声の一件を憶《おも》い出し、手が宙を泳ぎます。そのまま寝ぐせのついた髪を搔き上げ、しばし迷った後、思い切って受話器を取りました。

「……もしもし」

我ながら猜疑心《さいぎしん》に満ちみちた、陰々滅々たる声。起き抜けだったせいもあって低くつぶれ、まるで男みたい。それとは対照的に、受話器から流れてきたのは、からりと明るく、少し高めの男性の声でございました。

『森さんですか？　どーもお。徳間の加地《かじ》でございます』

「あ、どうも」担当の加地真紀男《まきお》さんと知って、わたしもホッと緊張が緩みます。

「おはようございます」

『あ。ひょっとしてまだお休みでした？　お電話、いま大丈夫でしょうか』

「はいどうぞどうぞ」

『えーと。例の〈問題小説〉の件ですが、いかがでしょうか』

「鋭意執筆中でございます」

『今回はちょっとミステリっぽくなる、というお話でしたが』

「そういえば、そんなことも口走りましたっけ。とはいっても、それほど大したものにはならないと思うので、いろいろエロいことといっぱい描いて、ごまかそうかなと」

『すみませんねえ、こちらの都合で勝手な注文をつけてしまって』

「いえいえ」

　わたくしこと森奈津子は、ご依頼を受ければショートショートから児童ものまで、なんでも手がける作家なのですが、主なフィールドはいわゆるレズビアン小説です。そこに時折ＳＦやコメディの要素がブレンドされる点が、森奈津子ブランドの売りといえば売りでしょうか。その作風が近年斯界《しかい》で認知されるようになってきたせいもあってか、文芸雑誌から官能小説のご依頼を受ける際、レズビアン・セックスを作中に出すこと自体はかまわないが、それだけでは困ると注文のつくケースも多くなってきました。なるべく幅広い読者層を想定し、ヘテロ・セックスの描写もたくさん盛り込んでくださいねというわけで、加地さんがおっしゃる「注文」とはそのことなのでした。次号の〈問題小説〉は「女性作家陣によるエロティカ特集」と銘打ち、わたしを含めた多数の官能系閨秀《けいしゅう》作家さんたちが寄稿される予定だそうで、一読者としてもなんとも楽しみなことでございます。

「わたしは美しい女性ばかりでなく、美少年も同じくらい大好きですので。何の苦もございません。はい」

『といいますと、今回は美少年が登場するお話なんですか』

「ええ、ふたりばかり。書いていて、とても楽しゅうございます」

『それはよかった。期待しております。あ。ところでですね、今日お電話しましたのは、別のお願いがありまして』

「はいはい」仕事のご依頼は、いつでも大歓迎でございます。「なんでしょう」

『実はそろそろ、次の〈SFジャパン〉に、とりかかろうとしているのですが』

〈SFジャパン〉は〈問題小説〉と同じく徳間書店の雑誌です。といっても月刊誌である〈問題小説〉とはちがい、年に二回ほどの刊行頻度の不定期ムックなのですが、加地さんはそちらの編集のほうにも携わっておられるのです。

『企画としてはエロティックSF特集、ということで、森さんにも短編をひとつ、ちょっと長めのものをご寄稿いただけないかなと思っているのですが、ご都合のほうはいかがでしょう？』

「どうもありがとうございます。ぜひ」

『それとですね、サブの企画として、森奈津子特集もやろうと考えておりまして』

「わたしの特集？　といいますと」

『複数の作家の方々に、森奈津子というキャラクターを主人公にして、競作していただこうかなと』

「え。そんなの、書いてくださるような奇特な方がいらっしゃるのでしょうか」

『牧野修《まきのおさむ》さん、倉阪鬼一郎《くらさかきいちろう》さんにはもうご承諾いただいています。あと女性の、新人だから名前をご存じないかと思いますが、その方と。最終的には全部で五人くらい、作品を揃《そろ》えたいなと。えと。そういうのって、森さんのほうで何か、差し障りとかございますでしょうか？』

「はあ。いや、別に。わたしでよければ、いかようにも使っていただければと」

『ありがとうございます。いやあ、やっぱりエロティックSFといえば森さんですから。あ。それとは別にですね、同じ号で誌上対談をしていただけませんか』

「対談、といいますと、どなたと」

『沼正三《ぬましょうぞう》さんと、です』

「ええっ？」

聞きまちがいではないかと一瞬、本気で疑ってしまいました。沼正三さんといえばマゾヒズム文学の一大異色作として、かの文豪・三島由紀夫も絶賛したと言われる『家畜人ヤプー』の作者ではありませんか。素性も謎のベールに覆われた、伝説の方です。

「ほ、ほんとうに沼正三さんと対談してもよろしいのでしょうか。わたしごときが」

『ぜひ。これは森さんでなければならない企画です。現在交渉中なんですが、ええと、そのことも含めてですね、一度、お電話ではなくて直接ご相談したいんですが。今晩あたりお時間のほうは、いかがでしょう？』

「今晩、ですか」壁に掛けてあるカレンダー兼予定表をチェック。「大丈夫です。えと、七時くらいからでしたら」

『判りました。いつもの池袋のお店でよろしいでしょうか』

「了解です」

『ではよろしくお願い致します。どうも』

「はい。ではのちほど」

電話を切った途端、大きなあくびが洩《も》れてしまいました。まだすごく眠たかったのですが、いまからベッドにもぐり込むわけにもまいりませぬ。顔を洗い、簡単な食事をして、仕事に戻らなければ。まだ雑然としている洗面所へ向かうわたしの頭の中では、美少年を濃密に愛《め》でる熟女の姿が渦巻き。

……こういうのって、いまふうの言い方があったわよね、里佐はベッドで辰徳に組み敷かれながら、そんなことを考えている。なんだっけ、そうだ、脳内変換？

里佐は、いま自分が十六歳の少女であると思い込むことにした。そして彼女の手首を押さえつけ、のしかかってきているのは辰徳でなく、十七歳の時の坪田俊介なのだ、と。

＊

できれば実際に自分は昔のセーラー服を、そして辰徳には詰襟を着せてコスプレしたいほどだったが、さすがに二十年以上前の制服は保管していない。それに里佐たちの出身校の制服は現在、男女ともブレザーに変わっているという話だし——ああいけない、いけない。里佐は内心苦笑する。こんな艶消《つやけ》しなことを考えてたら、自分のほんとうの年齢を実感するだけだわ。だから、あたしはね。

あたしはね、いま十六歳。高校へ入学したばかりの女の子。目を瞑《つぶ》って想像する。あたしはいま、家へ遊びにきた坪田センパイに、いけないことをされようとしているの。

（ああ、ダメッ、坪田センパイ）胸中でそう無言の悲鳴を上げながら、里佐は辰徳の

肩を押し返そうとした。（そんなのイヤッ）

里佐の抵抗する手を、辰徳は苦もなく捩《ねじ》って、ベッドに縫い付けた。彼女の首筋に吸いついてくる彼は、もうすっかり一人前の牡《おす》だ。ひょっとしたら里佐以前にも女性経験があったのかもしれない。数回目の密会から早くもプレイのイニシアティヴをとれるようになっていて、とても頼もしい。

今回も、里佐は事前に「乱暴にやって。あたしが抵抗してもむりやり、犯す感じで。そう。ちょっとしたレイプごっこよ」と少年の耳もとで囁《ささや》くだけでよかった。

「いけないわ、そんな」と芋虫が這《は》うようにして彼の身体の下から逃げようとする里佐の腰を、辰徳は荒々しくかかえ上げ、カードを捲《めく》るかのようにひっくり返す。

「ああ、ダメ、イヤよ」そう弱々しく喘《あえ》ぐ。我ながら臭い芝居だと照れるのはほんの一瞬のこと。胸中で（坪田センパイ、やめてっ）と付け加えるだけで里佐は、自分でも怖くなるくらい深く深く、仮想プレイにのめり込めた。あたしはいま十六歳、このひとは一学年上の坪田センパイなんだ、と。

坪田センパイって、すごくかっこいいの。彫りの深い綺麗《きれい》な顔、そして引き締まった身体つきをしている。へたなアイドルなんかよりずっとずっと、すてき。杉山センパイもかっこいいけど、坪田センパイのほうが若干、逞《たくま》しい感じかな。このふたりがいるからあたし、フォークソング部へ入ったようなものなんだ。ま、生前、声楽をやっていた母の影響も多少はあるんだろうけれど。

その坪田センパイがあたしのこと、犯そうとしている。普段の冷静な表情をかなぐり捨て、欲望にぎらついた眼であたしのこと、見つめているのよ。あたしが欲しいんだわ。坪田センパイ、こんなにもあたしのこと、欲しがってる。その視線に晒《さら》されるだけで、ぐるぐる、ぐるぐる、眼の焦点が合わなくなりそうなほど里佐は興奮する。

普段は動きやすいパンツルックの多い里佐だが、今日はスカートを穿《は》いている。昔の制服を模して、黒っぽいやつを選んだ。辰徳はそれを乱暴に剝《は》ぎ取る。勢いよく爪《つま》先《さき》からスカートが抜き取られた拍子に、里佐の身体はまるで大きな袋から逆さに振り落とされたかのように、でんぐり返った。

「ひ……ひいっ」セミロングの髪を振り乱して里佐は、本気で悲鳴を上げた。犯されるという恐怖に真剣におののきつつも（ひどい、センパイ、ひどいよう、やめてやめて、もうやめてお願い）という成りきり科白《せりふ》は声に出さず、胸中でのみ叫ぶことを忘れない。

肌色タイツに包まれた里佐の下半身に、辰徳がタックルしてきた。かつて女子生徒用に学校指定されていた銘柄だが、すごく安物っぽくてださい感じが嫌で、里佐も含め、冬でも白いソックスだけで通す娘が多数派だったっけ。それをいまわざわざ選ぶのが我ながらおかしいが、その甲斐《かい》はあった。辰徳に股間の部分を円《まる》く引き裂かれ、両足を思い切り拡《ひろ》げられると、マゾヒスティックな興奮が電流のように腹腔から脳天を貫いてゆく。

既に下着の奥で湯気が立ちのぼりそうなほど蒸れ、どろどろと蜜《みつ》に溢れていたその部分が、布地が破れたことで空気に触れた。ひんやりした風の一瞬の感触に、里佐がきゃあきゃあ、文字通り娘っ子のような黄色い悲鳴を上げる一方、辰徳の指が容赦なく、溶けたバターのようなぬめりを彼女の壺《つぼ》から掻き出してゆく。なんとか逃れようと里佐が爪先で空中を蹴《け》り上げるたびに、彼女の大腿《だいたい》部までもが飛沫《しぶき》で濡《ぬ》れた。

（ひどい、坪田センパイ……初めてなのよ、あたし、初めてなのに、それに）

必死の抵抗を辰徳の厚い胸板に封じ込められた里佐の眼尻《めじり》に、うっすら涙が浮かんだ。歓喜の涙。彼女の腕はしっかりと辰徳の首にしがみついていたが、自分が十六歳設定の脳内変換プレイは続いている。

（それにセンパイ、真智子と付き合っているんじゃなかったの？　真智子がいるのに、あたしにこんなことをして。それとも、真智子は杉山センパイともやってるから別にいいんだ、ってこと？　あたしとやっちゃっても問題ないと？　そういう――）

ふいに十代の頃《ころ》の真智子のイメージが浮かんだかと思うや、たちまち里佐の脳裡《のうり》を占拠する。ちょっとやめてよ、こんな時に……彼女の焦りを嘲笑《あざわら》うかのように、ボブカットの真智子は不敵な無表情のまま、裸体を坪田とからめ合う。杉山とからめ合い、そして三人の肌の色が混ざり合う。

（どうでもいい）眼をぎゅっと閉じると憎しみが目蓋《まぶた》の裏で赤く破裂して、里佐は頭を振りたくる。（どうでもいいのよ、そんなことは。あたしは……あたしはこうして）

思い切りのけぞった里佐は、唾液混じりの熱い吐息を吹き上げながら、乳房を、そして全身を押しつぶしてきそうな辰徳（いいえ、これは坪田センパイなのよ）の重みに四肢をよじって、うっとりとなる。ああこの重み。これが欲しかったの。あたしはずっと、ずっとこれが欲しくてたまらなかったのよ。ああ早く。はやく早く、センパイ。

「あ」

濡れそぼった粘膜の蠕動《ぜんどう》とともに彼が入ってきた。辰徳のもので自分の中がいっぱいになった時、ふと里佐の脳裡に、二十年も前に離婚した夫の顔が浮かんだ。いつも彼女のことを不感症だの、つまらない女だのと責めるしか能のなかった男。（なんで……なんでこんな時に……あんなろくでなしの）里佐は怒りに任せて辰徳の臀部《でんぶ》を両足で挟み込み、彼の唇を啜《すす》り込む。そうやってむりやり、一流大学出で大手銀行勤めである自分に異常なプライドを抱き、反吐《へど》が出そうなほどマザコンだった男の残影を振り払った。

「も」一旦抜いて激しく突き入れてきた辰徳の動きに、里佐の背中が一瞬ふわりと空中へ持ち上げられそうになる。「もっと」髪を振りたくり、歓喜の絶叫を上げた。「もっと激しく、め、めちゃくちゃにしてっ」

＊

「――同級生の息子を誘惑する熟女、か。いいですね。男性読者に受けそうですが」うんうん頷きつつも加地さん、ふと首を傾《かし》げました。「えと。変な言い方で恐縮ですが、森さんがこういうストーリー展開をされるって、ちょっと意外な感じもしますね」

池袋の某カフェ。向かい合って座っている加地さんの手元には、わたしが持参したプリントアウトの束があります。〈問題小説〉用に執筆中の「インサイドアウト」という短編で、まだ完成していないのですが、とりあえず途中まではこんな感じで、とお伺いを立てているところです。

「美少年が登場するというから、てっきり綺麗なお姐《ねえ》さまにむりやり女物の下着を穿かされたりしていじめられるとか、そういう耽美《たんび》系の調教ものかなと思ってたんですけど」

「あ。そうですね。どちらかといえば、そちらのパターンのほうがわたしらしいかも」

「でもこういう熟女と少年ものって、たいていは男の妄想系の領分で、当然ながら視点は少年側にあることが多いから、女性側からのみ描くというのは、けっこう新鮮かも」

「そうだとよろしいのですが」

「で、この主人公のかつての同級生や先輩たちとの因縁がかかわってくるわけですか、ミステリ的なテイストに？」

「まあそんなところでしょうか。でもさっきも申しましたように、それほど大した趣向ではないので、ミステリという言葉は惹句《じゃっく》として使わないほうがよろしいかと」

「判りました。完成版を読ませていただくのを楽しみにしてます」

加地さん、にんまり笑ってプリントアウトを仕舞うと「えと。それでですね、〈SFジャパン〉のほうなんですが」と話題を変えました。一見、柔道とかラグビーなどのスポーツ経験がありそうな大きな身体つきをされている編集者さんですが、カラオケではジャニス・ジョプリンの曲をお歌いになったりするなど、さりげなく渋めの方です。

打ち合わせの後、全国の地酒が揃っているのが自慢の居酒屋へ移動しました。アルコールが入って気が緩んだのかわたしは、昨夜かかってきた不可思議な電話のことを加地さんに説明し、意見を求めてみました。

「――うーん。それはきっと」加地さん、腕組みをして身を乗り出してきます。「きっとそいつは、もともと森さんのことをよく知っているやつなんだと思いますよ」

「そうなんでしょうね」コップ酒をひとくち飲んで、わたしも頷きました。「他に考えようがないですし」

「森奈津子という名前をあらかじめ知っているくせに、あなた誰？　みたいなことを最初に訊いたのは、森さんに、ああこれはまちがい電話だなきっと、という印象を植えつけるためだったんじゃないでしょうか」

「なんでまた、わざわざそんなことを」

「森さんの警戒心を一旦解いておくため、じゃないかな。単なるまちがい電話かと軽く考えているところへ、やおら向こうが室内の様子をすべて見通しているかのような口ぶりになったら、森さん、驚かれるでしょ？」

「そりゃもう驚きました。カーテンは掛かっているし、ドアポケットから覗いている気配もない。いったいなんなんだろう、と」

「相手が身構えている状態より、むしろ緊張が緩んでいるところへ、がつんとやったほうが効果倍増だと、そう踏んだんでしょう」

「効果って、なんの効果です」

「だから、森さんへ与えるショックですよ。そうやって森さんを怯《おび》えさせるのが、この犯人の狙《ねら》いなんじゃないかな」

「でもなんのために、そんなことを」

「そこからさらに別の目的があるのか、それとも、森さんを怯えさせること自体がおもしろいのか。どちらかでしょう。後者なら、ストーカーみたいなやつかもしれませんね」

「だとしても、いったいどうやって室内の様子を知ることができたのかしら」

「いや、そいつは単なるはったりですよ。ほんとうに森さんの部屋の中が見えていたわけではないんです。例えば戸外からカーテン越しに森さんのシルエットを確認し、ははあ、パソコンの前に座っているようだから仕事中なんだなと。そう見当をつけ、かまをかけてきた、そんなからくりですよ、きっと」

なるほどと一旦は納得しかけましたが、しかしそれでは、あの声の持ち主がわたしの書きかけの短編の内容をどうやって知り得たのかは説明がつきません。そもそも「インサイドアウト」の梗概《こうがい》をわたしは事前に誰にも伝えていない。担当の加地さんでさえ未完のプリントアウトを今日読んで、初めて基本設定を知ったくらいなのです。電話で適当に知ったかぶりをしたらたまたま実際の内容と合致していてしめしめ、なんていうご都合主義的な偶然も考えにくいし。

ひょっとして、あの電話をかけてきた人物はわたしの部屋の鍵《かぎ》を持っているのでしょうか？　留守を狙って忍び込み、わたしのパソコンをいじって——いや、それもまずあり得ません。何度も言うように、わたしは現在のマンションへ引っ越してきたばかりです。防犯のため部屋の鍵は新しいものに取り替えてあるので、前の住人などのルートから合鍵を入手するのは無理。隙を衝《つ》いてわたしの鍵を拝借し、こっそりスペアをつくるのも、かなりむずかしい気がします。

とはいえ、ひょっとして知らないうちに不法侵入されているのかもという疑惑を一旦抱いてしまうと、不安になりました。加地さんと別れ、電車でマンションへ帰ってくる頃にはすっかり酔いも醒《さ》め、緊張感いっぱい。

玄関ドア越しに、自室内の気配を探りました。特に変な様子はありません。廊下に誰もいないことを確認しておいてから、素早く鍵を取り出し、ロックを外しました。電灯をつけ、押入れやバスルームなど、ひとが隠れられそうなスペースをひととおり調べて回る——何も異状はありません。

ようやくホッとして、就寝前にメールチェックをしておこうと、仕事部屋の椅子に座った、その時。

ブゥーン……（パシッ）……

急にエアコンのスイッチが入ったかのような変な音。どこだろうと思って周囲を見回して、気がつきました。眼の前のパソコンからです。でも、まだ起動していないし、こんな変な音がするのを、これまで聞いたこともないのに……と訝《いぶか》しむわたしと、ふと眼が合いました——わたし自身と。

パソコン画面。そこに陽炎《かげろう》のようにわたしの顔が映っている。それがじっと、こちらを凝視してきているのです。無表情に。

ブゥーン……ブゥーン（パシッ）……

たしかにわたしは普段から表情の変化に乏しいタイプではありますが、いくらなんでもここまで能面のような顔はしていません。多分。それに、こちらがいくら首を傾げたり、口に手を当てたりしても、画面の中の鏡像は微動だにせぬまま——いえ、鏡像ではない。

その顔は明らかにわたしではない別人に変容してゆきます。髪の長い、北欧系の女性に。

（こんばんは、森さん）

昨夜の電話の声……そう悟った刹那《せつな》、まるで濡れてしまった水彩画のように、物の輪郭が崩れ、視界が暗転。

我に返ると眼の前に再び、わたしがいました。ぐったりと椅子の背凭《せもた》れに身体をあずけて。眼は開いているものの、生気の光がまったく見受けられない。いまにも床へ転げ落ちそうになるのをかろうじてバランスをとって踏み留《とど》まっている、そんな感じです。

ゾンビ化したもうひとりのわたしを取り巻く風景に、ふと違和感を覚えました。よく見てみるとわたしの仕事部屋なんだけれど、馴染《なじ》みの眺めとは微妙にちがう。いままでこんなアングルから室内を見たことはない。

これは――そう、これはまるで、パソコン本体の側から室内を見回しているかのような構図ですが、でもそんな……

（奈津子さん）

そんな声とともに、誰かがわたしの肩に手を置きました。振り返ると、あの北欧系の女性がそこに佇《たたず》んでいます。

（ようこそ）

＊

これまで里佐は、自分がこんなにも性的に奔放な女だとは夢にも思っていなかった。なにしろ辰徳と出会う以前の彼女には男性経験が、たったひとりしかない。高校を卒業してすぐに見合いで結婚した元夫だ。

当時三十過ぎで、里佐とはひと回り上の男だった。なんであんなやつと結婚してしまったのだろう。高校時代に父親が交通事故で急死し、経済的に先行きが不安になってしまったこともたしかに大きかった。なにしろ里佐には当時、病弱でろくに学校へも行けない二卵性双生児の弟がいたのだ。その面倒もみなければならない母が大変な苦労をすることになるのは目に見えていたため、それを少しでも軽減するために里佐はたまたま持ち込まれた見合い話に飛びついたわけだが、当初は決して損得ずくばかりでもなかった。会ってみると相手の男は生真面目そうだったし、これならば幸せな結婚生活を送れそうだと期待した面も少なからずある。

大学へ行かずに平凡な主婦になるという選択に里佐は少しも逡巡《しゅんじゅん》はなかったが、思わぬ障壁があった。性生活が苦痛そのものだったのである。別に変態的な行為を強要されたりするわけではなかったものの、よほど生理的な相性が悪かったのだろうか。不幸なことに元夫はひと一倍性欲が強いらしく毎晩、しかも何回となく求めてくる。応じようにも里佐はなかなか濡れない。痛いし疲れるし、そのうちなんとか口実をつけて夜の営みを回避するようになった。そんな彼女の態度に腹を据えかねた元夫は、男の役に立たない欠陥女を養う義務はないと放言し、生活費の入金をストップした挙げ句、外で女をつくった。

こうして里佐の結婚生活は半年あまりで破綻《はたん》した。爾来《じらい》、彼女は恋愛も結婚もしていない。元夫の強要に嫌気がさしていた反動が大きかったせいだろうか、むしろセックスという苦行と無縁の身になれて、せいせいしたものだった。その数年後、母の再婚相手が経営していた喫茶店〈プレネール〉を手伝うようになって現在に至るわけだが、これまでは、たまに自身を指で慰めることはあっても、他者と性的交渉を持つ気にはまったくなれなかった。それがどうだろう。

どちらかといえば奥手だった里佐が、四十路《よそじ》を目前に控えたこの歳になって、辰徳という少年に巡り合った途端、度し難い淫乱《いんらん》に化けてしまった。やはり性愛とは相手を選ぶものなのだ、里佐はそんな平凡な真理を実感する。これが、かつての坪田俊介に瓜《うり》ふたつの辰徳でなかったとしたら、自分はこんなにも淫《みだ》らに振る舞えない。誰にでも己れのすべてをさらけ出せるわけではないのだ、と。

辰徳だけではない、孝良にもあたしはすべてを捧げられる、里佐はそんな己れの殉《じゅん》教《きょう》的な情熱に酔い痴《し》れる。杉山雅治と真智子夫妻の次男、孝良。彼は正真正銘、杉山の実子だろう。従って正確に言えば、真智子にとっては次男だが、杉山にとっては長男ということになる。なにしろ孝良は、かつての杉山センパイに生き写しなのだ。

孝良は、辰徳とはまたちがうタイプの美少年だった。切れ長のひとえ目蓋に薄い唇。どちらかといえばバタ臭い風貌の辰徳とは対照的に、すっきりとした和風の顔だちをしている。長めの髪が耳を隠しているせいで、ぱっと見、女の子とまちがえそうになるほどだ。肌など里佐よりも白く、すべすべしている。彼の乳首を指でいじりながら、里佐は孝良の腹部に舌を這わせ、ナメクジが這った後のような光沢をその白い肌に塗りつけた。

　孝良は全裸で、店内の椅子のひとつに腰かけている。里佐は下着姿で、彼の前にひざまずいていた。もちろん玄関ドアには鍵を掛けて「準備中」の札を下げてあるので、誰も入ってこない。

〈プレネール〉の創業者だった男と母は数年前、離婚した。慰謝料がわりに店を譲り受けて娘とともに切り盛りしてきた母は一昨年、病死した。なんとなく惰性で経営を受け継いでいた里佐だったが、療養しながら自宅で少しずつ執筆の仕事を得るようになっていた双子の弟は、母の死がショックだったのか、以前から悩まされていた鬱《うつ》が激しくなり、後を追うようにして自殺してしまう。いっぺんに家族を失ってしまった里佐もまた、もはやこの仕事になんの情熱も執着も抱けなくなっていた。どうせいずれは閉店する予定なのだから、律儀に客を入れても仕方がない。せいぜい辰徳と孝良との愛欲の場に利用させてもらおう、そんな捨て鉢な気持ちで。

　里佐は屈《かが》み込み、孝良の屹立《きつりつ》したものへ鼻先を寄せる。女の子っぽい顔だちからは想像できないような巨大サイズ。辰徳のものも立派だが、孝良の場合、そのアンドロギュヌスさながらの妖しいアンバランスさゆえ却《かえ》って凶器のような猛々《たけだけ》しさが強調される。腐った魚介類のスープのような生臭い匂いを肺いっぱいに吸い込みながら、里佐はその怒張に舌をからめた。先端で丸まっている先走りの汁を里佐は口紅のように自分の唇でなぞり、いとおしげに何度もキスをする。

元夫もよくこんなふうに口でしてもらいたがったっけ。仕方なく咥《くわ》えてみるものの、当時の里佐はお世辞にもうまいとは言えなかった。元夫からあれこれ指示をされても、舌づかいはぎこちないまま。そんな彼女に苛立《いらだ》って、もういいよとせわしなく彼女の股間に割り込んでくるのが常だった元夫が、いまの里佐の姿を見たらなんと言うだろう？　袋を軽く揉《も》みしだきながら孝良の先端や胴回りを焦《じ》らすようにちろちろ舐め回し、さんざん弄《もてあそ》んでおいてからおもむろに、ぷっと唾の礫《つぶて》をまぶす。根元まで呑み込み、己れの唾液ごと音を立てて陰茎を啜り上げる、そんな彼女の熟練の技を目の当りにして？

詐欺だとでも言って、怒り狂うかもしれないわね。そんなテクニックがあるのなら、なんでオレにもやってくれなかったんだ、と。いかにも元夫が吐きそうな恨み言だ。ふん、誰があんたなんかに、里佐は勝ち誇った思いでさらにきつく頬を窄《すぼ》めた。締めつけられた孝良が、まるで少女のような羞《は》じらいとそして快楽の呻《うめ》きを洩らすのを頭上で聞くたびに彼女は、うっとりとなる。こんなこと、誰彼かまわずにやってあげるわけないでしょ。これは、この子だからこそ、ええ。里佐は、孝良の先端が咽頭《いんとう》を拡げ食道に達してしまいそうなほど根元まで、深く頬張った。口の中がぎちぎち、いっぱい。この子のもので満たされている悦《よろこ》び。そう。ええそうよ。

孝良クン（いいえ、杉山センパイよっ）だから、できるのよ。こんなことだって、あんなことだって。彼が望むなら、あたしは何だってする。舐めて欲しいというならお尻の穴だって舐めてあげる。孝良クン（いいえ、杉山センパイよっ）なら、いいの。そして辰徳クン（いいえ、坪田センパイよっ）ならいいの。ふたりは特別な、特別な男たちなの。

ぴくんと全身を大きく痙攣《けいれん》させるや、孝良は里佐の口の中へ勢いよく放出する。舌がぬるぬる粘液まみれになるのもかまわず、白濁した胴回りを啜り込み続ける里佐の唇の端からは泡が立ち、唾液に混ざったザーメンが溢れ出てきた。一旦萎《な》えかけていた孝良のものが、再びむくむくと勃《た》ち上がってくる。その勢いに里佐の口が間に合わず、すぽんとコルク栓を抜くような音とともに反り返った巨根が、孝良の腹部を打った。両手を彼の膝に置いたまま里佐は、その先端を顎《あご》から迎えにゆき、再び呑み込む。

孝良はそんな彼女の頭を押さえて自ら引き抜くと、立ち上がった。里佐も立たせ、前屈みにテーブルに手をつかせる。臀部を左右に揺らしながら高く突き上げる里佐の背後に回ると、パンティを剝ぎ取った。割れ目をなぞりながら叢《くさむら》へ、手を突っ込んでくる。

「すごいよ、里佐ちゃん」

「ああ（ああっ、杉山センパイッ）恥ずかしい……そんな（センパイ、センパイ）」

高校時代、里佐は、坪田からは硬派っぽく「松島」と、杉山からは可愛《かわい》らしく「里佐ちゃん」と呼ばれていた。孝良に、かつての杉山と同じ呼び方をするように命じた里佐の脳内変換プレイはさらにヒートアップ。

「里佐ちゃん、すごいよ」孝良が腕を前後に動かすたびに、びちゃびちゃ飛沫《しぶ》く音が店内に響きわたる。「こんなになって」

「あああ」太腿《ふともも》の内側に熱いしずくがしたたり落ちてゆくのを感じながら、里佐はテーブルの表面を舐めんばかりにして、さらに尻を突き上げた。「そんな（センパイッ）、そんなに、いじっちゃイ……ああっ」

「もうこのまま」孝良は指ですくい上げた粘液を、しきりに里佐の菊座に、なすりつけてくる。「ローションなんか使わないでも、このまま挿入《はい》っちゃいそうだ。あ、あ。こんなに、ぱっくりと――」

うわあと子供っぽい感嘆を洩らし、孝良は彼女の尻たぶを左右に押し拡げてくる。彼の息が、肛門の裂け目へ吹きかかってくるのを感じた。里佐はこのところ、ネットショッピングで購入した、内側にディルドを装着する下着を常用し、アナルをしっかり拡張してあるのだ。こんな時のために。

「ぱっくりとお尻の穴が、うわあ、大きくおおきく開いているよ」

「あなたのためよ（センパイッ）、あなたのモノを（杉山センパイッ）いつでも（どこでも、どちらにでも）迎え入れられるようにしてあるのよ。どう。どう?」

「すごいよ、里佐ちゃん、すごい」

そうよ、里佐は己れの被虐的な欲望の深さに、うっとりと酔い痴れる。あたしは何だってできるのよ。孝良（ううん、杉山センパイなのよっ）のためならザーメンも呑める。アナルセックスだって平気。

「なんだって、ええ、なんだってやってあげる、なんだってやってあげるわよう」

「里佐ちゃん。いいね。いくよ、ほら」

つい「きて、センパイッ」と口走ってしまった里佐は、それをごまかすために慌てて、少年の怒張を誉《ほ》め讃《たた》え、失神してしまいそうなほどの快楽に溺《おぼ》れている自分を表す卑猥《ひわい》な言葉を、立て続けに、店の外にまで聞こえそうな声で絶叫した。

*

その女性は長身でした。わたしよりも優に頭ひとつ分、高い。少しウェーブがかかって肩へこぼれている髪は真っ白。といっても、白髪と称するにはなまめかしすぎるし、プラチナブロンドというには枯淡な色合いというか、なんとも不可思議な輝き。卵形の顔も白いのですが、これまた決して不健康な印象はなく、妖しい艶に溢れている。

彼女の恰好《かっこう》も変わっています。喉もとから爪先、指先に至るまで一枚のスーツのようなもので、ぴっちりと全身を覆われているのですが、その色がよく判らない。最初は黒に見えていたのに、角度が少しずれると銀色に輝き出したり。ちょっと赤っぽい光沢を放つこともある。

その全身スーツと同様、彼女の瞳もまた色が不明です。ブルーに輝いていたように思っていたのに、別の角度から見ると、ちょっとグレイがかっていたり、茶色っぽい光を放ったり、そして白っぽくなったり。こんなふうに説明するにつけ、機械的といいますか、ヒューマノイドのようなイメージを抱かれるかもしれません。実際、彼女の美しさはメタリックな人工性を感じさせるのだけれども、それでいて、どこか人間的な生々しさが漂う。なんともミステリアスな雰囲気です。

「ようこそ」と再び彼女は微笑《ほほえ》みました。さきほど同じフレーズで挨拶《あいさつ》された時は、耳に聞こえるのではなく直接こちらの頭の中で響いてくるみたいにくぐもっていたけれど、今度は敢《あ》えて肉声と呼びたくなるようなクリアさです。「森奈津子さん」

「ここは……？」

わたしは思わず手を額にかざしました。まるで自分の身体がパソコンの中に入り込んでしまったかのような錯覚にさきほど、ほんの一瞬、陥りましたが、改めて周囲を見回すとざっと百畳もあろうかという大広間です。雲のようなものが薄く揺らめいている天井も真っ白で、ざっと地上五、六階分はあるでしょうか、すごく高いところにあるため、よけいに広く感じられるのかも。

「いったいここは、どこなのですか。あなたはどなた?」

「ここは」優しげな笑みとともに彼女は優雅にお辞儀をしながらわたしの手を取り、甲にキスをしました。「ここはここ。ここ、のままです。奈津子さん。あなたは別に、どこか余所《よそ》へ連れ去られたわけではない。いまもずっと、ご自分の部屋の中にいるのよ」

「え。だって――」

キスされた手を見て、あれ、こんな手術用みたいな手袋、いつ嵌《は》めたっけ? と思って初めて、自分も彼女と同じような全身スーツを着ていることに気がつきました。やはり角度によって色が変わります。

「あなたたちの言葉で言えば、ここはヴァーチャル・リアリティの世界」

「ヴァーチャル……?」彼女の手を握り返してみました。視覚と同様、触覚もしっかりとした存在感に溢れている。どこからどう見ても、生身の人間としか思えないのに。

「ではこれは、現実の世界ではない、と？」

「あなたの身体は、あなたの時代の、あなたの部屋に留まったまま。ただ意識だけが、ここへ来ているのです」

「わたしの時代――」訊きたいことは山のようにありましたが、いったい何から先に質問したものか、すっかり混乱。「えと。いま、このわたしの存在がヴァーチャルなものなのだとしたら、ひょっとして、あなたも？」

「ええ。わたしも実体ではありません。いまここにいる奈津子さんが、単に意識を肉体化された存在であるのと同じように――」

「あなたも、ほんとうの身体はどこか別のところにある、と？」

「そのとおりです」

「では、あなたとは――つまり、あなたは誰の意識なのです？」

「名前でしたら、正式のものはとても長いので、カレンとお呼びください」

「さきほど、わたしの時代、とかおっしゃいましたね。ひょっとしてあなたは、わたしたちとはちがう時代の方？」

「そういうことですね。奈津子さんにとっては未来の人間です」

「タイムトラベルしてきた、と――」

「いえ。わたしではなく、奈津子さんの意識のほうが過去から、こちらへ」

「つまり、いまは未来だ、と」

「そういうことです」

「でも、ならばどうして、あなたは実体ではないのですか」

「それは――」間が空き、カレンと名乗った女性は初めて言い淀《よど》みました。「それは、こうしないと奈津子さんと対面することができないから、ですよ」

「といいますと」

「虚像と実体は同じ時空間に存在できない。いえ、できないことはありませんが、虚像なら虚像同士で会うほうが簡単でしょ？」

いまいち理屈がよく判りませんでしたが、拘泥《こうでい》してみても意味がないのかも。

「未来って、具体的にはいつ頃なんですか。西暦でいうと」

「西暦――」カレンは今度は、はっきり困惑を覗かせ、首を傾げました。「わたしたちの時代では使わない言葉ですね。年代という概念そのものが無効化されているし。でも、あえて西暦に直すとすれば、四一〇〇〇年くらいになるのかしら」

「よんまん……」

漠然と予想していたのよりも桁がひとつちがっていたため、想像力が追いつかず、ぽかんとなってしまいました。

「あの、わたしは……」もしかして酔っぱらって眠り込んで変な夢を見ているのかもしれないと思いつつ、訊いてみました。「わたしはいったいなんのために、ここへ？」

「そう」カレンは微笑むと再び、ゆっくり両手をわたしの肩へ置きました。「実は、お願いがあるんです」

「お願い？」

「わたしとセックスしてくださらない？」

＊

真智子は怖い女だ……里佐は生まれて初めて、そう思い当たった。いや、改めて考えてみると十代の頃から里佐は、無意識にせよ、ずっと真智子という女の存在を恐れていたような気がする。

坪田俊介、杉山雅治、ふたりの男は高校時代から、女たちの憧憬《どうけい》と垂涎《すんぜん》の的だった。女子生徒ばかりでなく女教師や事務員、はては保護者たちの中にさえ、本気で彼らにのぼせあがる者が大勢いたと聞く。ふたりとも早くから、それだけ魔性の魅力を具《そな》えていた。どちらかひとりを我がものにするだけでも天にものぼる心地であろうに、真智子ときたら彼らを、ふたりとも掌中《しょうちゅう》にしていたのだ。絶世の美男、ふたりを同時に自分に奉仕させてしまう女。よりによって、あの坪田センパイと杉山センパイの両方を、だ。

そんなことのできる女が、他にいるだろうか？　まるで女王さまだ。いや、魔女と言うべきか。真智子がいったい如何《いか》なる手練手管でもってふたりもの極上の男を同時に手玉にとったのか、里佐には想像もつかない。たしかに真智子は十代の頃からおとなびてはいたものの、どちらかといえば禁欲的で野暮ったい雰囲気だった。口さがない男子たちは彼女のことを、キツネ眼のブス、などと呼んだりして見下していたのに。そんな真智子が高校時代から既にあの坪田センパイと杉山センパイ、両方と肉体関係があったなんて知ったら——実際、成人した杉山雅治が彼女と結婚した時、その意外な取り合わせゆえ、地元ではけっこうセンセーショナルなニュースになったりしたものだ——彼らに憧れたり欲情したりしていた女子生徒や女教師たちは、眼を回し、錯乱、卒倒しかねない。しかしそれが、まぎれもない事実なのだ。

真智子はあのふたりを独り占めしていた。いまもしている。坪田センパイも杉山センパイもまるで奴隷のように、真智子ただひとりを崇《あが》め、ひざまずいている。女のひとりとして言わせてもらえば、まるで悪夢のような光景ではないか。赦《ゆる》せない。そんなこと到底、赦せるものではない。

このまま負けてたまるもんですか、里佐はそう嫉妬《しっと》の炎を燃やす。いやそれは、どちらかと言えば復讐《ふくしゅう》心に近い。真智子が坪田センパイと杉山センパイを独占したように、あたしは辰徳クンと孝良クンを、この手で支配してみせる。センパイたちの息子ふたりを、この肉体に縛りつけることで、あたしはあの真智子を超えてやるんだ、と。

それまでは日替わりで別々に店へ呼びつけていた辰徳と孝良に、ある日、里佐は命じた。――これからは高校と中学校からの下校時刻を合わせて、ふたり一緒に〈プレネール〉へいらっしゃい、と。

指示通り、揃ってやってきたふたりに、まず制服を脱がせ、全裸にさせる。そして店内で一番大きなテーブル二脚を選び、その上に辰徳と孝良をそれぞれ横たわらせた。自分は服を着たまま、里佐は軽やかなステップで鼻歌まじりに二脚のテーブルのあいだを往き来しながら、美少年たちの裸体をいじくり回す。現金の山を前にした強盗って、こんな気分なのかしらね、もしかして。意味もなく札束をべたべたさわりまくって、まさに女王さま気分。やがてふたりの一物は、空き地にごろりと放り出された二本の土管のように勃起《ぼっき》する。里佐はそれらをひょいとつまみ上げ、ぎりぎりまで引っ張り上げては手を離すという遊びを、テーブル間を往復し、交互に繰り返す。肉棒が少年たちの腹をぱちん、ぱちんと打ちすえる音が響くたびに彼女は、はしたないばかりに、はしゃぎ声を上げる。痴れ者とはまさにこのことだ。

里佐も己れの姿が滑稽《こっけい》かつ醜悪であることを、最初は自覚していた。なにしろ彼女がいま着ているのは、派手なフリル付きのロングドレスなのだ。レモンイエローを基調とし、肩から腕の部分がシースルーになっている。生前の母が地元のアマチュア声楽グループに属していた時のステージ衣装で、仮にも遺品をこんなふうに使うなんて罰当たりな気がしないでもなかったが、非日常的で女王さまっぽい扮装《ふんそう》というと、里佐にはこれしか思いつかなかったのである。ドレスの下も、滅多に穿いたことのない網タイツをガーターベルトで吊《つ》っており、すっかりその気。

喫茶店という空間にあっては脱力しそうなほど場違いなコスチュームを着込んだ年増女が、親子ほども歳の離れた少年たちを裸に剝《む》いて、手術台の上の患者のように無抵抗な姿勢で仰向《あおむ》けにさせた上、慰みものにする。滑稽というより、もはや地獄絵図並みのグロテスクさだ。里佐も最初のうちはそのことを判った上で、ふざけているつもりだった。

なのに辰徳と孝良の裸体をいじくっているうちに変な気分になってくる。それが実は羞恥心の類いであることに気づいた里佐は少なからず、うろたえた。普通なら恥ずかしがるべきは裸でいる者たちのほうのはずなのに。これは彼女が、この特殊な空間において少数派だからなのか？　いま店内には里佐とふたりの少年、三人しかいない。辰徳と孝良は揃って全裸なのに、自分だけが服を、それも過剰に粉飾された恰好をしているという状況、それが彼女にとってある種の孤立、居たたまれなさを生むのか。

そして羞恥心は実に容易に、性的興奮へとすりかわる。

この子たちはいま、あたしのコントロール下にある、里佐は思った。これはプレイだと断ってあるから変な衣装を見ても笑わず、真面目くさっているし、動いちゃいけないと命じてあるから、いくら裸体を刺戟《しげき》しても、起き上がってこようとはしない。

さてふたりとも、このままどれくらい我慢できるのかしら……そう思いついた時から、里佐の手の動きは微妙に変化した。少年たちの肌に触れるか触れないかの、くすぐるようなソフトタッチ。股間のものにも舌を這わせたり咥えるふりをするだけで、はぐらかす。そんな焦らしを繰り返しているうちに、やがて辰徳も孝良も我慢できなくなってテーブルから跳ね起き、獣のように襲いかかってくるんだわ。そしてふたりがかりであたしを揉みくちゃにしてしまうのよ。想像しているうちに里佐の興奮は頂点に達し、喘ぎながらロングドレスの裾《すそ》を自ら捲り上げる。

＊

「お断りします」

そんな答えが、考えるより先に、するりと口から出てきました。あまりにもあっさりしていたため我ながら少し戸惑いましたが、改めて考えてみるまでもなく、それがわたしの偽らざる本心なのです。

　たしかにカレンは美しい。わたしの感覚からしてあまり馴染みのない類いの美貌ではあるけれど、それは全然気にならない。純然たる趣味という観点からすれば、むしろ好ましいタイプかもしれません。しかしわたしは、少なくとも現時点では、彼女とのセクシュアルな交わりを欲してはいない。単にそれだけの話なのです。

　拒絶するわたしを前にして、カレンは無反応でした。いえ、はっきりしないのですが、一瞬――ほんの一瞬だけ、複雑な表情が覗いたような。しかも、最初は落胆とか反発とかそういうものかと思ったのですが、よくよく思い返してみると、なんだか安《あん》堵《ど》めいた色だったような気もして……わたしの眼の錯覚でしょうか？

「それはどうして――」カレンはわたしの肩から手を離しました。「とか訊くのは、野暮というものなんでしょうね、きっと」

「ええ、野暮です。誰かとセックスしたい気持ち、そしてしたくない気持ちに本来、理由なんてありません。なぜだめなのかと訊くこと自体、ナンセンスです」

「ここで行われるすべてのことは所詮《しょせん》仮想現実にすぎないのだから、深く考える必要はないじゃないか――などと指摘するのも、筋違いなのでしょうね」

「セックスで一番大事なのはイマジネーションです。そういう意味では、実体としての行為だって幻のようなもの。たとえヴァーチャルな関係であっても、わたしはあなたと交わりたくはありません」
「なるほど」カレンは今度は、はっきりと微笑みました。「よく判りました。そして
その明快な答えこそ、わたしがもっとも必要としたものでした」
「……え？」

＊

辰徳と孝良、二本のペニスで左右から頰をつっ突かれながら、里佐は眼を閉じ、脳内変換プレイ・モードに入る。（あたしは松島里佐、十六歳、そして）右手で孝良のもの（これは杉山センパイ）を、ゆっくりしごきながら、顔を左へ捩じって辰徳（こっちは坪田センパイ）のものを、しゃぶり立てる。辰徳の根元に左手を添えてしごき立てながら、今度は孝良のものを口に含む。

あたしのモノよ、里佐はそう全世界に向け勝利の雄叫《おたけ》びを上げたかった。この子たちはあたしのモノ。ふたりとも、あたしのモノ。高校時代、こうやって坪田センパイと杉山センパイをまとめて頰張っていたのは、真智子なんかじゃない、あたしだったのよ。あたしのモノよ。この子も、この子もふたりとも。あたしのモノ。

里佐の指示通り、辰徳は彼女を「松島」とぞんざいに（ああっ、坪田センパイその

ものだわっ）、そして孝良は「里佐ちゃん」と可愛らしく（杉山センパイの声、すてき）呼びながら、ふたりがかりで彼女を蹂躙《じゅうりん》する。

そうやって三人で爛《ただ》れたセックスを繰り返しているうちに、いつしか里佐の中で何か決定的な箍《たが》が外れた。それまで脳内変換で済ませていた「センパイ」という呼びかけを、実際に口にするようになったのである。さすがに辰徳を「坪田センパイ」、孝良を「杉山センパイ」と呼び分けるまではしないし、彼女のほうがふたりよりも歳下という設定のプレイであると一応説明したものの、里佐は己れの変化に危ういものを感じ始める。

その不安を糊塗《こと》するため、ふたりの少年に接する際の彼女の言動は、ますます過激なものになっていった。しかし皮肉なことに、里佐が卑猥な言葉を並べれば並べるほど、淫乱に振る舞えば振る舞うほど、肝心の彼女自身の身体はそれと反比例するかのように、どんどん冷めてゆくのである。

その原因はおぼろげながら想像がつく。一旦「センパイ」という発声を解禁したせいで「辰徳＝坪田」「孝良＝杉山」の脳内変換がうまく働いてくれなくなってしまったのだ。「センパイ」「センパイ」と連呼すればするほど、そして「里佐はね、里佐はね」と自身を少女っぽく粉飾すればするほど、実際にはそうではないことが強調されてしまう。辰徳と孝良はともに彼女の同級生の息子であり、そして彼らに抱かれてあさましくよがっているこの女は四十路も近い年増である、そんな身も蓋もない現実がますます鮮明に迫ってきて、里佐をさいなむ。

（……どういうことなの）

脳内変換プレイは所詮お遊びにすぎず、何かの拍子に機能しなくなったとしてもそれほど大したことではない、ずっとそう高を括《くく》ってきた里佐は愕然《がくぜん》となった。

（ちがう……辰徳クンは辰徳クンであって、坪田センパイじゃない……孝良クンは孝良クンであって、杉山センパイじゃあない……ちがう……全然ちがう……ふたりとも）

そう認識するたびに、さらに里佐へ突きつけられる現実とは、彼女の既に若いとは言えない肉体である。あたしの身体はこの子たちの母親のそれと同じくらい消耗されている、と。考えまいとすればするほど、里佐にとって惨めな敗北感が募ってくる。

真智子への対抗心ゆえの過去の代償行為という名目は、里佐の中でとっくの昔に形《けい》骸《がい》化してしまっている。なのに、辰徳と孝良とのセックスは惰性で続く。いったい自分は何をしているのだろう、里佐はただ惑乱するばかり。単に自分が肉欲に狂ったメスであるというのなら、まだ救いがある。しかし、これはいったい何？　なんなの？

ふと我に返ってみれば、あたしは自分でイメージしていたほど肉体的快楽に溺れていたわけでもなんでもない。むしろ最初から最後までずっと、しらけていたような気さえする。なんで……

そもそも自分は何を欲しているんだろう、里佐はそう自問自答を繰り返した。坪田センパイか、杉山センパイのどちらかと結婚したかったのだろうか？　そして辰徳や孝良のような息子に恵まれたかったのか？　そうかもしれない。こんな綺麗な男の子なら、欲しくないわけがない。ああやっぱり。やっぱりあたしは真智子のことが羨《うらや》ましいだけ？　美しい夫と愛人、そして息子たちに恵まれた彼女が妬《ねた》ましいだけ？　そうかもしれない。

こんな息子たちがいたら……いつものように辰徳と孝良に挟まれながら里佐はふと思った。もし自分にこんな息子たちがいたら、まちがいなく近親相姦《そうかん》のあやまちを犯すわね、と。ふたりまとめて己れの子宮へ戻したくならないわけがない。ちょうど里佐がそんな倒錯めいた妄想に耽《ふけ》っている時、辰徳と孝良が貫いてきた。極太の先端が二本揃って彼女の襞《ひだ》を抉《えぐ》り、粘膜を押し広げ、お互いを直接こすり立て合いながら、同じひとつの祠《ほこら》の中で溢れる粘液を掻き回す。

ふたりの息子たちが文字通り、胎内回帰したわけね、そう思った瞬間、里佐の中で予期せぬ脳内変換が起こった。なぜか彼女は真智子に同一化し、自分がいま母子相姦を犯しているという錯覚に陥ってしまったのである。そのあまりのおぞましさに里佐は悲鳴を上げたが、一旦固定された脳内変換プレイはなかなか解除できない。前方からそして背後から汗まみれで、彼女の唇や乳房を奪い合いしているふたりの少年は実の息子たちであるという妄想が、気味が悪いほどリアルに迫ってきて里佐は、自分がいったい何者なのか、見失ってしまいそうになる。

ちがう。ちがうわよ。あたしはあたし。真智子なんかじゃない……そう自分に言い聞かせなければならない逆転の構図こそ、里佐にとっては決定的な屈辱に思えた。やはり自分は真智子を超えることはできないのだ、一旦そう認めてしまうと急に、あんなに夢中になっていたはずの少年たちとのセックスが、ひどく煩わしいものに変ずる。いや、単に煩わしいだけの話ではすまない。

二本のマドラーのように彼女の壺を掻き回していた辰徳と孝良がほぼ同時に放出したことを悟り、里佐はいまさらながら慄然《りつぜん》となった。いったいなんということをしているのだろう、あたしは。避妊もせずに。これで妊娠でもしたらどちらの子かも判らない。いや、問題はそんなことじゃない。自分はどうしてこんなふうに、人生を捨ててかかっているのだ？　セックスそのものを楽しんでいるのならばともかく、ただ煩わしく、しらけているだけなのに、なぜこんなふうに無為に身体を汚さなきゃいけないの？

結局あたしは、母親と双子の弟をいっぺんに失ってしまった哀《かな》しみから逃避するために一時的に気が狂っていただけとか、そういう安手のドラマみたいにありきたりな話に落ち着いてしまうんだろうか、そう皮肉っぽく嗤《わら》い飛ばそうとしたものの、ふと思い当たってみれば、とても洒落《しゃれ》になりそうにない。

もうたくさん。もうたくさんよ、こんな生活……おしぼりを十枚以上使って、体液と唾液でどろどろになった身体を拭《ぬぐ》っているうちに、ふいに込み上げてきた怒りに任せて里佐は、射精後の陶酔にぐったりしている辰徳と孝良を〈プレネール〉から追い出した。そして、もう近いうちにこのお店は畳んで、あたしもどこかへ引っ越すつもりだから、もう二度と来ないで頂戴《ちょうだい》、と一方的に、狂った性の饗宴《きょうえん》に終わりを告げた。

＊

カレンの言い分は一見矛盾しているようでもありましたが、なぜかわたしはそれほど混乱せず、むしろ得心したような感じ。

「拒絶――それは、より正確に言えば、他者の意思ということですね」そんなこちらの胸中を見透かしているかのように、カレンは頷いてみせます。「それこそわたしが必要としたものです。いえ、この時代が、と言ったほうが、もしかして、いいのかしら」

「というと、ひょっとして――」文字通り解釈するなら、この時代には他者の意思というものが存在しないのだ、という意味になりかねませんが。

「西暦にして約四一〇〇〇年のいま、人類は既に滅びているのですか？　そしてあなたが、ただひとり、この地上に生き残っている、と」

「いいえ、そうではありません。人類が滅びつつあるのは事実ですけれど、わたしが最後のひとりではない。極端に少なくなってはいるものの、現在の人口は、かろうじて十万人台をキープしているはずです」

「十万人……て」驚きました。「それは地球上の全人口が、ですか」

「奈津子さんの時代には」カレンの口調はあくまでも淡々としています。「少子化が問題になっていますよね、たしか」

「ええ。年金問題なども相俟《あいま》って、まさに声高に叫ばれている真っ最中です」

「その少子化という概念自体、実は消滅してひさしいのです。我々の時代、既に子供は生むものではなくなっている。いえ、代替母体システムなどを使って自分の子孫を残そうとするひとたちはまだ完全にゼロにはなっていないと思いますが、極めて少数派であることはたしかです」

「代替母体システムというと、では、子づくりとは人間の身体を使わずに……？」

「男も女もただ精子と卵子を提供し、自分の遺伝子を残すだけです。夫婦という概念も、ない。そもそも男も女も直接、顔を合わせたりはしませんから。つくった子供もつくりっぱなしで、自動里親プログラムによる疑似家族ロールに任せる。子供に会ったり、話したりすることもありません、一生ね。そもそもそんな必要はないのだから」

「えと、つまり――」カレンの説明を、わたしなりに整理してみました。「つまりこの時代、人間は生きてゆくにあたって他者と直接接触しなくても何も困らないようになっている、と。そういう仕組みの社会が出来上がっているのですね」

「そもそも社会という概念自体、崩れ去っているんですよ。しかし基本的には、奈津子さんのおっしゃる通りです。我々は、生まれてから死ぬまで、ずっと自己完結したまま、他者の意思に煩わされる心配のない、究極のシステムの中にいる。ただ、それは既に破綻してもいます。疑似家族ロールがプログラム通りに作動せず、若年で死亡するケースが急速に増えているからです。その原因はよく判りませんが、もしかしたら人間は根本的に、他者との生身の交わりを持たないと脆弱《ぜいじゃく》になる一方の生物だから、なのかもしれない。真偽のほどは判りませんが、ともかく人口は減少の一途を辿《たど》っています」

「素朴な疑問なのですが、そういう弊害が出ているのならばどうして、普通に出産して、普通の家庭で子育てをしようとはしないのですか。設備が整っていない、とか？」

「さっきも言ったように、我々は他者との精神的・肉体的接触を必要とせず、ただ自己完結にのみ浸るシステムの中に、生まれた時からいるのです。例えばセックスのことに関しても、知識は豊富にあれど、いざ自分の殻から出てきて生身のフィジカル・コンタクトを試みられるかというと、それは怖くてできない。いえ、怖いという以前に、既にそんな発想自体が湧かない者が大部分なのです」

「では、ここではみなさん、普段はどうやって過ごされているのですか？」

「みんな、自分の殻に閉じ籠《こ》もって、夢を見ているんですよ。文字通りに、ね」

カレンは眼配せのような仕種《しぐさ》をしました。つられてそちらのほうを見ると、白一色だった広間の中央部分が、四角い黒に穿《うが》たれています。歩を進める彼女についてゆくと、そこには五十ほどもあるでしょうか、棺のような長方形の箱が並んでいます。

「この黒い部分は実体です。といっても、さっきもちらりと触れたように、虚像と実体が直接対面するには少し煩雑な手順が必要なので、いま奈津子さんの眼に見えているのは本物ではなく、カメラでモニターしているようなものだとお考えください」

と言われても、それらの箱の列は、とても単なる映像には見えません。手を伸ばせば触れられそうなほどリアルです。

「こちらを――」とカレンは、箱のひとつを指さしました。覗き込むと、そこには窓があって、内部に老人が横たわっているのが見えました。額の後退した髪も髭《ひげ》も砂色をしている。アジア系の男性で、六十代の後半くらいでしょうか。じっと眼を閉じており、生きているのか死んでいるのかも不明です。
「これが——」とカレンは言いました。「わたしです、本物の」

＊

夜、八時。本来は六時に閉店する〈プレネール〉の玄関ドアに里佐は、まだ「営業中」の札を下げていた。これまで辰徳と孝良との愛欲にかまけ、ずっと客を閉め出してきたのが祟《たた》って、朝からずっと開店休業状態。さりとて帰宅する気にもならず、店内でひとり、ぼんやりしていた、その時。

ドアが開いて誰かが入ってくる。「あ、いらっしゃいま……」語尾を呑み込み、里佐は絶句した。そこに立っていたのが、真智子だったからである。

「おひさしぶり」表情の読めない、平板な眼つきで、じっと里佐を見つめたまま真智子はおもむろに椅子をひとつ選び、座った。「元気？」

里佐は咄嗟《とっさ》に反応できない。心臓がどきどきしている。ほんのつい最近まで、真智子の息子たちと、まさにこの店内でくりひろげていた己れの痴態がいやでも脳裡に甦《よみがえ》る。

そんな彼女を、真智子はじっと見つめてくる。うっすら微笑が浮かんだが、相変わらず眼は全然笑っていない。高校時代と同じだ。里佐は首筋が寒くなった。

真智子は十代の頃から、印象が全然変わっていない。高校時代から老け顔だった、という面もないではない。どうかすると坪田や杉山よりも歳上に見えたくらいだ。性格のきつそうな鋭角的な顔だちにメガネをかけていたものだから、同年輩の男の子たちからは不細工な娘として敬遠されていたが、いまにして思えばもちろん、高校生なんておとなのようでいて、まだ子供だ。真智子の人間離れした妖艶《ようえん》さを感知できたはずもない——坪田と杉山のふたりは例外として。

昔と変わった点は髪形とメガネか。里佐が憶えている限り、ずっとボブカットだった真智子だが、いまはセミロングに軽くウェーブをかけている。メガネは、コンタクトにしたのか、かけていない。十代の頃には隠れていた色香が、いまはさりげなくも満開になっている。まさに女盛りだ。

「きれいになったわね、里佐」と真智子は、里佐がまさに彼女に対して思っていたのと同じことを言った。「高校生の頃はいつも世を拗《す》ねて不貞腐《ふてくさ》れたような顔をしていた女の子が、いまはどう。女盛りじゃない」

「何か飲む？」ようやく声が出た里佐は、真智子のペースに巻き込まれまいとして、返事を待たずに冷蔵庫を開けた。缶ビールを取り出すや、そのまま、ぐいっと呷《あお》る。

「かまわなければ同じものをちょうだい」

里佐は無言で、真智子の前にゴブレットを置くと、もう一本、缶ビールを取り出して、注いだ。

「このお店はアルコールも出すの」

「普段は出さない。常連さんとかに頼まれれば別だけど。まあ基本的には自分用」

「乾杯」

と真智子は手を伸ばし、ゴブレットを里佐の手の中の缶ビールにくっつけた。

「このお店、やめるんですって？」

「うんまあ」缶ビールを傾けかけていた里佐の動きが、ふと止まった。「……なんで知ってんの、そんなこと？」

「息子たちがそう言ってたから」

うっかり聞き流しかけて、里佐はふと嫌な予感に囚《とら》われた。相変わらず表情の読めない真智子の双眸《そうぼう》を見つめているうちに、その予感は確信に変わる。

「お店やめて、どうするつもり？」

「はっきり決めてないけど。身軽になったことだし、東京へ行こうかなと思って」

「あの子たちの相手にも疲れた？」

里佐は石のように硬直した。辰徳と孝良がここで何をしていたかを真智子が知っていたことに驚くというより、ああやっぱり、という気持ちが強い。いや、それどころか……ふとある疑惑を抱いた里佐の眼の前が真紅に染まる。気を鎮めようと、ことさらにゆっくり缶ビールの残りを飲み干した。

「大変よね、あの歳頃の男の子たちって。日に二回や三回出したくらいじゃ、おさまらないんだから」

「真智子……あんた」歯噛《はが》みしながら、里佐は唸《うな》り声を搾《しぼ》りだした。「あんた、まんまとあたしを嵌めたのね」

「何の話？」

「とぼけないでよ。そもそも辰徳クンが最初にこの店へやってきたのは、あんたの差し金だったんでしょ？」

「ママの昔の同級生がやっているお店らしいわよ、とは教えてあげたけど」

「そんなこと、辰徳クン、全然知らなかったという素振りだったわよ。彼がそんなふうに知らんふりを決め込んだのは、あたしがあの子のことを誘惑する展開も含めて、あんたが知恵をつけてたからなんでしょ？」

「坪田にそっくりなあの子を見て、あなたがむらむらしてしまうことを、あたしが予想していた、とでも？」

「そうよ。判ってるんじゃない」里佐は空き缶を握りつぶすと、腹立たしげに厨房のほうへ投げ捨てた。「ついでに孝良クンも巻き込むことだって予測できたんでしょ？

坪田センパイと杉山センパイにあたしがめろめろだったことをあんた、ちゃんと知ってた。憧れのセンパイを、ふたりまとめて手玉にとっているあんたのことを、あたしがどれだけ妬《ねた》んでたか、ちゃんと知ってたんだわ。知っていて、あたしのことを愚弄《ぐろう》しようと――」

「ふたりまとめて手玉にとってた、というのは、大いに心外だわね」

「あら。ちがうとでも言うつもり」

「たしかに、いまでも坪田もまじえて、三人でするわよ。でもね、里佐、あなたは基本的に勘違いしている」

「あたしが判らないのは――」真智子の悪びれない態度に毒気を抜かれ、里佐は少し冷静になった。「子供ができたから、どちらかと夫婦になったのは判るわ。でも、どうして杉山センパイだったの。辰徳クンは坪田センパイの子なんでしょ?」

「疑いなくね」

「先に生まれた子の父親と籍を入れるのが、普通の選択のような気がするけど」

「てことは、里佐は知らなかったのか。あたしが杉山と籍を入れたのは、辰徳が生まれる前のことだったのよ」

「というと――」

「避妊しなかったからね、あたしたち。どちらかの子供が、いつできてもおかしくない。三人で相談して、どうせなら早めに、どちらかと夫婦になっておこうという話になった。どちらの子が生まれるのかは、ロシアンルーレットみたいなもので予測がつかないけど、多分、杉山のほうじゃないかとあたしたちは思ったのね、その当時は」

「なんで？　いつも三人でしてたんなら、確率は五分五分じゃない」

「強《し》いて言えば、杉山のほうがまともに出す傾向があるから、かな。坪田はあたしの口かアナルへ出すことが多いのよ。結果的に坪田の子が先に生まれたのは、少し意外だった。アナルに出したはずのものが溢れ出て、膣《ちつ》へ流れ込んじゃったのかもしれない」

　真智子の淡々とした口ぶりに、里佐は疲労感とも敗北感ともつかぬものを覚えた。

「どっちにしろ、あたしはまんまとあんたの策略に嵌まったわけね、真智子。あんた、自分の息子たちの性欲処理を、巧妙にあたしに押しつけたんだ」

「まあね、一石二鳥というか、そういう面があったのは否定しないわ。だってね、いくらあの子たちが日々悶々《もんもん》としていて可哀相《かわいそう》だからって、あたしがやってあげるわけにもいかないでしょ？　かといって、あんなに綺麗な子たちなんだもの、女のほうで放っておかないだろうから、そのことで道を誤ったりしたら困るし。その点、あなたなら――」

「よくも、ぬけぬけと言ってくれるわね。そんな理――」里佐はふと口をつぐんだ。

「どういう意味、一石二鳥って？」

「ん？　ああ。辰徳を最初にこの店へ差し向けた理由。あの子を見て発情するとしたら、あなたはまだ、十代の頃と同じ勘違いを引きずっている、ということになるからね。ちょいと確認してみたってわけ」

「何よ、勘違いって？　そういえば、さっきもそんなことを言ってたけど」

「だから、坪田と杉山のこと」真智子の顔から形ばかりの笑みが消えると、里佐が思わず後ずさりしそうなほどの凄味《すごみ》を帯びた酷薄さが浮き彫りになる。「あなたはあのふたりのことを、憧れのセンパイと言ったわね——もうそこからして、まちがっているの。大いなる勘違いなのよ。里佐」

＊

これが……わたしはその、材質がガラスかどうかは不明ですが、ともかく透明の窓越しに、鬚面《ひげづら》の老人の寝顔を覗き込みました。これが、本物のカレン。

「わたしは——厳密に言えば、わたしの身体は——生まれた時から、この箱の中から出たことがありません。従って、わたしは自分の両親ともこのような」と彼女は自分の身体を示しました。

「虚像としてしか会ったことがない。もちろんそれらは疑似家族ロールにすぎなかったわけだから、未《いま》だにわたしは両親の本物の姿かたちを知らないのですが」

「この箱はいったい――」

「簡単に言えば、生命維持装置の付いたデータスーツです。我々の五感に情報を与え、仮想現実という夢を見させてくれる」

「つまり、この箱がいま、あなたのこの虚像を生み出している？」

「ええ。わたしたちにとってはこの箱が、文字通りこの世のすべてです。データスーツは如何《いか》なる妄想にも対応できるようになっているので、我々はそれぞれの殻の中で、世界を自分の好きなようにつくり上げ、その夢の中でのみ生きてゆくのです」

「あなたは生物学的に男性なのに、こうして女性としてヴァーチャル・ワールドを生きている。トランスセクシュアルなのですね」

「ええ。さらに言えば、トランスセクシュアル・レズビアンです」

カレンの言葉とともに、広間の黒い部分と箱の列が消えました。入れ替わりに十数人もの美女たちが唐突に出現します。モンゴロイド、コーカソイド、人種はさまざまですが、いずれも十代から二十代といったところでしょうか。みんなわたしたちと同じ全身スーツか、もしくはボンデージ・ファッションのような、ボディラインを強調する衣装を身にまとっています。

「わたしはこの仮想世界で、彼女たちと愛を交わしました。所詮はわたしの妄想の産物ですが、データスーツのお蔭《かげ》ですべてをリアルに体験できます。この時代、なぜ我々が他者と接触しないのか、もうお判りでしょう。そんな必要がないからなのです」

「言ってみれば、個人の願いがなんでも叶《かな》う世界なのですね、ここは」

「そのとおり。そしてその、なんでも願いの叶う究極のテクノロジーが人類を滅ぼそうとしている。自分勝手に聞こえるかもしれないが、わたしに限って言えば、人類が滅ぼうが滅ぶまいが、どうでもいい。ただ、自分の苦しみには対処しないといけない」

「なんですか、苦しみとは」

「あなたがいまおっしゃったことですよ。奈津子さん。わたしは望みさえすれば、なんでも願いが叶う世界にいる」カレンはわたしに背を向け、広間の天井を仰ぎました。「己れの人生を思いのままにデザインできる。しかし、願いとは叶った瞬間から、もはや願いでもなんでもなくなるものなのです」

カレンがわたしのほうを振り返ると、十数人の美女たちは、出現した時と同じ唐突さでもって消えました。

「生身の他者の存在はたしかに鬱陶《うっとう》しい。しかし、そこに自分以外の意思が存在しない世界は結局、すべてが予定調和的になってしまう。わたしを拒絶するものがいない、それは一見、幸福を極めた状態のように思えるかもしれないが、わたしはそれがまちがいであることを知っているのです。実感として。譬《たと》えて言えば、つまるところすべては大がかりな自慰行為みたいなもので――」

「オナニーだっていいではありませんか。それで本人が幸せならば、ですけれど」

「ええ、もちろん」硬かったカレンの表情がふと緩みました。「他者との関係という実存を引き受けた上でなら、ね」

＊

「勘違い……って」里佐は自分の身体が震えていることに気づいていなかった。「どういう意味よ、真智子、あたしがいったいなにを勘違いしているって言うの？」

「あなたは昔もいまも、坪田にも杉山にも、憧れてなんかいない。彼らに関心なんか、これっぽっちもない。そもそもあなたは、男なんかに興味を抱けない女なんだから」

「あ、あんた、頭がおかしいんじゃ」笑い飛ばそうとした里佐の声が罅《ひび》割れた。「頭がおかしいんじゃないの。そんなことあるわけないでしょ。あたしはちゃんと結婚も――」

「だから、それが欺瞞《ぎまん》よ。よりによって成人式もまだの身でお見合いで結婚するなんて。痛々しくて見ちゃいられなかった。ご覧なさい、結局一年も持たなかったじゃない」

「それは、あ、相性が悪かっただけ……」

「里佐」真智子は立ち上がると、乱暴に彼女の顎を撫でた。「あたしの眼を見なさい。そして、自分に正直になるの」

真智子の手を振り払おうとして、それができない自分に里佐は気づいた。喉の奥で悲鳴が詰まっている。思うように声が出ない。

「いい加減に、まともな女のふりをするのはおやめ。知ってるはずでしょ。あなたが愛しているのは坪田でも杉山でもない。辰徳でも孝良でもない。このあたしだってことを」

「や、ややや……やめてよ」ようやく里佐は叫んで、真智子の手から逃れた。その拍子に床へ転んでしまう。「やめ……き、気色《きしょく》の悪いことを言うのは、やめてっ」

「里佐、あなたが愛しているのは、あたし。この世で、このあたしだけ」

「嘘《うそ》よ。嘘、そんなの」尻もちをついたまま必死で後ずさる。「あ、あたしは……あたしはそんな女じゃ……こ、来ないでっ」

「自分のほんとうの性愛の形を認めたくなかったから、あなたは坪田と杉山に憧れる自分という物語をでっちあげたのよ。あたしへの不可解なばかりに激しい気持ちとは決して愛ではなく、単なる妬みなんだと。そうすり替えて、自分をごまかすために」

「そんなバカなこと、あるわけが……」

「その証拠に、男とはまともにセックスできないあなたが、辰徳と孝良相手にひとが変わったように悶《もだ》え狂った。あれはなぜ？　他に考えられない。あの子たちこそが、あなたにとってはあたしの代わりだったからよ」

「でたらめよ、そんなの、でたらめっ」

「あの子たちに抱かれることで、あたしと繋がっていたかったのよ、間接的に」

「そんな、ば、ばっかばかしい、誰かと愛し合いたいなら、そのひとと直接やるわよ。なんでわざわざ別人とやって間接的に、だなんて。そんなややこしいことを、いったい誰が好きこのんで――」

「あら、そのややこしい性愛の形には、ちゃんと実例があるじゃない。あなたもよく知っている、とても身近な実例が」

じたばた床を逃げ回っていた里佐は、自力で立ち上がるのを諦めたみたいに肩で息をしながら、のろのろと顔を上げた。

「なに……なんの話？」

「もちろん坪田と杉山の話よ。あのふたりがなぜわざわざ、あたしという女をまじえて三人でセックスしたがるのか、その理由を考えてみたこと、ないの？」

「ま……」里佐の息継ぎが一瞬止まる。「まさか……まさか、そんな……」

「愛し合っているのよ、あのふたりは。でもね、男同士でのセックスには、どうしても踏ん切れないの。具体的には判らないけど、なんらかの心理的抵抗があるんでしょうね、お互いに。だからあいだに、あたしというワンクッションを入れる——判る？坪田も杉山もあの最中、あたしのことなんか見ちゃいないわ。あたしの身体を枕《まくら》か布団がわりに、ふたりだけの桃源郷で戯れているのよ」

真智子に手を握られても里佐は抵抗もせずに、茫然としている。強引に引っ張られるがまま、立ち上がった。

「あたしがふたりを手玉にとっている、と言ったわね。それはちがう。男ふたりに同時に抱かれるあたしのことを、まるで臣下たちを従える女王さまみたいにあなたは思うのかもしれないけれど、それは全然ちがう。あたしは——このあたしの身体は、あのふたりにとって道具にすぎない。素直にゲイ・セックスに耽ることのできない男たちが、なんとかスムーズに愛を交わすための、ね」

真智子は指で里佐の唇を、なぞった。

「あなたが辰徳と孝良の身体を使ってやったことも、まったく同じ。坪田と杉山があたしというクッションを通じてお互いに繋がろうとするように、あなたはあの子たちに抱かれることで、あたしへ愛を捧《ささ》げた。裏返しの愛よ。あなたはすべてをあたしに捧げる」

　真智子は店の玄関ドアに鍵を掛けると、立ち竦んでいる里佐のもとへ戻ってきた。

「服を脱ぎなさい」

　そのひとことで里佐の瞳に、怯えという名の正気が戻った。

「あの子たちをたっぷり抜いてくれたご褒美よ。お望み通り、抱いてあげる。さあ」

「ち、ちがう……」無力な幼女のように顔を歪《ゆが》め、いやいやをしながら里佐は後ずさりした。「ちがう……そんな、あたしはそんなことは、全然……ちがうのよ」

「言っておくけど、そう何度も、こんな気まぐれを起こしてはあげないわよ」真智子は壁際へ里佐を追い詰める。「あたしの気が変わらないうちに、さっさとお脱ぎ」

「ちがう……ちがうんだったら、真智子、聞いて……あたしは、そんな女じゃない……そんな……ちがうったら、ちがうっ」

　眼尻に涙が溢れたかと思うや、里佐は大声で泣きじゃくり始めた。真智子の冷たい眼で凝視されながら、しばらく号泣していた彼女はやがて嗚咽《おえつ》をこらえながら、上着のボタンをひとつ、またひとつ外してゆく。

「真智子……」寒さをこらえているみたいに歯をかちかち鳴らしながら里佐は、足を床から浮かせ、下着を脱ぎ捨てた。「真智子……怒ってる？」

いったいあたしは何を言っているの……いえ、何をしようとしているの。誰か……誰かなんとかして。里佐は混乱し、両手で顔を覆った。再び泣き崩れる彼女の素肌に、真智子は相変わらず無表情のまま、ゆっくりと手を這わせ、自分のほうへ引き寄せる。

*

ずるりと椅子から滑り落ちそうになり、はっと我に返ると、いつの間にかわたしは自分の部屋に戻っていました。パソコンの画面を見てみましたが、何の異常もありません。身に着けているのもあの全身スーツではなく、いつものTシャツとジーンズです。

夢を見ていたのでしょうか。でも耳に「ありがとう、奈津子さん。やっぱりあなたに来ていただいて正解でした」というカレンの声が、微かではありますが、残っています。夢というにはあまりにもリアル。まあいずれにしろ、わたしでもお役に立てたのなら、けっこうなことでございますが。

「あ。ひょっとして——」わたしは思わず、ぽんと手を打ちました。「カレンは、西暦に直すと四一〇〇〇年くらいだと言っていたけど、それって——」

*

「――より厳密に言えば、四一〇七二年のことだったのではないかと、ここで森さんが気づくわけですか」加地真紀男はプリントアウトの最後のページを捲って、ぷっと吹き出した。「で、なるほどなるほど、あれは壮大な自慰行為の時代だったのだから、四一〇七二で、ヨイオナニ――良いオナニーだった、ちゃんちゃん、と。あはは。ちょっと田中啓文《たなかひろふみ》さんを髣髴《ほうふつ》させる終わり方ですね」

「それまでずっとシリアスタッチなのに、そういうおふざけってあんまりかなあとも思ったんですけど」と松島里佐は恥ずかしげに鼻の頭を掻く。「語呂合《ごろあ》わせを思いついたら、つい書かずにはいられなくなっちゃって。やっぱりまずいでしょうか」

「大丈夫ですよこれはこれで。ええ。すぐに入稿します。どうもお疲れさまでした。いやあしかし」加地は苦笑した。「森さんは、森奈津子特集の参加作品だから当然としても、まさかわたしまで登場するとは」

「事後承諾になってしまってすみません」

「いやいや、とんでもない。沼正三さんと森さんの対談のことまできっちり触れていただいてどうもどうも。これが〈SFジャパン〉の同じ号に載るんだからメタですね」

「安易というか、楽屋落ちというか」

「っていうか、そもそも森奈津子特集という企画自体がメタな発想から生まれたわけですし。やはりある程度は、そうならざるを得ないでしょう。にしても、この作中で森さんが書いているとされる、美少年がふたりばかり登場する熟女ものってどういうのか、ちょっと気になったりしますね」

「そちらもいずれストレートな官能ものとして書こうかなあ、と」里佐は唇の端っこに複雑な微笑を浮かべた。「自分の性的妄想を思い切り爆発させて……なんちゃって」

「あ。それはぜひ〈問題小説〉のほうで。これもメタ効果ですかね。ははは。じゃあ、ゲラが出たらまた、ご連絡します」

「よろしくお願いします」

「まだ未定ですが、反響次第では、今後も森さんのキャラクターを使ったシリーズを書いていただこうかなと考えておりますので」

「そうなったらいいなあ——あ、そうだ」里佐は真新しい名刺を取り出し、加地に手渡した。「これ、新しい住所と連絡先です」

「どうも——あ。やっぱり東京のほうへ定住されることにしたんですか?」

「最初は、メール入稿もできるしファックスもあるし、田舎にいてもいいかなあと思ってたんですけど。やっぱ、その、いろいろ鬱陶しくなっちゃったんで……人間関係とか」

「じゃあ例のお店も？」

「処分して身軽になりました。四十にして人生の一大転機というか。これからはこっちで執筆一本、がんばります」

「それにしても、いまさらですが、お母さまと弟さんのことは何と言っていいやら」と加地は一転、神妙にうなだれた。「特に弟さんとは、わたしもこれからご一緒に仕事をさせていただこうと意気込んでいた矢先に」

「あの、そのことなんですけど。あたし、弟の名前を継いでこの仕事をしようかなと。ほら。この原稿がちょうど、トランスセクシュアルを扱っていることだし。男の名前でやったらどうかな、なんて」

「というと、松島保彦《やすひこ》名義で、これを発表されるというんですか？　うーん。それはどうかなあ。弟さんが既にその名義で、いくつか作品を発表されてますからね。混乱する向きもあるんじゃないかと。もちろんその、松島さんがどうしてもというのなら仕方ありませんけど。うーん。正直、わたしとしてはあまり積極的にお勧めできないのですが」

「判りました。じゃ、苗字を変えます。母の旧姓を使って、こういう感じで――」

と里佐は、名刺の裏に『西澤《にしざわ》保彦』と書きつけ、改めて加地に手渡した。

キス

最初は、鉛筆で描いた輪郭の上から水で薄く溶いた絵の具を淡く、どこまでも淡く太めの絵筆で拡《ひろ》げて完成させていたんだけれど、そのうち徐々に、下絵も色塗りも全部、色鉛筆だけで済ませる手法に変わっていった。この描き方がいちばん彼女らしさを表現できるような、そんな気がして。

さほど風は強くないが、飛んでしまわないようにしているみたいに両手で麦藁《むぎわら》帽子を軽く押さえ、面映《おもはゆ》げにポーズをとりながら、彼女はわたしに微笑《ほほえ》みかけてくる。萌《もえ》葱《ぎ》色のゆったりしたノースリーブのワンピースが、清楚《せいそ》で透き通るような彼女の容姿にとてもよく似合っている。背がすらりと高くて、わたしと同じ十四歳とはちょっと思えないほどおとなっぽい。細く白い素足にはサンダル。いかにも夏らしい、涼しげな装い。

わたしたちの頭上には青い空が、どこまでも青い空が、球形に拡がっている。麦藁帽子の鍔《つば》からはみ出てなびく彼女の栗《くり》色の髪の動きに呼応するかのように、綿菓子みたいな白い雲がときおり地面を翳《かげ》で掃いてゆく。あちこちから蟬《せみ》の鳴く音が、やかましいくらい響いてきているにもかかわらず、時間が止まったかのような錯覚にも似た、不思議な静寂が辺りに満ち。

川のほとり。田圃《たんぼ》の畦道《あぜみち》。頭上の青にも負けず色鮮やかな、足もとから地平線へと伸びる一面の緑。また緑。その果ての、山の麓《ふもと》にある黒ずんだ高架鉄道を背景に、彼女は佇《たたず》む。ノスタルジックな田園風景の中心、すべての中心、それが彼女。

高架鉄道といっても、橋梁《きょうりょう》があちこち寸断されていて、知らないとてもそうは見えない。まるで出来損ないの鳥居が幾つか散らばっているみたいな眺めで、もちろん電車も通っていない。ずいぶん古ぼけているので、てっきり廃線になって久しいのかと思いきや、開通すら未《いま》だしていない、何十年も前に新設工事が中断したままなのだという。国と自治体が運営を巡ってなにか揉《も》めたのが原因だとか祖父母から聞かされたけれど、詳しい事情は不明。

（――バスは一応あるんだけれど、本数が少なくて不便なの。特に町へ出るときに。だから電車、開通するなら早くして欲しいんだけどなあ。できれば、わたしが県立高校へ入学するまでに。って。無理かなあ。なにしろ、わたしが生まれる前から中断したままになっているらしいし。この分だともう、死ぬまで無理だったりして）

死ぬまで……多分なんの気なしに口にしたであろう、彼女のその言葉。わたしだってそのときは当然の如《ごと》く聞き流していたのに。このわずか三ヶ月ほど後に、それが現実になってしまう、なんて夢にも。

夢にも思わず。わたしは彼女を見つめ、描き続ける。どこか年齢不相応に憂《うれ》いを帯びた彼女の瞳《ひとみ》に世界が映っている。わたしが映っている。そして。

彼女の唇が世界をいざなう。彼女の、あの桜色の薄い唇。

わたしは色鉛筆を操り続けて。描く。描き続ける。彼女の姿を。梨緒《りお》ちゃん。

梨緒ちゃん。好き。梨緒ちゃん。好きよ。大好き。梨緒ちゃん。梨緒ちゃん。梨緒ちゃん。梨緒ちゃん。梨。

いつの間にかわたしは色鉛筆もスケッチブックも草むらに置き。彼女のすぐ眼《め》の前に立っている。彼女は微笑み、わたしたちはどちらからともなく手をつなぎ合い。

わたしの唇が、彼女の唇に重なる。

彼女の唇は、わたしを受け容れ。

梨緒ちゃん。

好き。梨緒ちゃん。

(わたしも)

そんな彼女の声に一瞬、蟬時雨《せみしぐれ》もなにもかも、世界のすべてが遠のいてゆく。

遠のいて。

(わたしも)

(わたしも好き。あかりちゃん。好きよ。あかりちゃん。大好き)

ドアが開いた。出迎えてくれたのは、長い黒髪と少し太めの眉《まゆ》が印象的な女性。どちらかといえば小柄。二十代にも見えるけれど、落ち着きぶりからして、あるいは三十代くらい？　すっきりと厭味《いやみ》なく額を露出する髪形が、どこかしら神秘的なムードを醸《かも》し出している。

＊

なるほど、あらかじめ電話で住所を確認した時点ですでに、SFやホラー映画によく登場するような、ひと里離れた不気味な洋館の類《たぐ》いの陳腐《ちんぷ》なイメージは捨てていたし、女にしては低めながらも柔らかく包容力のある声音からして、瓶《びん》の底みたく分厚いメガネを掛けた白衣姿のエキセントリックな科学者が現れるという展開もまずあるまいとは思っていた。が、これって。

招き入れられるまま、室内を眺め回してみる。拍子抜けするくらい狭かった。いわゆるワンルームマンション、それも相当年代物の賃貸物件。その三階の一室なのだから、当然といえば当然なんだけれど……ほんとうにこれが、現代の魔女の厨《くりや》なの？

通常の住居とはちがい、ソファとコーヒーテーブル以外に家具らしい家具は見当たらない。壁も窓も、四方はすべて暗幕で覆われている。暗幕といっても真っ黒ではなく深みのある光沢を放つワインレッドなのでそれほど閉塞感《へいそく》はないものの、まるで芝居小屋かなにかに迷い込んだみたい。

「どうぞ」彼女は薄い微笑みとともに、ソファを示した。「お座りになってください」

その声で、さきほど電話でアポイントメントをとった際、応対してくれたのと同一人物だと知れる。先方の指示通りに吉祥寺駅でJRを降り、中央口バスターミナルへ出たときは、ほんとうにこんな町なかに目指すオフィスが在るのかしらと狐《きつね》につままれたような気分だった。三鷹方面へ歩いてパルコの前を過ぎ、雑貨屋や飲食店が並ぶ通りに入ってもまだ半信半疑だった。が、どうやらここで、まちがいないようだ。

真向かいの椅子《いす》に腰を下ろす女性を、改めて観察する。やや切れ長で、ひとえ目蓋《まぶた》の眼――いや、奥ぶたえだろうか？　その瞳が、照明や角度の加減なのか、ときおり鶸色《ひわいろ》に輝き、そこはかとなく人間離れした存在感が漂う。それでいて彼女の服装は、黒いハイネックのセーターにデニムのパンツと、いたってカジュアルなのだ。

ノーメイクで指輪などの装飾品も身につけていないようだが、ただひとつ。セーターの胸もとで鈍い光沢を放つペンダントがわたしの眼を惹《ひ》いた。最初は馬を象《かたど》ったものと思っていたのだが、よく見ると頭部に大きな角《つの》が生えている。これは、ええと、なんていったっけ、一角。一角獣？　そう。ユニコーンというやつだ。

その一角獣のペンダントのことが、なぜかひどく気になる。心がざわざわ、ざわざわと胸苦しいばかりに騒ぐのだが、いったいどうしてなのか、まだこのとき、まったく判《わか》らなかった。いや正確には、憶《おも》い出せなかった、と言うべきか。

「あの」急に息苦しさを覚え、わたしはおずおずとそう頼んでみた。「暗幕を、その、少し開けていただくわけには……?」

「いいですよ」

あっさり彼女は立ち上がり、片側の暗幕を開けた。ついでに窓も開けてくれる。わたしが座っている位置からも、吉祥寺の町並みが見下ろせる。雑貨屋に立ち寄り、各種グッズを品定めしている学生ふうの娘たちの群れ。なんて日常的な風景なのかしら。天気だって抜群にいいし。これじゃあサスペンスフルなムード満点に稲妻が閃《ひらめ》いたり雷鳴が轟《とどろ》いたりする余地も全然ない、よね。

「さて」気さくな物腰のまま彼女は、わたしの前に座りなおした。「ご用件を伺いましょうか、樋口《ひぐち》あかりさん」

「えと」わたしは口籠《くちご》もった。なんだか変な気がした。なにが変なんだろう。しばらく考えてみて、思い当たった。「あの、ど、どうしてわたしの名前を……?」

「さきほどのお電話で」

「名乗りましたっけ、わたし?」

「ええ」

そんな覚えはないのにと思ったものの、謎《なぞ》めいた包容力に満ちた彼女の微笑を前にすると、いや、無意識に自己紹介していたかもしれない、という気持ちになってくる。

「あ、そうそう。これを——」と彼女が差し出してきたものを見ると、名刺だ。

恋愛、性愛に関するお悩みのご相談
秘密厳守でうけたまわります
森《もり》奈《な》津《つ》子《こ》

オフィスであるこのマンションの住所、そして携帯電話の番号が明記されている。名刺を仕舞いかけ、わたしは再び困惑した。この電話番号、さっきアポをとったときに掛けたものとはちがう。だってあっちはたしか、03で始まっていたんだもの。何番だったのか憶い出せないけど……って。いやまて。そもそもアポの電話番号、どこからどうやってわたし、入手したんだっけ？

「森さん、ですか」頭が混乱してきたので、とりあえず記憶を探るのはやめた。「ではレイディNとは、奈津子という下のお名前の頭文字なんですね」

「レイディN？」彼女はきょとんとして何度も眼をしばたたく。先刻とはうってかわって愛敬のある仕種《しぐさ》にもかかわらず、神秘性が少しも損なわれないのが不思議。「え。

え。なんですかそれは?」

「あなたのお名前では? 本名ではなくて、芸名というのかしら。わたしはそんなふうに聞いて、やってきたんですけれど」

「はて。これまでわたくし、どなたに対してもそんなふうに名乗った覚えは、とんとございませんのですが」

「巷《ちまた》ではそれで通っているようですよ。いろいろむずかしい悩みごとを、鮮やかに解決してくれる謎の女性、まるで現代の魔女のようなレイディN、と」

「はあ、それはなんともはや」可笑《おか》しそうに笑み崩れる。「分不相応なイメージが独り歩きしているようですね」

「あの、まさか、巷の噂《うわさ》は事実ではない、というのではないでしょうね」

「噂とは、さてどのような」

「あなたはとても不思議なちからをお持ちだと。例えばその気になれば、死んだひとに会わせてもらうこともできる、って」

「ほう。霊媒師みたいですね」

「というと」まるで他人事《ひとごと》みたいにのほほんとした彼女の口ぶりに、わたしは激しい失望を禁じ得なかった。「そんな噂は、でたらめだ……と?」

「死んだひとに会ってみたい——それがあなたのお悩みなのですか」

改めてそう訊《き》かれると、なぜか虚を衝《つ》かれる思いがして、いっそこのまま立ち去ってしまいたい衝動にもかられたが、結局わたしは無言で、こくりと頷《うなず》いた。

「なるほど、そうなのですか。ではひとつ、やってみましょう」

あくまでも彼女の態度は、おっとりしたままだった。まるで縁側で日向《ひなた》ぼっこをしながらお茶を楽しんでいるかのような……実際、いつの間に用意してくれたのだろう？　暗幕に覆われているせいでキッチンがどこにあるかすらよく判らないのに、コーヒーテーブルの上には湯気をたてている青磁の湯呑《ゆの》みが、ふたり分。

「そんなことができる、なんて……」我知らずわたしは呟《つぶや》いた。「信じられない」

自ら頼んでおいて、信じられないもないものだが、それが偽らざる本音でもあった。

「もちろん」しかしレイディNは気を悪くしたふうもなく、微笑をたたえたまま。「信ずる信じないは、あなたのご自由ですわ」

「信じれば願いは叶《かな》う、ってことですか。逆に言えば、あなたのことを信じないのなら、やってもらえない、と」

「いいえ。まったく関係ありません。別に魔法や呪術《じゅじゅつ》の類《たぐ》いを使うわけではない。いたって科学的な手順にのっとって――」

「科学的、ですって？」

「少し語弊《ごへい》があるかしら。その方向の思想から理解できる、といった程度にお考えになってくださいな」

淡々とビジネスライクに進む会話に、わたしは戸惑うばかりだった。こちらの意向はちゃんと相手に伝わっているのだろうか？　ひょっとしてお互いに深刻な認識の齟《そ》齬《ご》があるのではないか、と危ぶむほどに。

「わたしが会いたいのは、もう二十年くらい前に死去したひとなんですけれど……」

「そうですか」

こちらがどんな無茶を言おうと、穏やかな彼女の表情はまったく変化を見せない。

「それでも大丈夫なんですか？　ほんとうに彼女に会わせてもらえるんですか？」

レイディNは頷いた。気負いが微塵《みじん》も感じられない。それだけに、形容し難い説得力が滲《にじ》み出ている。

「では……ではその」気圧《けお》されてか、我ながら妙に卑屈な言い方になってしまった。

「報酬のほうはいったい、いかほど？」

彼女が口にした金額に、どれだけふっかけられても決して驚くまいと身構えていたわたしは、逆の意味で面喰《めんく》らってしまった。何度も確認してみたが、聞き間違えではないらしい。しかしそれは先日、夫といっしょに行ったフランス料理店のコース料金ふたり分に、ワイン代をプラスしたのと、ほぼ同額なのである。そんな、いくらなんでも。

「あ、あの、奇蹟《きせき》を起こすためには、それってちょっと、安上がりに過ぎるのでは」

「必要経費は別ですが」

なんだ、やっぱり。ちょっと安堵《あんど》したような、腹立たしいような複雑な気分に陥りかけていたわたしは、彼女の次のひとことで、またしても困惑することになる。

「といっても、そちらもさほど大きな額ではありません。樋口さんご自身の、二週間分の生活費だけですから」

「……は？」

「さきほど奇蹟という表現をお使いになりましたね。それが適当かどうかはともかく、たしかに死者に再会するのは簡単ではありません。準備というものが要《い》ります」

「それは、はい、も、もちろん。もちろんそうでしょうとも」

「そのために二週間、樋口さんにはここに滞在していただくことになります」

「ここ……って」思わずぽかんと口を開け、室内を見回した。「この部屋で？」

「できることなら一ヶ月は欲しいところですが、なかなか。それだけ長期間の不在をやりくりするのはむずかしい。樋口さん、失礼ですけれど、お仕事やご家族は？」

「仕事は、自由業ですから、そちらのほうはどうとでもなりますが」

「自由業、ですか。どのような」

「イラストレーターみたいなことを少々」

「あら。それは」

「旧姓の渡部《わたべ》あかり名義でやっています」

「ああ、あの。はいはい。存じてますわ。すてきな絵柄ですよね、パステル調の。いつかわたしもお願いしていいかしら」

魔女業の宣伝用パンフレットでもつくるつもりかな。レイディNの言葉をこのときは、そんなふうに解釈していたのだが。

「家族は、子供はいないけど、夫が」

「ご主人を放っておいて一ヶ月も家を離れる口実をもうけるのは、ね、大変でしょう」

「二週間だって充分大変ですよ。いえ、留守にすること自体はさほど無理ではないんですが、はたしてなんと言い訳したものやら」

「まあそのことについては、わたしがなんとかいたしましょう。それよりも樋口さん」とレイディNは心なしか、いずまいをただしたようだった。「実は、もっと重要な問題があるのです。金銭的なことではなく」

「なんでしょうか」

「その前にお訊きしておかなければならないのは、あなたがここへ来られたきっかけです。どうして二十年も前に逝去された方と、いま一度、相まみえたいと願うのですか」

「それは多分」少し迷ったが、当たり障りのない範囲で正直に吐露しておいたほうがいいと判断する。「多分、夢を……もう一度、夢を見てみたかったから、かな」

「過去に希望を求めなくとも、夢はいつでも見られますよ」

「いまのわたしには無理です」

「つまりあなたは現在、過不足ない、幸せな人生を送っている、ということですね」

その指摘はわたしをひどく動揺させた。レイディNの言葉が皮肉だったからではない。まさに正鵠《せいこく》を射ていたからだ。いまのわたしには平穏無事な毎日がある。仕事はそれなりに順調だし、何事に関しても理解のある優しい夫がいる。幸福そのものだ。足りないものはなにもない……のだが。

こちらの胸中を読み取ったかのように、レイディNはゆっくり頷いた。「人間とは、不幸せなとき——というのが大袈裟《おおげさ》ならば、現状に不満足なとき——ほど希望を抱《いだ》けるものですからね。いまのあなたは幸福すぎて、希望を抱く余地がない」

「贅沢《ぜいたく》な悩みだとおっしゃるんでしょ。あるいは、ないものねだりだ、かしら」

「それはご自身でお決めになればいいことです。話をもとに戻しましょう。よろしいですか。さきほども言ったように、問題は金銭的なことではない。あなたは夢を見るために、お金ではなく、もっと大きな代償を支払わなければならなくなります」

「なんですか、もっと大きなものって」

答えず、レイディNは立ち上がった。ゆっくりコーヒーテーブルを回り込み、わたしの顔を覗《のぞ》き込んでくる。

「ほんとうに後悔しませんか？」

その言葉に全身が緊張を孕《はら》む。意味がよく判らなかったが、ただ身が竦《すく》んだ。

「はっきり言っておきますが、一度夢を見てしまったら、あなたはもう、もとの生活には戻れないのですよ」

鶸色の光をたたえる彼女の瞳に、畏怖《いふ》の念にまみれたわたしが映っていた。

「夢を見られるようになるためには、あなたは、いまのあなたではない、別のなにかに変わらなければならないのですから」

「別のなにか……？」

「当然でしょう。よく考えてみてください。普通の人間が死者に会えますか？　そんな能力がありますか？」

「能力……」

「通常の人間には不可能なことを望む以上、もとの身体《からだ》のままでいたいと願うのは、むしがよすぎる——判りますか？」

「それは、つまり……」戦慄《せんりつ》が、ふいに天啓にとってかわった。「つまりわたしは、普通の人間ではない、なにか別のものに生まれ変わらなければならない、と？」

　鴉色の双眸《そうぼう》がゆっくりと、わたしから離れてゆく。レイディNは無表情に、ドアのほうを顎《あご》でしゃくった。

「今日はとりあえず、お帰りになったほうがいいでしょう。よく考えてみることです。ほんとうにその夢とは、すべてを引き換えにしてでも見る価値があるのか、を」

「あります」わたしはコーヒーテーブルに手をつき、腰を浮かせた。ここで確約をとっておかないと有耶無耶《うやむや》にされそうな不安もあったが、もとより迷いなどない。「どうか夢を見られる身体にしてください」

「ほんとうにいいのですか」

　わたしは立ち上がり、何度も頷いた。

「よろしいでしょう。が、いずれにしろ今日のところは一旦《いったん》お帰りください。さきほども言ったように、ことは二週間、要します。あなたを改造するために」

　改造……その言葉の過激な非日常性に、眩暈《めまい》を覚えた。なんとか足を踏ん張る。

「着替えなど身のまわりのものを揃《そろ》えて、再度ここへおいでください。二週間も留守にする口実については、ご主人にわたしの名刺をお見せになればいいでしょう」

　名刺を見せる……？　このときはまるで意味が不明だったにもかかわらず、なんとなく了解できたみたいな錯覚に陥る。

「そして次回、樋口さんに持ってきていただきたいものがある。生き返らせたいと願っている人物のデータです」

生き返らせたい……その直截《ちょくせつ》な表現に、わたしの心は揺れに揺れる。同時に、とりかえしのつかない気分にかられた。やはりそういうものが必要なんだ、と。どうしよう。わたしが梨緒ちゃんに関して知っていることなんて、ほとんどなにもないのに、と。

「もちろん」レイディNは、こちらの焦燥を見透かしてか、補足してくれる。「ご存じの範囲でけっこうです」

「そうは言っても、わたし、彼女の写真すら持っていないんですけど……」

「あなたなりに、そのひとのイメージをまとめておいてくだされぱいいのです」

「イメージ?」

「要するにそのひととは、あなたにとってどういう存在だったのかを、ね」

これまたこの場で理解できたわけではなかったが、とりあえず頷いておく。

「で、いつ、ここへ来れば……?」

「樋口さんのご都合に合わせます」

「明日でもいいですか」

「かまいませんよ。では、明日ですね。お待ちしております」

見送ってくれるレイディNの胸もとで例のペンダントが、きらりと輝いた。

どこか覚束《おぼつか》ない足どりで、わたしはぼんやり、吉祥寺駅へ向かう。パルコの前を通りかかったとき、ふいに憶い出した。そうだ。ユニコーン……あれは。

梨緒ちゃん。

＊

二十年前。中学二年生の夏休み。それまで学校の美術の授業すらあまり好きではなかったわたしが急に絵を描くことに夢中になったのは、梨緒ちゃんに影響されたからだ。現在でもその傾向があるけれど、特に十代の頃、わたしは主体性というものに欠けていた。自分がなにを欲しているか判らず、他者が熱中しているものがすごくおもしろそうに見え、とりあえず真似をしてみるんだけれど、興味が持続せず、すぐ別の事柄に目移りしてしまう。そのくりかえし。

（うわあ。あかりちゃん、じょうず）

梨緒ちゃんはわたしの手もとを覗き込み、そう感嘆の声を上げたものだ。あながちお世辞ではなかったはず。実際わたしは主体性に欠けるだけあって、模倣の才能には恵まれていたのだ。極めて短期間のうちに梨緒ちゃんの技巧を盗めた。芸術的センスは別として、単純な写実性に関しては梨緒ちゃんよりも優れていたと思う。

わたしはもっぱら梨緒ちゃんの肖像画を描いた。夏のあいだじゅう。飽きもせず、何枚も何枚も。祖父母に買ってもらったスケッチブックいっぱいに。

一方、梨緒ちゃんが描くのは風景画が多かった。田舎の田園風景。長閑《のどか》な眺め。だがそこには常に、ひとつだけ、異質なものが紛れ込んでいるのだ。

(え。梨緒ちゃん。これ、なあに? 馬みたいだけど、ちょっとちがう、よね?)

ある日、梨緒ちゃんが描いている白い馬のような動物を見て、わたしは首を傾《かし》げた。

その頭部から突き出ているのは、大きな角。

(一角獣)

(いっかく……なにそれ?)

(わたしもよく知らないけど、空想上の動物で。ユニコーンっていうの)

(ふうん)

平凡で日常的な風景のなかに、実在しないものをさりげなく紛れ込ませる。一見生《き》真面目《まじめ》で面白味のなさそうな構図に意外な茶目っけが隠されている、それが梨緒ちゃんのスタイルだった。なかでもユニコーンは彼女お気に入りの素材だったのだが……なぜ?

なぜレイディNは、よりによってあんなペンダントをつけていたのだろう? 装飾品などには興味がなさそうなひとなのに、あれだけをこれみよがしに。まるで。

まるでわたしのことを、過去も含めてなにもかも、すべてお見通し……みたいな。

まさか。そんな、まさか。偶然よ。

偶然。単なる偶然に決まってるでしょ。そう己れに言い聞かせれば言い聞かせるほど、しかしレイディNに対する畏怖の念は膨張してゆく。梨緒ちゃんが生き返るということはもはや夢物語ではなく、わたしのなかで既成事実と化していた。

「ね、フータくん、話があるんだけど」

その日の夕食のために待ち合わせをしたスペイン料理店で、夫にそう切り出した。樋口風太郎《ふうたろう》。愛称フータくん。わたしよりふたつ上の三十六歳だが、あまり人生経験の年輪を感じさせない童顔ゆえか、初対面の相手には学生にまちがわれたりもする。このところ〆切が重なって多忙らしく、自宅にはなかなか戻れず、ずっと仕事場のほうに泊まり込んでいる。実はわたしと同業者なのだが、はるかに売れっ子だ。

急なことで申し訳ない、明日から二週間、留守にするつもりだと伝えても、フータくんはパエリアをスプーンですくう手を止めもしない。「あ、そ」と、いたってあっさりした反応。当然だ。我が家の家事は完全分担制。自分の面倒は自分でみられる男で、料理や掃除なんかわたしよりうまいくらいだから、妻が不在でも日常生活に支障をきたしたりしない。その点では頼りになる夫だ。が。

「で、どこか旅行でも？」

さあ、これが難題だ。たしかに過去へ遡行《そこう》する一種の旅と言えなくもないけれど。もっともらしい嘘《うそ》をつくのが苦手なわたしは、いったいなんと言い訳したものかしらと悩みかけ、ふと憶い出した。

「うん。実は」とレイディNに指示された通り、彼女の名刺をフータくんに見せた。「このひとと」

彼のスプーンを持つ手の動きが初めて止まった。メガネの奥で数回、眼をしばたたく。しげしげ名刺と、そしてわたしの顔を交互に見比べた。

「へえ。あかりちゃんて、森さんと知り合いだったの？」

「え」今度はわたしのほうのスプーンが空中で停止する番だった。「森さん、て……フータくん、知ってるの、このひとのこと？」

ひょっとして彼もレイディNの噂を聞いたことがあるのだろうか？　わたしは不安にかられた。ひょっとして二週間も留守にする真の目的を彼に悟られるんじゃ……まるで万引きの現場を押さえられたみたいな心地で、びくびくしていると。

「作家の森奈津子さんだろ？」

「え。え？　作家？」

「ん。いや、それとも」よほどわたしが惚《ほう》けたような間抜け面《づら》を晒《さら》していたのだろう、フータくん、自信なげに首を傾げた。「同姓同名の別人？　あ。でもオフィスが吉祥寺になってるし。たしかあの界隈《かいわい》に仕事場をかまえてるって小耳に挟んだことがあるような、えと、ないような。うーむ」

確認のため、食事を済ませて仕事場へ戻るフータくんに付いてゆくことにした。仕事柄あちこちから定期的に送られてくるので、玄関の上がり口は多種多様の雑誌が山と積み上げられている。そのなかから〈問題小説〉、〈特選小説〉という文芸誌を探し出してきた彼は、カラーグラビアページを開き、手渡してくれる。森奈津子という女性作家が写っていた。撮影時期が異なるせいか、面差しや髪形が微妙にちがう。前者では三線《さんしん》を弾きながら島唄を歌っている姿、後者では艶《あで》やかな紫色の着物姿がそれぞれ披露されているが、まちがいない、どちらもあのレイディNだ。

「これにも写真が載ってるけど」とフータくんは〈サラン〉という風俗関係求人情報誌を差し出した。カラー写真付きで彼女のロングインタビューが掲載されている。チエックのジャケットをマニッシュに着こなしていて、これが今日会ったばかりのレイディNの印象にいちばん近い。それぞれの記事の紹介文を簡単にまとめると森奈津子はSF、ホラー、官能小説など多岐にわたるジャンルをこなす作家だというが……どうなってるの？

「まちがいない。このひと」

「やっぱり？　でもこれ」とフータくん、明かりを透かして見るみたいに彼女の名刺を眼の高さに掲げた。「これ、ぼくが以前もらったのと、ちょっとちがうような気が」「って。フータくんも直接会ったこと、あるの、森さんに？」

「帝国ホテルだったか、東京會舘だったか、文学賞のパーティーで。えと。徳間の編集さんに紹介してもらって──」引出しから名刺用ファイルを出してきてあちこち捲《めく》っていたが、お目当てのものが見つからないらしい。やがて諦《あきら》めてかフータくん、肩を竦め、ぽりぽり頭を掻《か》いた。「そのとき彼女にもらった名刺の住所は吉祥寺じゃなかったんだよ、たしか。あっちが多分、自宅なんだろうけど。うーん。どこへやったっけ？」

レイディNの名刺はフータくんからこちらの手へ。なんの気なしにそれを見たわたしはふと強烈な違和感を覚えた。あれ？　これって……思わず、あっと声をあげてしまうところだった。森奈津子という名前、オフィスの住所、そして携帯電話の番号しかそこには記されていないではないか。あの「恋愛、性愛に関するお悩みのご相談／秘密厳守でうけたまわります」の一文が、ない。慌ててひっくり返してみたが、裏面は真っ白。ど、どうして？　わたしがもらった名刺って、これ一枚だけだったはず……よね？

「そっかあ」不可思議なことに翻弄《ほんろう》されるのも疲れてきたので、あまり深く考えないことにした。「作家さん、だったのか」

「そんな肝心のことも知らないで、いったいどういう関係？」

「実は今日知り合ったばっかり」うっかりそう洩《も》らしてしまい、狼狽《ろうばい》。もっともらしい経緯をでっちあげ、付け加えた。「吉祥寺で。ハモニカ横町へお昼を食べにいったら、ちょっと狭いお店で、たまたま相席になって。意気投合しちゃったの」

「もうそれで、いきなり明日からいっしょに旅行なの？」フータくん、半分呆《あき》れつつも、くすくす笑う。「女の子同士は話が早くていいなあ。多分森さん、ぼくのこと憶えちゃいないだろうけど、よろしく言っといて。ところで、どこへ行くの。海外？」

「ううん。遠峰谷村《こだまむら》。前にも話したことがあると思うけど、昔、父方の祖父母が住んでいたところで——」

わたしが梨緒ちゃんと出会った想い出の場所でもある。実際に遠峰谷まで出かけるわけではないが、彼女に再会するという意味ではまんざら嘘じゃないかも。

それを聞いたフータくん、怪訝《けげん》そうな顔になった。ん？　あ。しまった。父方の祖父母は数年前に揃って死去したし、家も取り壊されたという話を彼にもしてたんだっけ。そんな血縁も途絶えた田舎へわざわざ、しかも二週間もいったいなにしにいくんだろう、そう不審に思ったにちがいない。が。

「ま。気をつけて行っておいで」と、あまり詮索《せんさく》しないでくれた。

今夜も泊まり込みで仕事場に残るフータくんと別れ、わたしは一旦自宅へ戻った。翌日の準備をしているうちに独りでいるのがひどく寂しくなり、カエデに電話してみる。泊まりにいっても大丈夫だと言うので、ショルダーバッグに詰めた荷物を持って彼女のアパートへ向かった。

「――え。二週間も？」急な話に、普段は滅多にないことだけれど、カエデはわたしを咎《とが》めるかのように瞳を大きく剝《む》いた。「旅行なんですか。旦那《だんな》さんといっしょに？」

「ううん。ひとりで」

フータくんに説明した内容と喰いちがってしまうが、もっともらしい嘘をでっち上げるのがなんだか面倒で、そう答えた。大丈夫かしら。わたしが知る限りふたりは互いに面識はないはずだが、カエデがバイトしている画材店へフータくんが偶然立ち寄るなんて可能性もゼロではないわけで……ま、いいや。ばれたら、ばれたときのことだ。

だが行き先については、遠峰谷村で統一しておくことにした。カエデは初めて聞く地名だという。

「昔、父方の祖父母が住んでたの。中学二年生の夏休みに遊びにいって」いつにも増して甘えたい気分にかられ、わたしは彼女の肩に凭《もた》れかかった。「いわゆる、ひと夏の恋を経験したところ」

「そのひとに」わたしを抱き寄せるカエデの腕が心なしか緊張したような感じ。「会いにゆくの？」

「そうね。お墓参り、しなくちゃ」

彼女に目蓋にくちづけされて初めて、自分が無意識に眼を閉じていたことに気づく。カエデはわたしの眼尻を指で拭《ぬぐ》い、唇をすぼめて涙の痕《あと》を何度も吸った。

「出会ってからわずか三ヶ月後。そのときわたしは東京に戻っていて、それを知ったのはテレビのニュース……」見下ろしてくるカエデの眼に視線を据えたままわたしは首を伸ばし、彼女の唇に自分の唇を重ねる。「やめようね、こんな話」

「男の子だったの？」キスの合間にさりげなく、彼女は訊いてくる。「それとも」

「もちろん、女の子。背がすらっと高くて。飾りけがなくて。可愛《かわい》い。あなたに似てたかも。なんて言うと怒る？」

カエデは黙ってキスを続ける。ときおりわたしの胸に優しく触れるけれど、いつものようにそれ以上の行為には決して発展しない。無駄な汗をかくのは嫌いという点に関してわたしたちの嗜好《しこう》は一致している。だから彼女といっしょにいるのはとても心地よい。セックスなんてめんどくさい。鬱陶《うっとう》しいだけ。カエデの柔らかい唇が、わたしにとっては神さまからの最高の贈り物。

梨緒ちゃんの感触に似ている。似ているけれど、どこかちがうこともたしかだ。ほんのちょっとした、小さな相違。けれど決定的でもある。だからこそ。

だからこそ、わたしはレイディNに救いを求めざるを得なかったのだ、と。カエデのキスにうっとりしながらもそんなことを考えている自分。罪悪感を覚える一方、妙に冷めてもいる。そしていつしか眠りに落ちて。

翌朝、カエデといっしょに朝ご飯を食べ、別れたその足で電車を乗り継ぎ、吉祥寺へ向かった。レイディNのオフィスへ到着したとき、小雨が降り始める。

「――お待ちしていました」わたしが部屋の前に立つのを待っていたかのようにドアが開き、彼女が現れた。「どうぞ」

髪を和風にアップにしたレイディNは白衣姿だ。昨日とは全然イメージが異なり、まるで女医みたい。同時に室内の内装も激変していた。ワインレッドだった暗幕が一面、白にとってかわられている。白。白。白。すべてが純白の調和のなかに埋没している。

「……よろしくお願いします」

「ではお名前を伺いましょうか」

昨日は自己紹介するまでもなくこちらの名前を知っていたじゃないの、そう戸惑ってから数秒遅れ、梨緒ちゃんのことを言っているのだと、ようやく気づく。どうやら自覚する以上に緊張しているらしい。着替えなどが詰まっているショルダーバッグを下ろし、わたしは呼吸をととのえた。

「梨緒。伊尾木《いおき》梨緒といいます」

言い終えると我知らず、長い長い溜息《ためいき》が洩れ出た。いよいよ引き返せぬところまできてしまった、そんな実感が湧《わ》いてきて。

「彼女の生年月日は？」

「さあ……何月何日生まれかは知りませんけど、学年はわたしと同じでした」

「彼女の血液型は？」

言葉に詰まるわたしを尻目にレイディＮは次々に質問してきた。梨緒の出身地は？　通っていた学校は？　家族構成は？　かろうじて出身地と中学校名は答えられたが、家族構成はまったく判らない。彼女の病歴や嗜好品の有無なども訊かれたが、全滅。

「……すみません」

忸怩《じくじ》たるものを禁じ得ない。あんなに好きだった梨緒ちゃんのことを、なんにも知らない己れを改めて痛感した。しかしレイディＮはあくまで泰然自若としている。

「まあ大丈夫でしょう。名前と出身地さえ判れば、なんとか」

「でもたったこれだけのことで、なにが」

「いまそれを検索してますから」

いま？　どういうこと。いまレイディＮはわたしの眼前に佇んでいるだけで、特になにをしているようにも見えないが。

「個体同定に必要なデータを揃えているあいだに、あなたのほうの準備にとりかかっておきましょう」

「わたしの準備？」

「生体改造の、ね。つまり、夢を見られる身体になっていただくために」

一瞬にして口のなかが、砂漠のように干上がる感覚があった。

「これでもう、あなたはもとの人間には戻れません。よろしいですね」

＊

目が覚める直前、極彩色のパノラマに包まれた。詳しい内容は憶い出せないが、種々雑多な色が錯綜《さくそう》するイメージが残存している。起き上がって眼を開けてからも、しばらく視界は虹《にじ》の内部に迷い込んだかのようにカラフルに、ぼやけていた。

「終わりました」

そんな声がして振り返ると、白衣姿のレイディＮが背後に立っている。

「終わった……」とはいったい、なにが終わったのだろう。眼球の奥が少し熱っぽく、思考は麻痺《まひ》したまま。やがて意識がはっきりしてきて、憶い出した。手術だ。手術が終了したのだ、と。

　無意識に手が動き、自分の頭部に触れた。麻酔をかけられる前にレイディNから告げられた通り、わたしの頭髪は見事なくらいつるつるに剃《そ》られている。脳外科手術での頭部全剃毛《ていもう》は皮膚を傷つけやすいため大量出血の危険を伴い、かなり高度な技術を要する作業だと聞いたことがあるが、少なくともわたしの頭に失敗傷などはないようだ——左のこめかみから後頭部へと一直線に走る、患部の縫合痕以外は。

　ふとレイディNを見た。彼女はひとりだ。剃毛から手術に至るすべての作業を、彼女は単独でやり遂げたのだろうか。助手もなにも使わず？　そう訝《いぶか》りながら周囲を見回していて気がついた。白い室内は手術前よりも広くなっている。とてもワンルームマンション内とは思えないほど。あるいは白一色に染まった視界が遠近感を狂わせているだけ？

「これで……その」そう口を開いたものの、心なしか呂律《ろれつ》が回っていない。「わたしは人間ではなくなった……の？」

「機械と直接リンクできる神経機能を有する者は人類のカテゴリー外である、という前提に立つのであればね」

「では」なにを言っているのかよく判らなかったが、詮索する余裕もない。「これで準備は完了ですか」

「いいえ、まだ。五日ほど待たないと、埋め込んだばかりのダイムは、あなたの意思として機能しない」

「だい――なんですって？」

「DIME。高密度素子」

「えと……それは？」

「簡単に言えば、ICチップのようなものです。シリコンなどの電子ディヴァイスではなく、電気特性に優れて安定性のある人工蛋白質《たんぱくしつ》で構築された分子ディヴァイス。いわゆるバイオチップね」

「バイオチップ……」

またもや話が変な方向にずれている。少なくとも、これが死者を復活させる儀式に臨む者たちに相応《ふさわ》しい会話とは、とても思えないのだが。

「いまそれはあなたの脳に、微細電極《トロード》の形態をとって埋め込まれています。表面に酸化酵素の一種が固定されており、これが化学物質各種を測定するマイクロセンサとして機能するわけです」

「と言われましても、わたしには、なんのことやら、さっぱり」

「単純に言えば、それは樋口さんの神経系マトリクス構造を解明している最中なの。いまは特殊高分子膜で被覆されている状態だけれど、代謝回転と同時にそれはあなたの脳の一部となる。およそ四・七日かけて、ね。そこで初めてダイムは、あなたの意思として作動するようになるのです」

　なんだかよく判らないけれど、要するに、手術は終了したものの、これから本番まででさらに五日ほど待たなければいけないということらしい。なるほど、なかなか時間がかかるんだなと納得しかけて、ふと疑惑に囚《とら》われてしまった。ひょっとしてわたし、とんでもないペテンにかけられているんじゃ……体内に埋め込まれ、やがて脳の一部と化してしまう生体素子？

　現代科学ってそこまで進歩してるの？　以前バイオテクノロジーに材をとった某作家のパニック小説にイラストをつけた経験があって、バイオチップを利用した医療機器のこともそのゲラで読んだけれど、たしか糖尿病患者へのインシュリン自動投与とかそんなレベルだったような。しかも、それすらまだ可能性の段階で実用化されていないんじゃなかったっけ。それとも既に、されてる？　ああもう。わけが判らない。

　ふと自嘲《じちょう》の念にかられた。ばかばかしい。この程度のことでいちいち不思議がっていてどうするのよ。ほんとうに梨緒ちゃんが生き返るかもしれないことを思えば、まだまだ児戯同然。驚いている場合じゃないって。

　そう気をとりなおしたものの、別の不安が湧いてきた。麻酔をかけられる前にわたしが仰臥《ぎょうが》していたのはたしか手術台のようなベッドだったはず。しかし気がついてみると、いまは普通のソファに座っている。手術器具や設備のようなものはいっさい見当たらない。レイディNに問い質《ただ》してみようかとも思ったが、徒労感が先立ち、結局やめる。

「DIMEは——」レイディNは真向かいの椅子に座った。「あなたの、もうひとつの知覚体系として機能することになります」

「つまり」直感的にわたしはその意味するところを察した。「つまり、このバイオチップが夢を見せてくれるのですね？」

「そうです。あるいは、夢を紡《つむ》いでくれる、と表現したほうが、より正確かも」

ひどくひっかかる言い方だった。躊躇《ちゅうちょ》したが、思い切って確認してみる。「あの……失礼を承知でお訊きしますが。ということは、わたしがこれから会うことになるのは幻の梨緒ちゃんなのですか？　このダイムに催眠術をかけられて、幻覚とかそういう——」

「はっきり申し上げておきますね。あなたがお会いになるのは彼女の実体です。そもそもわたしが再現し、提供できるのは、彼女の肉体だけなのですから」

せっかく安堵しかけていたのに、またもや当惑させられる。「どういう意味ですか、それ。肉体だけ、って？」

「伊尾木梨緒さんの心までは再現できない、そういう意味です」

「なぜ？」

「心に実体はありませんから」

「ちょ、ちょっと待って」笑うべきか怒るべきか自分でも判らず、混乱する。「それじゃあなんにもならない」

「おっしゃりたいことは判ります」レイディNはあくまでも悠揚迫らざる口調のまま「だからこそ、それ——」と自らの頭部を指してみせた。「ダイムが必要になってくるわけなのです」

おそらくわたしは不貞腐《ふてくさ》れたような表情を晒していたのだろう、「いまに判ります、なにもかも」と彼女は付け加える。

「……えと」釈然としない気持ちの勢いに乗ってか、変なことを思いついた。「すると、梨緒ちゃんの身体にだけ再会するためなら、ダイムなんてものは要らない——そういう理屈にもなりかねませんけど」

「まさにそのとおりです。なんなら、そうなさいますか？　いまのうちなら、まだ摘出することも可能ですが」

換言すればそれは、引き返せる——人間に戻れる望みが湧いてくる、ということか。誘惑を感じないと言えば嘘だったが、ここまできて中途半端な真似はできない。

「いいえ。けっこうです」

再考の余地などない。魂の脱け殻なんかに会ったって仕方がないではないか。

「判りました。どうぞ」

レイディNは湯呑みを差し出した。白一色の世界のなかで青磁がひときわ鮮やかに浮かび上がる。茶色の液体から湯気がたちのぼってくる。口をつけてみるとただの番茶だったが、不思議に緊張が緩んだ。

「これから五日間、わたしはどうするんですか。ただ待つだけ？」

「いいえ。そのあいだにも大切な作業を進めなければなりません」

「というと、どんな」

「お話ししていただきます」

「話？」

「伊尾木梨緒さんという少女について」

わたしは、いずまいをただした。

「彼女のこと全般を。特にあなたとの関係。なぜ彼女に再会したいと願うに至ったか。再会して、具体的にどうするつもりなのか、など。そういった諸々《もろもろ》を」

「そんなことが必要なのですか、梨緒ちゃんに会うために？」

「絶対に必要です」

「そういえば、イメージをまとめておけ、とかいう話でしたけど」

「実際にそれが必要となるのは、あなたのダイムが作動し始めてからです。それまでにわたしたちは伊尾木梨緒さんのイメージ、そしてそれに拠《よ》る彼女の〝物語〟を確立しておかなければなりません。よろしいですか。彼女の肉体を甦《よみがえ》らせるだけならば、わたし独りでもできます。しかし彼女の心を再生するためには、あなたのちからが必要なのです。そのことをよく心得ておいてください」

どうもピンとこない。イメージに拠る梨緒ちゃんの〝物語〟ってなに？　それがどうして彼女の肉体に心を付与し得るの？　イメージなんてものは対象物の実存が先行するからこそ抱けるわけであって、そもそも考え方が逆なのではないかという気がしたが、とりあえずそれは措《お》いておく。別の質問をした。

「梨緒ちゃんの肉体は、どうやって甦らせるつもりなのですか」

「これを使います」

と言われても、レイディNがいったいなにを指し示しているのか、すぐには判らない。よくよく眼を凝《こ》らしてみて、驚いた。

わたしたちの傍《かたわ》らに、白くて巨大な物体が鎮座しているではないか。台座に丸太が乗っかっているみたいな。まるで首のない木馬といった趣き。形状も異様だが、サイズも半端ではない。高さも横幅もわたしの身長の数倍はある。いくら白い空間に溶け込んでいただろうとはいえ、こんな巨大なものの輪郭をこれまでまったく感知できていなかった自分に唖然《あぜん》となる。っていうより、こんなの室内におさまる道理がないのでは。

「な……なんなんですか、これ？」

「核酸自動合成装置《A・P・S》をご存じかしら」

「えと」例のバイオパニック小説のゲラの内容を思い返す。「あんまり詳しく知りませんけど。コンピュータ制御によってＤＮＡを合成するとかっていう、あれですか」

「それだけご存じなら充分です。それと似たような働きをする装置だと思ってください。ＳＵＢＯＲＧといいます」

「サボーグ？」

「物質編成装置《サブスタンス・オルガナイザー》。これが伊尾木梨緒と名づけられた生物的個体の遺伝情報を再構築してくれるのです」

「では……」これまでの胡散臭《うさんくさ》さが一気に消えたような気がした。「では、ここから生まれてくるんですね、梨緒ちゃんは」

「少しちがいます。サボーグは言わば設計図をひくだけ。一般的に生命と称されるところの物質現象のシナリオを書くのです。どの蛋白質がどういうアミノ酸でどのような高次構造をとり、どの機能因子をどのように集積化すれば特定時期に特定個体を成立させることができるかという、その青写真をね」

細かい専門用語はともかく、論旨そのものは単純明快でわたしにも理解できるが、それだけに疑問点も多い。つまりサボーグと呼ばれる装置が梨緒ちゃんの造り方を指示してくれるわけだ。しかし機械にそんなことが可能なのか。レイディNはこれを核酸自動合成装置に譬《たと》えた。日本でも市販されており遺伝子工学や生物学研究のために広く普及していると聞く。理論的には無限に近い塩基結合が可能だとも。だがあくまでも理論的には、だ。たしか技術的問題ゆえ、そのパターンはせいぜい百かそこらのはず。専門的なことは全然知らないが、たかだか百個の連結パターンで人間一個体分の分子構造をすべて解明できるのだろうか？　判らない。

やはりここは現代の魔女の厨だ、改めてそう結論した。サボーグとは核酸自動合成装置の一種などではなく、まったく別次元、未知の機械と考えるのが妥当だろう。でも。

「でも梨緒ちゃんは、もうこの世にはいないんですよ。どんなにすばらしい装置か知らないけれど、もはや存在しない人間の遺伝情報をどうやって復元するんです？」

例えば梨緒ちゃんの臍《へそ》の緒《お》かなにかが遠峰谷村の彼女の実家に残っていて、レイディNはそれをひそかに入手してきているとか、そういうからくりなのだろうか？　そんな想像が精一杯のわたしに向かって彼女は、さらに意外なことを言った。

「推論によって、です」

「え。すい……なんですって？」

「形而上学的《けいじじょうがく》レベルのみならず、生物学的にも人間として同一の個体は複数、存在し得ない。そのひとはあくまでもそのひとでしかない。ただし各個体の差異というものは、実はほんの微細なプラスアルファによって決定される。換言すれば、大まかな構造上の基本パターンはそれほど多くないのです」

そう断定されてしまったら、こちらに反論できるほどの知識はむろん、ない。

「もちろん、その微細なプラスアルファこそが人間の一生という長いスパンの物質現象過程において大きな差異を発生させることもまた事実なのですが。その差異のほとんどは、例えば環境要因に代表される外来因子によって決定されるのです」

「どういうことですかそれ」

「極めて単純な例ですが、多因子疾患という言葉をご存じかしら」

「いいえ」

「ひとことで言えば遺伝病なのですが、遺伝要因のみならず環境要因との相互作用によって発症する疾患を指します。スギ花粉症などが典型例ですね。同じ遺伝要因を持っていても花粉に暴露されるひとは発症する、でも、されないひとは発症しない。要するに、そういうことです」

「いったいなにが、要するにそういうこと、なんですか。よく判りません」

「伊尾木梨緒さんという生物学的個体をXとします。X＝Y＋Zという公式を念頭に置いてください。サボーグが比較解析するのはXの外部要因Yと、内部要因Zです。YとZを足せばXの正体は判明する。すなわち基本パターンとプラスァルファが結合した状態Y＋Zを導くことにより、Xを算出するのです。ごく大雑把に言ってしまえば、ね」

「要するに、人間の生物学的存在とは、遺伝要因と環境要因の相互作用の上に成り立っている、ということですか」

「まさしくそのとおり」

「原理はなんとなく判りました。あくまでもなんとなく、ですけど。でもその理屈だと、サボーグは神の如く、人類が誕生して以来、古今東西すべての人間ひとりひとりの遺伝情報を洩れなくデータベース化していなければならないのでは？」

「当然そういうことになりますね。ただ残念ながらサボーグは神ではないし、仮に人類すべてのデータがインプットされているのだとしたら、さきほど言ったような推論作業を導入する余地はなくなるでしょ」

「推論てなんなんですか、そもそも」

「算命占星学ってご存じかしら」

また変なことを言い出す。「えと。昔、流行《はや》った天中殺とかっていうあれ？」

「そうです。宿命鑑定法。いわゆる占いですね。その基になっているのは鬼谷子算命学と呼ばれる理論体系で、古代中国賢者の叡智《えいち》の集大成であり、王侯貴族が権勢を維持するために重宝したとされています。その複数ある理論体系をすべて駆使すれば、人間の寿命が尽きる日まで算出できる、とも」

「それとこれと、どういう関係が?」

「問題は、仮に算命学に科学的根拠があるとしたらそれは優れた分類学であるという点です。古代中国人は、人間の運命というXを、これをとりまく環境を分類することによって算出した。サボーグもそれと同じように、無数のモデルケースから確立した、独自の理論体系を持っています。伊尾木梨緒という名前とその出身地の検索から出発した、彼女の外来因子追跡調査は、すでに相当量進行している。樋口さん。あなたのダイムが始動するころまでに、我々に必要な推論は終了していることでしょう」

レイディNの説明にはいくらでも突っ込みどころがあるように思えたが、わたしは糸口がつかめなかった。知識不足のせいもあるけれど、結局信じたい気持ちのほうが強かったからだろう。

「個体の設計については、だいたいこんなところです。肝心の材料ですが」

材料……まるで料理かなにかを話題にしているみたいで、ひどくグロテスクな響き。

「サボーグは神ではない、と言いました。同様に全知全能ならぬこの身、無から生命を創造するのはわたしの手にあまります」

「え。では、どうするんです？」

「すでに存在する生体を利用します」

うっかり聞き流しかけ、利用という単語の非情さに慄然《りつぜん》となった。

「ありものを使う、というわけですね。サボーグが描いた設計図に従い、既成生体を改造する。この生体を〝白紙《タブラ・ラサ》〟と呼びます」

「〝白紙《タブラ・ラサ》〟……それは」おそるおそるわたしはサボーグを見た。「もうこのなかに？」

「いいえ。ここにあります」

と、自らの胸に手を当てるレイディN。その仕種の意味を悟ってもなおしばらくのあいだ、わたしは茫然《ぼうぜん》としていた。

＊

二十年前。中学二年生の夏休み。わたしはひとりで父方の祖父母の住んでいる遠峰谷村へ赴いた。

小学校低学年の頃までは毎年のように、盆や正月に里帰りする父に連れられ、遠峰谷村を訪れていたものだが、ここ数年、家族のその慣例行事は沙汰止《さたや》みになり、わたしも祖父母とはすっかり疎遠になっていた。詳しい経緯は知らされていないが、どうやら母と祖父の仲違いが原因だったらしい。

それがこの年、わたしがひとりで遠峰谷村に滞在することになったのは、精神的に行き詰まっていたからである。この前年に入学したばかりの中学校生活に、わたしはすっかり疲弊していた。教師という教師は生理的嫌悪を覚えるキャラクターばかりだったし、クラスメートにも心を許せる相手はいなかった。いろいろクラブにも入ってみるが、すぐ退部してしまう。

入学して丸一年、骨の髄《ずい》まで孤独を味わう羽目になった。わたしにとってそれは謂《いわ》れなき苦痛だった。自分ではもっと人間関係に積極的になりたいと思っているのに、なにが原因で友だちができないのか、さっぱり判らない。こちらに非がないのなら、悪いのはみんなのほうだ。なにしろ子供だったから、そんな安易な自己欺瞞《ぎまん》に走った。わたしは不当に扱われている、みんなして除《の》け者にする、これは静かなる苛《いじ》めなんだ、と。

もちろん直接おおやけの場でそんな不満を口にしたりはしなかったけれど、抑えきれない疎外感が、ある種の傲慢《ごうまん》な態度として滲《にじ》み出てしまったのだろう。実情は苛めというほど深刻なものではなく、単に腫《は》れ物のようにみんなから敬遠されていただけだと、いまおとなの視点に立ってみればよく判る。そして敬遠されればされるほど、わたしはますます自意識過剰に陥り、憎悪と孤独にまみれ、さらに教師やクラスメートたちから距離を置かれることになるという悪循環。

二年生に進級する頃にはすっかり不登校児童になっていた。長期欠席こそしないが一週間に一、二日、多いときには三日四日と、あそこが痛い、ここがおかしいと言い立ててはむりやり学校を休む。仮病なのはまる判りだから両親も手を焼いて、ひとつ夏休みに旅行でもして気分転換をさせよう、ということになった。行き先がなぜ遠峰谷村になったのかはよく憶えていない。祖父と冷戦状態が続く母は同行したがらないし、父は仕事で忙しい。なしくずしにわたしがひとりで行くことになった。両親は、娘に自立心を養わせるためというもっともらしい口実をもうけていたようだが、結果的にはこれが幸いした。

学校生活と同様、家庭内でも気詰まりなものを覚えていたのだろう、両親から遠く離れて夏休みを過ごすのは予想以上の解放感があった。祖父母が必要以上にかまってこないのも気楽だった。朝ご飯を食べた後、祖母にお弁当を持たせてもらい、川や野原を散策し、なにをするでもなく夕方まで、だらだらと過ごす。いっしょに遊べる同年輩の子がいなくても不思議に寂しい思いはしなかった。学校での孤立はただ苦痛だったが、村での孤独はわたしを癒《いや》してくれた。

当初は長くても一週間ほどの滞在予定だったが、結局夏休みいっぱい、遠峰谷村に留まることになった。梨緒ちゃんと出会ったからである。

いつも川のほとりでスケッチブックを拡げて絵を描いている女の子の姿は当初からよく見かけた。でも声をかけてみようとか、そんなことは全然考えもしなかった。それがある日ふと、あの娘っていつも独りでいるなあと思ったのだ。それでいて、ちっとも寂しそうじゃない。いつも集中している。絵を描くのって、そんなに楽しいのかな？

好奇心を抑えられなくなり、こっそり彼女の近くに寄ってみるようになった。相手がなにも言わないのをいいことに徐々に大胆になり、露骨に絵を覗き込むようになった。それでも声をかけようとは思わなかった。ただ無遠慮に彼女の手の動き、そして少しずつ完成してゆく図柄を観察する。

彼女のほうも最初はなんの反応も示さなかったのが、ときおり絵筆を止め、わたしを振り向くようになった。でも、ただにっこりするだけ。なにも咎めない。わたしが微笑み返すと、彼女は頷き、絵に戻る。そのゆったりした態度に慈愛めいたものを感じ、わたしは恋に落ちていた。

わたしも絵を描いてみよう、そう決めた。祖父母にねだってスケッチブックや用具をひと揃い買ってもらった。遠峰谷での滞在延長についても、娘が気分転換を満喫している雰囲気が伝わったのだろう、両親もわりとすんなり許可してくれた。

まだ互いにひとことも言葉を交わしていない段階でわたしは彼女と並んで川のほとりに腰を下ろし、スケッチをするようになった。ずうずうしく横からタッチを露骨に模倣するわたしを、彼女は邪険にするでもなく、ただ黙って受け容れてくれる。

すっかり絵を描くことに夢中になったものの、やがて風景画では物足りなくなった。村の風景は美しかったけれど、あまり構図にバラエティがあるとは言えない。彼女のほうは同じ風景を何枚描いても飽きないらしいのが不思議だった。

（……ねえ）ある日、わたしは思い切って彼女に話しかけてみた。（あなたのこと、描いてみたいの。いい？）

（え）突然のことに、いつも穏やかな彼女もさすがに驚いていた。（わたし？　つ、つまんないよ、わたしなんか描いたって）

我ながら呆れたことにこれが正真正銘、最初にわたしたちが交わした会話だった。

（そんなこと、ない。わたし、あなたを描きたいの。ほんとに。ね。だめ？）

（そんなことないけど……えと）

（わたし、あかり）彼女のもの問いたげな雰囲気を察し、名乗った。（渡部あかり）

（地元のひとじゃないよね？　どこかから引っ越してきたの？）

（夏休みだからお祖父ちゃんとお祖母ちゃんとこに遊びにきてるだけ。家は船橋）

（ふなばし。それどこ？）

（千葉県）

（東京の近くなんだ。じゃあ夏休みが終わったら、そこへ帰るの？）

（うん。あなたは地元？）

（まあね。えと。わたしは）少し逡巡《しゅんじゅん》したようだったが、やがてにっこり微笑む。

（わたし、伊尾木梨緒）

「――そしてわたしは夏のあいだじゅう、梨緒ちゃんをモデルにして絵を描きました。道具も、絵の具から色鉛筆に変えて」

ソファに仰臥《ぎょうが》し、わたしは縷述《るじゅつ》する。頭部をサボーグのほうへ向け。チッ……チッ……とかすかな金属質の擦過音《さっかおん》が耳もとで断続的に響いている。サボーグが〝推論〟している音なのだろうか。ときおり、チチチチ、とテンポアップしたり。

「わたしは彼女が好きだった。恋。そう。恋をしていたの。ある日、思い切ってそのことを梨緒ちゃんに伝えた。伝えたら……」

「彼女はどうしました」

室内のどこかでレイディNの声がした。すぐ近くにいるような気もするし、どこか遠く離れているようでもある。眼を閉じているわけでもないのに彼女の所在が妙に、はっきりしない。なにもかもが白い世界のなかに埋没してしまっていて。

「わたしの気持ちを受け容れてくれた」

あるいはわたしは眠っているのか？　サボーグの音が極端に速く、大きくなる。シャアアアアアン……と。まるでシンバルをスティックでトレモロしているみたいに。断続的な金属音は独特のリズムとテンポでもって、さらに白い世界へといざなう。わたしの存在そのものをこの純白空間に同化させようとしているかのように。

「そのうちにわたしたちは、会えば、こっそりくちづけを交わすようになって――」

キス。梨緒ちゃん。あなたの唇。キス。梨緒ちゃん。欲しい。欲しいの。あなたの唇が欲しい。思い出を綴《つづ》れば綴るほど、もどかしい気持ちが募ってゆく。

「では、夏休みが終わったときは、さぞかし辛《つら》かったでしょう」

「ええ……」と答えたものの、それが嘘だと自分にも判っている。「辛かった……彼女と離ればなれになるのは」

「千葉のほうへ帰ってから、彼女と手紙のやりとりなどは？」

「え……ええ……それなりに」

いや。しなかった。わたしは梨緒ちゃんに手紙なんか出さなかった。単なる不精ではなく。意識的に彼女のことを忘れようとしたふしがある。それは。

「わたしは……わたしは両親の待つ家へ帰り着いた途端、悪い夢から醒《さ》めたような気分になりました。それは……きっとそれは、自分も女なのに、女の子のことを好きになってしまったことが急に、おぞましく感じられ始めたからでしょう」

そうなのだ。あんなに夢中だった彼女とのキス。夏が終わった途端、耐えがたい汚点のように感じられ始めた。自分は異常なのかもしれない、そう思うと怖かった。

そして二学期から急に学校生活が明るくなったことも、わたしの心が梨緒ちゃんから離れるのを加速した。あれほど悩んでいたはずの人間関係もこちらの気の持ちよう次第で呆気《あっけ》ないくらい簡単に好転し、おもしろいように友だちができる。すっかり学校が楽しくなったわたしは、はっきり言って梨緒ちゃんのことなぞ、どうでもよくなってしまった。女の子とのキスの想い出なんて忘れたかった。永遠に封印してしまいたかったのだ。そんな矢先。

「同じ年の十一月、わたしは彼女の死を知りました……テレビのニュースで」

田舎での出来事が全国ネットで放映されたのは、よほど珍しい事故だったからなのか、それとも他にネタがなかったからなのか。ともかく遠峰谷村で女子中学生が落雷によって死亡したというニュースを、わたしはある夜テレビで観た。その名前、何度テロップを確認しても「伊尾木梨緒さん、十四歳」と書いてある。映されたスナップ写真は彼女が小学校の頃のものと推察されたが、まぎれもなく梨緒ちゃんの顔。夕方、工事が中断したままの高架鉄道の橋桁《はしげた》に落雷。近くにいた彼女は直撃を受け、即死したという。報道では付近で遊んでいたとあったが、おそらくスケッチをしていたのだろう。

「彼女の死を知って、あなたはさぞ、ショックを受けたのでしょうね」

「それはもう……だって」

いや、ちがう。ちがう。それも嘘だ。わたしはむしろホッとしたのだ。これで女の子とのキスという、忌《い》まわしい記憶をきれいに封印できる、と。そうだ。憶い出した。あんなに一生懸命描いた梨緒ちゃんの肖像画も、スケッチブックごと焼き捨ててしまった。なんて。なんてことだろう。わたしは。わたしは……なんてことを。

「ダイムが作動し始めたようですね」

なんですって？　慚愧《ざんき》と羞恥《しゅうち》の念に翻弄されていたわたしは我に返った。ダイムが作動している？　そんな。もうあれから五日も経《た》ったの？　そういえば空間の感覚が曖昧《あいまい》になるにつれ、時間の感覚も徐々に麻痺していたような気がするが。それにしても。

ふいに白い一角獣が眼前に出現する。大きな首の上から鶸色に輝く瞳がわたしを見下ろしている。それはまるで、昨日レイディNがつけていたペンダントが魔法によって生命を吹き込まれ、巨大化したかのような……圧倒されるあまりわたしは、そのユニコーンが実はサボーグであることに、ずいぶん長いあいだ気がつかなかった。

「ダイムは、あなたのもうひとつの知覚体系です」レイディNの淡々とした声が響きわたった。「あなたのもうひとつの自我。裏返しの自我。影の自我です。伊尾木梨緒への恋心というポジを、彼女への軽侮感というネガにひっくり返す。これがダイムの作用です」

「なんのために、そんなことを……知りたくなかった……憶い出したくなかった、こんなことを、わたしは……わたしは」

「大切なことだからです。いいですか。どちらかが真実で、もう一方は虚偽なんてことはあり得ません。ポジもネガも両方真実なのです。あなたは彼女に恋していた。同時に、同性への憧れに危険なものも感じていた。それは裏腹。恋するがゆえに穢《けが》したい。穢し、忘れようとすればするほど、心に残る。忘れ難い存在となってしまう、という」

「でもそれは、あくまでもわたし個人の問題じゃありませんか」

冷たい怒りがふいに世界の中心点を凍結させる。時間と空間の観念が戻り、気がつくとわたしは白衣姿のレイディNと向かい合って座っていた。頭部のひんやりとした感触に、つい手をやって髪がないことを確認してしまう。己れの禿頭《とくとう》姿を想像すると妙に激情が萎《な》えたのもたしかだけれど、わたしは言い募らずにはいられなかった。

「こんなこと、なんの役に立つんですか。わたしの卑しい心根なんて。梨緒ちゃんを甦らせることと、なんの関係もない。なんの必要もないじゃありませんか」

「いいよ、これからですね」

はぐらかすようにレイディNは立ち上がった。その傍らにはサボーグが在り、チッ、チッ、と緩やかなリズムで、吐息にも似た金属音を響かせ続けている。

「これまでは、わたしとサボーグの側から一方的に働きかけるだけでしたが、やっとダイムがあなたの意思として感応し始めました。リンクに成功したので、これで準備は、ほぼととのったわけです」

わたしの前に、湯気をたてている青磁の湯呑みがあった。番茶をひとくち啜《すす》る。やはり気持ちが落ち着く。不思議だったが、腹腔《ふくこう》が熱くなるのと反比例して頭が冷えてゆく感覚に身を任せるのは心地よかった。

「さて。二十年経ったいま、なぜ伊尾木梨緒さんに再会したくなったのか、その事情をお話ししてくださるかしら」

口を開こうとして、違和感を覚えた。真向かいに座っているはずのレイディNとの距離感がうまくつかめない。まるでさっきの言葉が彼女ではなく、わたし自身の口から出たかのような……ひょっとしてこれが、レイディNの言う連環《リンク》状態なのだろうか？　だとすると彼女もまた自身の脳の一部と化した高密度素子を埋め込んでいる？

それとも。

それとも……つい突飛な想像をしてしまった。それとも彼女は、バイオチップなしに、こちらのダイムとリンクできる能力の持ち主だったりして。

「昨日も言ったように、わたしはイラストレーターをしています。絵に興味を持ったのは梨緒ちゃんの影響だったわけだけれど、改めて考えると我ながら不思議な気もして」

「不思議、といいますと」

「わたしの性格からして、梨緒ちゃんのことを忘れようとするのと同時に、絵に対する興味や情熱を失っていても、全然おかしくなかったのに」

「なるほど」

「ずっと持続していたわけではないんです。梨緒ちゃんが死んだと知った後しばらく、わたしは絵なんか描かなかった。再開したのは大学生になってから。なにかのサークルの会報に面白半分にイラストを描いたら、それが意外に評判がよくて。サークル出身の知り合いが編集プロダクションに入った縁で、少しずつ仕事の依頼が舞い込むようになって。そのまま職業にしてしまったんです」

わたしにはなにもない。自分自身のちからで築き上げたものが、なにもない……そんな苦い気持ちが込み上げてくる。

「正直、自分に才能があるとは思えない。でもそれで一応収入になるということは、商品価値を認める向きがあるわけだから、それはそれでいいやと割り切るようにしているんです。けれどキャリアを積めば積むほど、こんなのって自分じゃない……そんな焦りが募ってきて。なんだか虚しくなったんです。結婚生活のことだって」

「それも絵となにか関係あるのですか」

「夫も同業者なんです。といっても、この仕事を始めてから知り合ったわけじゃなくて。もともとは大学を卒業する前後に一度、お見合いをした相手だったの」

「まあ。それはそれは」

「そのときは断りました。誠実そうな感じではあったけれど。なんだかピンとこないっていうか。このひとと夫婦でいるところを想像できないっていうか。その後、何年かのブランクを挟んで再会したときは、びっくりしました。だってお見合いした頃には会社勤めだった彼が、いつの間にか脱サラして、わたしと同業者になっていたんだもの」

「それで親近感が湧いたとか?」

「まあそれもないとは言えないでしょうね。彼は生真面目なんだけれど、付き合ってみると、なかなか味があって。なんといっても男っぽくないところが好みだな、と」

「男っぽくない、というと?」

「性生活に淡白なんです。セックスレスなわけじゃないけれど、しないで済むのならそれに越したことはない、と。わたしもそういうタイプなので」

「相性がよい、と」

「なにより彼には悪い意味での男っぽい押し出しの強さがない。そこがいいんです」

「なるほど」

「お互い経済的にも自立しているし。よきパートナーなんです。ほんとに。夫個人に対する不満なんて、まったくありません。そりゃあ人間同士だから、たまに些細《ささい》なことで喧嘩《けんか》をしたりもするけれど。どんなに激しくやり合っても絶対に翌日まで引きずらないのが、彼のいいところなの」

「ずいぶんとのろけられちゃいましたけど。要するに結婚生活そのものは順調だと」

「ええ。これ以上は望めない、最良の夫でしょう。でも……でも、なんていうのか」

「ときめきがない、とか？」

「そんな陳腐な言い方は嫌だけど。でも、そういうことなんでしょうか。なんだろう。なんだか判らないけれど、ふと虚しくなる。依頼は順調にきているにもかかわらず、わたし自身は仕事に限界を感じていることと、なにか関係あるのかな」

「だから気晴らしに浮気を？」

「浮気、なのかな」もはや、どうしてカエデのことを知っているのかと突っ込む気にもならない。「彼女とセックスは、うん、一、二回したかな。女同士ってどこからが、したことになるのか曖昧だけど。まあ手や口で。最近は全然やらない。お互い、そういう行為にはこだわらない、ということで了解し合ってる。だからカエデのことが可愛いの」

「昔のキスを求めたのね」

「ええ。梨緒ちゃんとのキスを……カエデに出会って、あのときめきが甦りました。でもそれも最初のうちだけ。いまでもカエデとは時々会ってるけど。でもなにかちがう。やっぱりちがうの。似ているけれど、なにか肝心なところがちがう。身も蓋《ふた》もない言い方をすれば、カエデは所詮《しょせん》、梨緒ちゃんじゃない、ということなんでしょう。だから……だからわたしは……」

ふと我に返ると、レイディNの姿が見当たらない。いや……いる。白い混沌《こんとん》のなかに。鶸色の瞳。その輝きだけがかろうじて、その所在を主張している。

「わたしはいまから」彼女の声が響く。「いまから伊尾木梨緒になります。この〝白紙《タブラ・ラサ》〟という肉体を使って。その作業は十数日を要する。そのあいだ、あなたは梨緒さんのイメージを描き続けなければなりません。ダイムという色鉛筆を使って。わたしという画用紙に向かって。よろしいですか」

酩酊《めいてい》したような気分。砂漠で水を求める遭難者のように、わたしの身体は揺れる。

「これまでのディスカッションで再構築してきた彼女のイメージを改めて思い浮かべてください。わたしはそのイメージ群を、あなたのダイムのチトクロムやコラーゲンの記憶素子を通じて読みとります。その一方、サボーグから送られてくる設計図を基に、肉体を造り変えてゆきます。あなたはただ、そこで彼女の肖像を描いていればいいのです」

手順そのものは単純なわけだ。が、それだけに納得しきれない疑問も残る。

「あなたはサボーグからの情報に従い、梨緒ちゃんの身体を造る一方、わたしの描くイメージに従い、彼女の心を造る——そういうことですよね」

「そのとおり。厳密に言えば、この身体を彼女のそれに造り変える、だけど」

「いまさらこんなことを言うのもなんですけど、あなただって、その、人間……なんでしょ？　よく知らないけど、ともかく生身の肉体を持っているわけで。その構造を根本的に変えるなんてことが、そう簡単に——」

「では表現を変えましょう。わたしの身体はサボーグが作成した伊尾木梨緒さんの擬似DNAによって一時的に占領されるのです」

「占領する……」同じ事柄でもレトリックによっては納得しやすくなったりするのだから我ながら単純。「なるほど」

レイディNはさらに生命現象を支える高分子化合物、蛋白質をつくる核酸情報の入れ替えがいかに厄介《やっかい》であるかを縷々《るる》説明してくれる。生体組織の立体構造を分子の変性などによって狂わせることなく核酸情報の入れ替えを一遍に行うための方法をかなり詳しく語ってくれたが、正直それらはわたしの耳を素通りしてしまった。代謝回転、酵素作用、原始RNAの自己複製能力の利用――とかなんとか。聞いているときは理解できたような気もしたが、実はまったくピンときていない。この点に関してあまり関心がなかったせいもある。他に気になることがあったのだ。

「身体のことはともかく、彼女の心の復元についてはどうなるんです？」

「手順の問題はともかく、心を造り変えることは原理的に非常に簡単です。なぜなら心とはもともと実体がないのですから」

「実体がないからこそ却《かえ》ってむずかしいのでは？　わたしはそんな気がするんだけど」

「そういう見方ももちろんできます。簡単だがむずかしい。両方真実です」

「なにより納得できないのは、あなたがわたしからの情報を唯一の手がかりとして梨緒ちゃんの心を造ろうとしている、という点なんです。いえ、情報と呼ぶのもおこがましい。わたしは彼女のことを、なんにも知らないじゃないですか。むしろあなたやサボーグのほうが梨緒ちゃんについては詳しいくらいで。そうでしょ？」

「むろん、サボーグによる検索結果も、十四歳時の彼女の人格設定のための資料として参考にはします。ですが基本的に、彼女の心を造るのはあなたなのです。あなたのダイムが描くのです」

「でも、彼女のイメージをまとめるために、どうしてわたしの仕事や家庭の問題が必要事項として取り上げられるのですか」

「ひとつはっきりさせておきましょう。伊尾木梨緒なる十四歳の少女に、これから会おうとしているのは、どなたです？」

「え……それは……もちろんわたし」

「この世に人間が独りしかいない状態を想像してみてください。彼は生物学的にはたしかに存在している。しかし形而上学的には存在していないのです。なぜなら彼は他者とのかかわりにおいて自我を確認できない。その必要性がないという以前に、その能力が発生し得ない。換言すれば自我そのものがないのです。心とは人間が身体のどこかに自然生得《ア・プリオリ》的に有しているものではない。それは他者との関係そのもの。判るかしら。実体のない心。従ってそのあり様は、同じ人間においても決してひと通りではない。他者との関係の数だけある。自己と他者とのあいだで共同化、関係化された幻想。それが心なのです」

幻想……ではやはり、わたしが会おうとしているのは幻の梨緒ちゃんなの？　たとえ血と肉を具《そな》えた実体が眼の前に出現したとしても、そこに注入されるのは所詮、まがいものの魂だということ？

「あなたが対面することになる梨緒さんの心とは、その意味で実はあなた自身なのです。いいですか。ここをおまちがえにならないでください。極端なことを言えば、あなたが彼女との関係を美しいと思えば美しいのだし、おぞましいと看做《みな》せばおぞましくなる。だからこそ、死んだ彼女に再会したいと願うに至ったあなたの心理過程は、この件において、非常に大切な要因になります」

「でも……でも、そんなふうにして会ったところで、それは贋者《にせもの》なのでは」

「では、本物とはなんでしょう？」

「本物とは……要するに、本物です。本物の梨緒ちゃん。ね」

「二十年前の夏休みに邂逅《かいこう》した少女のことを指して言っているのだとしたら、はっきり言いましょう。それはとんだ勘違いです。あなたは夢を見たのです。伊尾木梨緒という名前の生物学的個体の外観に触発され、己れのなかで幻想を紡いだのです」

「夢……ちがう、あれは現実だった」

「これだって現実です。わたしに触れてごらんなさい。この身体はもうすぐ、梨緒さんになります」

「だから、ちがう……ちがう……二十年前の梨緒ちゃんは、本物の梨緒ちゃんだった」

「なぜここへ来られたのかとわたしが訊いたとき、あなたはこう答えましたね。夢を見たかったからだ、と」

そう。そうだ。わたしはたしかにそう言った。ほんの一瞬でも夢が現実化してくれるのならば、それに縋《すが》りつきたかった。

しかし夢は所詮、夢でしかない。幻想は幻想でしかない。そういうことなの？　いや、現実化してしまえば、それはもはや夢でも幻想でもなくなる、と。

　現実とはしかし、なんだろう。なるほど、二十年前の梨緒ちゃんは本物の梨緒ちゃんだった。生物学的に。でもわたしは彼女のなにを求めていたの。唇？　そうかもしれない。でもそれだけではないはず。プラトニックと呼ぶのが適当かは別として、なにか精神的なものだったはず。でもそんな関係性が、はたしてわたしたちのあいだにあったのか……わたしはただ一方的に、彼女の幻を追い求めていただけなのでは。

「ダイムがあなたの夢を紡いでくれます。中継してくれる、と言うべきかしら。ダイムは色鉛筆で、わたしは画用紙。彼女の姿を描くのです。あなたの、記憶という名のイマジネーションでもって」

　記憶という名のイマジネーション……その響きに触発され、わたしは訊いた。

「ダイム……ってどういう意味？」

「人間と他の動物のちがいはなんでしょう。人間とは形而上学的存在です。心を持つがゆえに。人間の存在とは幻想、他者との関係において紡ぐ夢です。あなたの自我は常に夢を紡いでいる。ダイムはそれと同じことをするだけ。夢を紡ぐ道具、それは欲望《デザイア》、想像《イマジネーション》、記憶《メモリィ》、意義《エヴァリュエイション》――ＤＩＭＥ」

シャアアアン……シャアアアン……シンバルのトレモロのような音がわたしを包み込んでくる。金属質なのになぜかソフトに、じんわり脳裡《のうり》にしみ込んでくる。なにかの動物の鳴き声を連想させたりもする。

＊

わたしはサボーグの傍らに横臥《おうが》していた。ように思う。佇立《ちょりつ》していたかもしれないし、禿頭を床につけて逆立ちしていたのかもしれない。よく判らない。サボーグの〝声〟がわたしを白い部屋に同化させることで、空間の概念を奪ってしまっている。シャアアアン、シャアアアンと耳もとで鳴っているのか、足もとで鳴っているのかも判然としない。ひょっとしてわたしの体内で鳴っている？

混沌。それはもはや単純な意味での白ですらない。空間ばかりか、色彩の感覚までおかしくなっている。世界は未だ構造化されておらず、文字通り〝白紙〟の状態。

自分が眼を開けているのか、閉じているのかさえ区別がつかない。わたしと世界を繋《つな》いでいるのは、従来の人間としての五感ではない。もうひとつの新しい知覚体系。ダイム。ダイムが作動している。そう悟るだけではなく、感じることができる。いやそれはあるいは、取り残された従来の五感が極限までに抽象化能力を働かせることで得られる、擬似感覚にすぎないのか？

ぼんやりした光の渦。ダイム。薄膜上に展開されるチトクロムCとヒドロゲナーゼ。酸化状態から還元状態へと伝導性が倍加。生体膜を通してヒドロゲナーゼへのプロトンポンプの役割を果たしているのは、分子スイッチに固定されたリン脂質とバクテリオロドプシン。ダイムがレイディNとリンク状態にあるせいだろう。意味不明の単語が溢れ、そこらじゅうで渦巻き、光とともに明滅する。サボーグの声に合わせ、寄せては返し、返しては寄せる波のように。

レイディNはわたしといっしょにいる。はずだ。姿が見えない、と表現するのがどれだけ正しいのかすらもはや判らないが、視界には入ってこない。その存在は、はっきり感じることができる。ダイムを通して。

梨緒ちゃんのイメージを構築することで、やがてレイディNの姿が現出してゆく。その周囲を無数の光の矢が飛び交う。

ダイムは光に集積点を与え、世界の秩序化を進めてゆく。その一方、言語機能、思考能力、価値判断、行動発現のいっさいを排し、いまや抽象化能力の権化となったわたしの元の自我は、ダイムにイメージを転送しつつ、ダイムに追いつこうとしている。

光の渦が特定の一点で逆巻き始める。逆巻いては飛散する光は、刻一刻と、なだらかなフォルムを具えてゆく。白いようでもあり、黄金色のようでもある。他のどの色でもおかしくない。

シャアアン……シャアアン……すべてが茫漠《ぼうばく》としているなかで、知覚の軸となっているのはサボーグの〝声〟のみ。あるいはこれにしても、聴いているというより、感じているといったほうが正確なのか。

光のフォルムが整ってくるに従い、シンバルのトレモロのような音もまた質が変化してゆく。むろん、音質と捉えるのが適当なのかは不明だ。あるいは振動数の類いだろうか。しかしなんの？

ついに光が、女性の身体の形状となった。同時に空間の感覚が正常に戻ってくる。女体の輪郭がはっきりしてくる。レイディN……いや、それはもはや彼女ではない。サボーグが作成した擬似DNAにそのすべてを乗っ取られようとしている。わたしが描く少女のイメージは抗原抗体反応、単クローン抗体によって分子情報化され〝白紙《タブラ・ラサ》〟へと送り続けられているのだ。

長い髪が光の渦のなかでうねる。レイディNの黒髪ではない。つややかな栗色の髪。時空が構造化され、安定するに従い、サボーグの声も聴こえなくなってくる。いや、聴こえる。それは蟬。蟬の声。

蟬時雨。やかましいくらいの。蟬。蟬。また蟬の鳴き声。混沌に紛れ込んでいたわたしも、徐々にその身体の位置を認識し始めていた。すらりと背の高い少女を世界の中心にして、どこまでも、どこまでも緑の拡がる田園風景。これは。遠峰谷。

抽象化能力の描く擬似映像？　抜けるような青い空は神経伝達関連酵素アセチルコリンエステラーゼか。地面に翳《かげ》を掃いてゆく白い雲は抗原単分子層か。工事が中断したままの高架鉄道はペプチドインターフェイスか。わたしたちが佇む川のほとり。その流れは伝導性高分子ワイヤか、あるいは光応答性レセプタか。

時間の観念が戻ってきた。十四歳の彼女。十四歳のわたし。イメージの奔流はわたしを取り込み、過去へと。

梨緒ちゃん。梨緒ちゃん。萌葱色のワンピースを着た痩身《そうしん》の少女が両手を拡げて、わたしをいざなっている。梨緒ちゃん。

唇。彼女の唇。わたしの唇は、彼女の唇に重なって。キス。キス。キス。

彼女の唇がわたしを受け容れ。

受け容れ。ふと。急に。

（梨……緒ちゃん？）

言いようのない不安にかられ、わたしは彼女から離れた。梨緒ちゃんがそこにいる。

麦藁帽子をかぶって。微笑んでいる。

（あかりちゃん）

彼女は両手を伸ばしてきた。わたしの手をにぎり。そして背中を抱き寄せ。

（梨……緒ちゃん……ちがう）

彼女に抱きすくめられながら、わたしは弱々しく、もがくばかり。

（ちがう……ちがう……？　梨緒ちゃんじゃない……？　あなたは……あなたは）

しかし彼女はあの梨緒ちゃんだった。何度見ても。あの少女の顔。なのになぜ？

（梨緒ちゃん……どうして？）

彼女の唇に再度、いざなわれようとしたとき、すべてが暗転して。

＊

すべては唐突に元に戻る。わたしはソファに座っていた。眼前にはコーヒーテーブル、そして青磁の湯呑み。室内の壁はワインレッドの暗幕に覆われていて。レイディＮのオフィスだ。あの狭苦しいワンルーム。サボーグの巨体は影もかたちもない。視界の隅で動くものを認め、そちらを向いてみると、黒いハイネックのセーターにデニムのパンツ姿のレイディＮだった。

「空気を入れ換えましょうか」

窓を開けると、吉祥寺の町並み。小雨のなか、雑貨屋に集《つど》う若い娘たちの群れが見下ろせる。わたしの真向かいへやってきたレイディＮ。その胸もとに、もはやあのペンダントはつけられていないことに気がついた。

「あの……」口を開きかけ、わたしはふと頭部に手をやった。ふわりとした頭髪の感触。そっと引っ張ってみたが、鬘《かつら》ではない。まぎれもなく自前の髪の毛。

「残念でした」

残念……て？　なに？　どういうこと。

「死者は結局、甦らなかった。あなたが見たいと願っていた夢もまた幻に終わった」

彼女は淡々と続ける。「こうなってしまったのはわたしの責任ではありませんが、あなたの願いを叶えられなかったのは事実です。代金はいただけませんので、このままお引き取りになってけっこうです」

「あなたの責任ではない……って」わたしは聞き咎めた。「どういう意味ですか」

「最初から樋口さんの依頼自体に、重大な欠落があったのです」

「え……」

「あなたが生き返らせたいと願った人物は、そもそも死んではいない」

な、なにを言ってるの、このひと？

「そんな……だってわたし、たしかに観ました……テレビで、あのニュースを」

「正確に言えば、あなたが伊尾木梨緒だと思い込んでいた人物はまだ死んでいません。ちゃんと生きています」

茫然としているわたしに、レイディNは崇高《すうこう》なほど慈愛に満ちた微笑を向けてきた。

「ご自身の眼でおたしかめになることです。今度こそまちがえずに、ね」

＊

自宅へ戻ると、夫がいた。サロンエプロンを着て、手にはおたまを持っている。

「え。どうしたの、あかりちゃん?」せわしなく眼をしばたたき、わたしとわたしの背後を見比べた。「どうしたの。森さんと旅行へいったんじゃなかったの?」

室内には鰹《かつお》ダシのいい匂いが漂っている。時計を見ると、夜の十一時。仕事が一段落したので、夜食におうどんでもつくっていたのだろう。

「ね……フータくん、今日、何日?」

「え?」

「わたし、いつ出かけた?」

「いつって、今日だろ」おたまを置いてフータくん、よろけるわたしを支える。「見てないけど。明日から二週間て。昨日そう言ってたじゃないか、パエリアを食べながら」

ぐったり身体を彼にあずけているうちに、奇妙な既視感に包み込まれる。

「どうしたの。旅行は取り止め？」

「ううん。行ってきたわ、もう」なにかに操られているみたいに、自分でも予想しなかった科白《せりふ》がするする口から出た。「……二十年前の遠峰谷村へ」

夫は不安げにわたしを覗き込む。

「あなた……だったのね？　フータくん、あなたが梨緒ちゃんだったのね？」

彼は黙ったままだった。けれど、逆光で刻まれたその表情の陰影が、すべてを雄弁に物語る。

「落雷で亡くなったのは本物の伊尾木梨緒という女の子だったんでしょう。写真がそっくりだったから、てっきり……でも、わたしが夏のあいだいっしょにいたあの女の子は、あなただったのね」

立ち竦んでいる彼からメガネを外させた。あの瞳。懐かしい瞳がそこに。

「どうして……」これまで気づかなかった己れの迂闊《うかつ》さに笑いの衝動が込み上げてくる。実際に迸《ほとばし》り出たのは笑い声ではなく、涙だったけれど。「ど、どうして、いままで……フータくん、どうして？」

「あの夏、家族の提案で、他人として過ごすことにした。幸いぼくの性癖に理解を示してくれていたんだ。へたに抑圧するより、一度思い切り発散してみたらどうかと。ちょうど遠峰谷に両親の親友がいたから、そこでひと夏、普段の環境から離れて、女の子として過ごしてみることに……」

「でも、なぜ伊尾木梨緒だと？　なにか彼女と関係があったの」

「全然。たまたまそこに、ぼくの女装姿とよく似た娘がいたから。誰かに話しかけられたら彼女だと名乗るようにしていただけで」

「いまでも……女の子なの？　あなたは」

夫は頷く。「女装はもうしないけど。でもあの夏のお蔭でぼくは自分のセクシュアリティに素直になれた。あれで救われたんだ」

人間関係に悩んでひと夏を逃避したわたしにとって、とても他人事とは思えない話だったが、いまはそれどころじゃない。

「お見合いしたときも、結婚したときも、わたしがあのときの女の子だって、あなた知ってたんでしょ？　なのにどうして、これまでずっと黙って……」

「理解してもらえるかどうか、自信がなかった。トランスセクシュアルなんだけれど、同性に興味はない。あくまでも女性が性愛対象なのは分裂しているんじゃないか、矛盾しているんじゃないかと思われそうで」

「だったら素直に言えばよかったのよ——ぼくはレズビアンなんだ、って」

フータくん、長年の憑《つ》きものが落ちたような顔になった。「そうか……そうだね。そう言えば簡単だったんだ」

「そうよ。わたしがレズだってことは知ってたんだから、最初から――」

「あかりちゃんはバイだと思ってた」

「それは誤解。わたし、男なんかに興味はない。全然。だからこそフータくんと結婚したんじゃない。判るでしょ？」

ようやく彼も、苦笑を洩らすだけの余裕を取り戻したようだ。「……そうか」

「そうよ。いま浮気してる相手だって、ちゃんと女の子なんだから」

面喰らっている彼に、キスする。

「ちがう」わたしは地団駄踏んだ。「梨緒ちゃんじゃない。昔とちがう」

「そりゃあ、あのときとは……」

その先を言わせず、わたしは駄々っ子のまま、彼を抱きしめる。

「わたし、もう忘れる」

キス。

「梨緒ちゃんのこと、忘れる。だから」

キス。キス。キス。

「いっしょに紡いで」

「なにを」

「わたしたちのこと」

キス。

「ひとりじゃ見られない夢を見させて」

キス。キス。

「紡いで。いっしょに……いっしょに、わたしたちのこと」

キス。

「ダイムは、なしで」

「だ……なんのこと？」

キス。

「なんでもない」

舞踏会の夜

ぱこ。

ぱこぱこぱこぱこ。ぱこ。

静かな店内で、ノート型パソコンのキーを黙々と打つ音が響く。

ぱこ。ぱこ。

ぱ。ぱこぱこぱこぱこぱこぱこぱこ。

十一月某日。深夜。ここは築地本願寺の近くのビルの二階に入っている、二十四時間営業ファミリーレストランである。

その隅っこ。トイレにいちばん近いテーブルに陣取り、彼はパソコンと向かい合っていた。といっても「彼」は人間ではないのでこの呼び方は微妙なのだが、少なくとも「彼女」ではないし、そもそも性別とも無縁の生物ゆえ正確には「それ」と呼ぶべきかもしれない。まあ一応「彼」としておく。

ぱこ。ぱこぱこ。ぱ。

「ふーむ」

手を止め、もそもそ、黒くて丸い鼻を掻《か》く。昼夜を問わず掛けている彼のサングラスに、パソコン画面に並ぶ文字群が映っている。

制服姿の女性従業員が歩み寄ってきた。胸のタグに『岡田《おかだ》』とある。隅っこのテーブルに常駐状態の彼とはもうすっかり、顔馴染《かおなじ》みを通り越し、文字通り家族みたいなものだが、そこはそれ、客に対する敬語は崩さない。

「コーヒーのおかわり、いかがですか?」

「あ。どもッブ」

白くて丸いふかふかの手がキーボードから離れ、カップを持ち上げた。

コーヒーを注いでくれる岡田嬢に「あ。忘れてたけど、昨日の分のドリンクバーの精算、そろそろしておいたほうがいいのかなッブ?」と訊《き》く。

「えーと。いえ」岡田嬢、店内の掛け時計を見上げた。「六時頃《ごろ》でけっこうですよ」

現在、午前四時。

「六時にはちょっと出かけてると思うから、いま払わせてちょうだいなッブ」

「かしこまりました」お札を受け取り岡田嬢、レジからおつりとレシートを持って戻ってくる。「毎度ありがとうございます」

頷《うなず》いてコーヒーをひとくち飲み、パソコン画面に向きなおる彼の手もとを、岡田嬢、去り際にそっと覗《のぞ》き込んだ。どう見ても……

どこからどう見ても、シロクマのぬいぐるみなんだよね。サングラスの奥は黒ボタンの眼《め》だし、口は黒い糸を縫い付けてかたどってあるだけ。なのに、食べものや飲みもの、どうやって身体《からだ》のなかに入ってゆくんだろ？

なんといっても、指が一本もない、あの丸くてふかふかの手でキーボードをぱこぱこ打てるのが不思議。いつ見ても感心してしまう。

彼が初めて来店したのは半年ほど前だった。椅子《いす》に座ると足が床につかない、小学生くらいの体格の丸っこいシロクマのぬいぐるみもどきが動いたり喋《しゃべ》ったりするのを目の当たりにしたときは驚いたけれど、別にトラブルを起こすわけでもないし、無銭飲食の心配もない。むしろ優良な部類のお客だと、いまは割り切っている。

本や雑誌を窓際に並べたり、ライトスタンドや小型液晶テレビを据えたり、毛布を備えたりと、書斎化が進行しているシロクマのテーブルだが、従業員のみならず常連客たちにとっても、それらはすっかり日常的風景の一部になっている。

最初の頃は、食事やお茶するとき以外は読書や昼寝でごろごろするだけのシロクマだったが、ひと月ほど前ノート型パソコンを持ち込み、しきりになにか打ち込むようになった。詳しい内容は不明だが、岡田嬢がちらりと画面を覗いたところ、見知らぬ宇宙言語などではなく、普通の日本語が横書きで並んでいる。いったいなにを熱心に書いてるんだろ。ブログで日記かなにか、アップするのかな？

ぱこぱこぱこ。

ぱ。ぱこ。ぱこぱこぱこ。

どてらを着込んだシロクマは、それからしばらくキーを叩《たた》いていたが、五時になるとパソコンの電源を落とし、立ち上がった。いや、正確に言うと、長椅子から、ぴょんと床へ跳び降りたのだが。

マフラーを巻き、しゅたっと手を上げる。「岡田さん。ちょっと出かけてくるップね」

パソコンをはじめ私物一式はそのままだが、岡田嬢も慣れたものだ。「いってらっしゃいませ」と、にっこり笑顔で見送る。

屋外に出るとシロクマは、それまでの二足歩行を止め、ふわりと浮かび上がった。まだ真っ暗な道路上をふわふわ空中浮遊し、築地市場に入る。単座式の配送車輛《しゃりょう》が賑《にぎ》やかに往き交う商店街。カウンター席だけの小振りの寿司店へ向かった。

開店は五時半にもかかわらず、早くも数人の行列ができている。平日だからまだこの程度で済んでいるが、土曜日ともなると朝の三時にはもう長い行列ができることさえある。

今年の冬は冷え込みが厳しい。白く凍った息が温泉の湯気のように立ちのぼる行列の最後尾に、シロクマは並んだ。

「よ」と、すぐ前に並んでいる顔見知りの男が声をかけてきた。五十くらいで、いつもこざっぱりとした服装をしている。この寿司店の常連で、シロクマとよく顔を合わすわりに未《いま》だに本名も素性も不明だが、板前たちからは「トクさん」と呼ばれている。時間帯にかかわらず必ず豪快に日本酒をぐいぐいやりながらつまみを食べてる御仁《ごじん》である。いったい何者なんだろなップ。

「どもップ。今日は意外に少ないですね」

「たまにはあるね、こんなことも」

「知人と待ち合わせてるんで、行列が短いのは、ありがたいップ」

「ていうと、やっぱり宇宙人さんとかい？」

「いえ。普通の。って。まああんまり普通じゃないかもしれないップけど、地球人とです。はい」

まだシロクマがこの寿司店のビギナーだった頃、朝の七時なら並ばずに済むだろうと、のんびりやってきたところ、既《すで》に小さい店舗の前は蛇腹のように何重にも列ができていた。そのとき、シロクマのすぐ背後に並んだのが、トクさんだった。指さしで行列の人数を数えていた彼はやがて、ぼそりと呟《つぶや》いた。「……二時間待ち、だな」

するとほんとうに、そのきっかり二時間後にトクさんの隣りのカウンター席に座れたものだから、さあシロクマの驚くまいことか。す、すごいップ。このひとって、もしかして超能力者かな？　一見フツーそうな顔して、まったく。うーむ。これだから地球人は侮れないップ。

単なるまぐれ当たりという可能性を微塵《みじん》も考慮せず、爾来《じらい》、トクさんには一目を置いているシロクマなのであった。

店舗の在る商店街を貫く道は決して広いとは言えないが、油断すると轢《ひ》かれてしまいそうなくらい、ひっきりなしに単座式の配送車輛が往き交い、市場は活気に溢《あふ》れている。

やがて「おはようございます」と白く凍った息を吐きながら、シロクマの待ちびとが現れた。普段はTシャツにジーンズという装いの多い彼女も、今朝はさすがに重そうなジャケットを着込んでいる。

「や。どうも、森《もり》さん。こんな朝早くにお呼び立てして、申し訳ないップ」

「いいえ。とんでもない。あ。すみません」手招きされるまま、奈津子《なつこ》はシロクマとトクさんのあいだにすべり込んだ。「美味《おい》しいもののためなら、たとえ火のなか、水のなか」

「ちょっと間が悪いと行列地獄だけど、今日は待たずに入れそうだップ」

雑談ついでに奈津子をトクさんに紹介したりしているあいだにも、ふたりの背後ではどんどん、どんどん、行列が長くなってゆく。開店するや十二席しかないカウンターはもちろん即、満杯。

「ふーっ。すぐに座れてよかったップ。森さん、お勧めは板前さんのおまかせコースです。味噌汁《みそしる》と、お好みのネタを一貫おまけのサービスつき。大変お得であるップよ」

「ほんとに？　じゃあそれをお願いします」

次々と握られるシマアジ、中トロ、コハダなどをふたりは黙々とつまむ。奈津子の隣りでトクさんはひとり、焼いた貝をつまみにビール。

「ところで、お話ってなんですか？」

「ちょっと相談にのってもらいたいのだップ。この後、お茶する時間はありますか」

「ええ、大丈夫ですよ」ヒラメを頬張《ほおば》った奈津子はうっとり、眼を閉じる。「ああ、なんという……すばらしいっ」

「も、最高であるップよ。このね、スダチの香りの効かせ方なんてね。芸術です。芸術」

「一貫おまけのサービスって、ほんとに、どのネタでもいいんですか？」

「もちろんいいですよ」と板前のひとりがメニューを示す。「コースに入っていないのでも。はい」

「じゃあせっかくだから、わたし、アワビを試してみよっと」

「わたしはヒラメを、もひとつお願いするップ」

食後のお茶を半分ほど啜《すす》っておいてから、ふたりはカウンター席から降りた。

「あ。森さん。ここはわたしが。いやいやいや。いけません、いけませんプ。なにしろこちらからお願いしてわざわざ来ていただいたんだから。ね」

「ではお言葉に甘えて、ご馳走《ちそう》になります」

「お先に」と日本酒に切り換えているトクさんに声をかけておいてから、店を出る。

暖簾《のれん》越しに店内を窺《うかが》う行列が、狭い道で団子状態になっている。

「すごい人気ですねえ」

「ここが最近のいちばんお気に入りです。お隣りの天麩羅《てんぷら》屋もなかなかのであるップ。よかったら今度、ごいっしょしましょ」

「ええぜひ」

まだ暗いなか、シロクマはふわふわ浮遊して、奈津子をファミリーレストランへ案内した。

「――いらっしゃいませ」と元気な声を上げたのは岡田嬢だ。シロクマを見て、付け加える。「あ、おかえりなさいませ」

「どもども」

隅っこのシロクマのテーブルの状態を見て、奈津子は眼を丸くした。

「すごい荷物ですね」

「この半年ほど、ここで寝泊まりしているのであるップ」岡田嬢を呼んで、メニューを持ってきてもらう。「森さん、なにか食べる？」

「え。とんでもないっ。さっきのお寿司で、おなかいっぱいですよ」

「わたしは失礼して、ちょっと食事していいかなップ。ほんとはおまかせコース、五人前はいきたかったのですが、なにしろあの行列でしょ。あんまり腰を落ち着けちゃ、後のひとたちに迷惑だしね」

「そうですよね。わたしはドリンクバーで適当にお茶しますので、ご遠慮なく。どうぞ」

「では」シロクマ、岡田嬢に頷いてみせる。「ええっとね。フライドチキンセットと、ナポリタン。特製ステーキ丼もね。あと生ビールを先に、よろしくップ」

「ずーっとこちらのお店に？」

「うん。なにしろ築地なのであるップ。近所に美味しいところ、いっぱいあるから、つい。このお店も雰囲気いいから、居ついてしまってます」

「たしかにここなら、いつでも好きなときに食事できますものね」

「そのかわり」注文の品をすべて運び終えた岡田嬢にお札を手渡す。「支払はオーダーごとに明朗会計なのであるップ」

「その都度いちいち？　律儀なんですね」

「お店のほうは、何日分かまとめてでもいいと言ってくれるのですが。どうもね、未払分があると思うとお尻《しり》がむずむずしちゃって。食事するならわたしは、すっきり落ち着いていてしたいップ」

「そういえば、例のフレンチのお店、いまはお勤めではないのですか？」

「それ。いや、実はね、相談にのってほしいのは、そのことなのであるップ」

ぐびぐびぐび、中ジョッキを一気に干すと、生ビールをおかわり。

「前のお店、辞めたのであるップ。つか、辞めざるを得なくなって」

「なにかあったのですか」

「悪いのはわたしのほうなんだけど。賄《まかな》い料理、美味しいものだから、来る日も来る日も、食べすぎてしまったのであるップ」

「あらま」

「その後、ほら、いつぞや森さんとそのフレンチにいっしょに来てた女性編集者の方」

「遅塚《ちづか》さんのことですか？」

「そうそう。その後、偶然、遅塚さんにお会いしたんで、神保町の某イタリアンを紹介してもらったのであるップ。で、そこでしばらくバイト、してました。こぢんまりした家庭的な店で、味も抜群。とっても居心地がよかったのですが、やっぱりわたし、賄い料理を食べすぎてしまって」

「それが原因で解雇されたのですか」

「向こうは直接なにも言わなかったんだけど。なんとなーく気まずい雰囲気になって。結局いたたまれなくなって、そこも辞めましたップ」

「で、いまはどうされて？」

「ご覧のとおり。なんにもしてません。いわゆる、プー状態なのであるップ。なんちて。あははは」

「お母星《くに》のほうへ帰還できる気配は？」

「一応、恩赦の申請は出しましたが。どうかなあ。あんまり望みはないップね。たとえ許可が下りるとしても、五十年くらい先になるだろうし」

「五十年っ。なんと気の長い」

「どこの星に限らず、お役所仕事とはそうしたものなのであるップ」

「失礼ですけど、いまお勤めでないということは、収入のほうは」

「それなのだップ。わたしの場合、現行社会システムのなかで出費を強《し》いられるのは食事時くらいだから、いまのところ貯金でなんとかなってるけど。そろそろどうにかしたいな、と」

「それでわたしに？」

「どこか紹介してくれませんか。聞けば森さんは、なかなかのグルメであるというップ。和食でも中華でもいいから、雇ってくれそうなお店、ご存じないですか」

「そういうコネは残念ながら、ないのです。それにシロクマさん、いまうかがったお話からすると、仮にどこか新しいところにお勧めになっても、そこが飲食店である限り、賄い料理がお目当てなわけで、同じ失敗をくり返してしまうのでは？」

「ぎく。そ、そうなんだッップ。ほんとに、そのとおりなんだけど」

「他の職種を検討してみてはいかがです」奈津子はシロクマのパソコンを指した。

「ほら。インターネットでいろいろ調べて」

「あ、これはね。現在ワープロ機能しか使っていないのであるッップ」

「ワープロ？」

「小説の真似事《まねごと》などを少々。実は森さんに感化されまして」

「ほう。それでいま、どういうジャンルをお書きに？」奈津子は電源を入れたパソコン画面を見る。「やっぱりSFかしら」

「それっぽいやつも一応。森さんのように性愛とか具体的なテーマを扱うのはむずかしいけど、地球人になってみたつもりで、想像力を働かせているのであるッップ。なにしろ時間だけはたくさんあるから。なにかしなきゃと思って」

「読ませてもらってもいいですか」

「どうぞどうぞ」

しばらく画面をスクロールしていた奈津子は、やがて顔を上げた。

「うん。これ、活字にしてもらえるかも」

「え？」

「収入のことですよ。別に飲食店じゃないといけないわけではない。というかむしろ、別の職種を試してみたほうがいいでしょ？」

「うーみゅ」フライドチキンを口に放り込んでは、ぷっと骨を吐き出す。「そりゃまあその」

「編集者の方を紹介しますから、これ、読んでもらってみてはいかがですか」

「編集者って。あ。そうそう。そういえばご結婚されたそうで、おめでとうございます」

「どうもどうも」

「旦那さんに、これ、読んでもらうップか」

「いえ。夫ではなくて、この」と奈津子は自著を手に取った。「徳間書店でわたしの担当をしてくださっている方に」

「ほんとに読んでもらえるの？　心配だップ」

「それは大丈夫なのでご安心を。問題は採用されるかどうか、ですけれど」

「どうかなあ。これって原稿料をもらえるようなレベルに達しているのかなップ」

「それは加地《かじ》さんが。あ。その方、加地さんていうんですけど、実際に原稿をお読みになったうえで、ご判断なさるでしょう」

＊

凶歩する男

シロクマ宇宙人・作

この世には二種類の人間しかいない。

得するやつと、損するやつ。尊敬されるやつと、軽蔑《けいべつ》されるやつ。成功するやつと、失敗するやつ。洗練されてるやつと、泥臭いやつ。

おれは常に後者だ。ついでに言うなら金もないし、頭も悪いが、金のあるやつとないやつ、頭いいやつと悪いやつという分類はこの際、控えておこう。金があっても軽蔑されたり、頭がよくても泥臭い人間はたくさんいる。あれ、まてよ。それを言うなら、成功しても軽蔑されたり、得しても泥臭いやつらだってたくさんいるわけで。おかしいな。この分類法は成立しないのか？　いや、そんなはずはない。この世には二種類の人間しかいない。その証拠に、みろ、おれは常に後者だ。

例えばこんなふうに分類してみよう。頭がすっきりしているやつと、頭痛がするやつ、と。ほらみろ。やっぱりおれは後者じゃないか。

昨夜の酒が残っている。眼球の奥で鈍痛が、ふんぞりかえっていた。寝不足でもあった。おれのアパートの近くの駐車場は暴走族の溜《た》まり場になっていて、毎晩毎晩、ぶろん、ぶろろろろんと、やかましいことといったら。アルコールの力を借りて眠ろうとしたが、ボトルが一本空いても、まんじりともしなかった。

臭《にお》うのだろう。課長や女の子たちが露骨に顔をしかめている。が、お互いに目配せするだけで、誰もなにも言わない。

さすがのおれも居心地が悪くなってきた。この世には二種類の人間しかいない。厚顔無恥なやつと、気の小さいやつ。むろん、おれは後者だ。外回りが溜まっているのを憶い出し、上着をとって立ち上がる。

「永瀬くん」課長が、どこかおずおずと呼び止めた。「きみ、どこへ行くの」

「どこへ、って」おれは、ぽかんとなる。「回らなきゃいけない先が」

「いやいや、それはね。うん。それはよく判っているんだけどね」うるさげに手を振りふり、メガネの奥の細い眼で、掬《すく》い上げるみたいにおれを見る。「でもやっぱりその、まずいんじゃないの？　つまりその、そういうあれで行くっていうのは」

「そういうあれって、なんですか」

おれは頭が悪いって言わなかったっけ。課長はきっと前者で、こういう言い回しを理解できる程度には頭がいいんだろうが。

「忌憚《きたん》なく言わせてもらえばだね、きみ、臭うんだよ。臭うの」堰《せき》を切ったみたいに課長は、臭う臭うとくり返し始めた。「ぷんぷんしてるんだよ。あそこからここまで。え。きみの机からだね、わたしのここ。この机まで臭ってくるんだよ。これでお得意さまのところを回るというのは、きみ、ちょっとまずいんじゃないの。え。永瀬くん」

「まずいですかね」

「好ましくないに決まってるだろ。不謹慎な。酒気を帯びての営業など。だいたいね」

「じゃ、どうすればいいんです」

「な。どうすればって。なに。なんだって。なにをきみ、子供みたいなこと言ってんの。自分で考えたまえよ、そんなこと」

頭のいいやつが、頭の悪いやつに教えてくれるのが筋ってものだと、思うんだけどな。

ぐちゃらぐちゃら、さんざん小言をくれておいてから課長は苦々《にがにが》しげに「行っていいよ、もう」と吐き捨てた。「時間がもったいない」なんて付け加える。じゃ、なんで呼び止めるんだよ。

部屋を出ていこうとすると、またもや呼び止められた。

「顔を洗っていきなさいよ、永瀬くん。水か、できれば酔い醒《ざ》ましかなにか呑《の》んで。ぴしっとして行くんだよ、ぴしっとして」

「判りました」

おれは舌がもつれて、もごもご。後ろ手に閉めかけたドアの隙間《すきま》から、女の子たちの嘲笑《ちょうしょう》まじりの呟きが洩《も》れてくる。

ずきずきする頭をかかえ、会社を出た。

喫茶店に入り、コーヒーを注文した。二日酔いで朝食抜きだったため、ちょっと小腹が空いてきたので、トーストを追加する。

オーダーをとりにきた女の従業員は、おそろしく無愛想だった。くちゃくちゃ、聞こえよがしにガムを嚙みかみ、うるさげに何度も何度も注文を訊き返す。こちらはそれほど不明瞭《ふめいりょう》に発音していないはずなのに。

「コーヒーとトースト」と天下一大事の如く反復するおれにうんざりしたのか、女はガムを嚙むのを止《や》め、あからさまに舌打ちした。

「うざ」

こちらが怒らないだろうと高を括《くく》っているのか、それとも怒らせるために呟いているのか、おれには判別がつかなかった。

ぷりぷりと尻を左右に振って立ち去る後ろ姿をなんとなく眺めていたら、女はいきなり振り返った。ガムを嚙みかみ、じろりと軽蔑のまなざし。

この世には二種類の人間しかいない。軽蔑するやつと、軽蔑されるやつ。むろん、おれは後者だ。

しかしこの女従業員はどうだろう。接客業としてのマナーや社会人としての常識がいちじるしく欠落している上、容姿だっていますぐウルトラマンと戦えるくらいの、ごてごてした醜悪さ。およそ尊敬されるべき要素なんて、なにもない。にもかかわらず、この軽蔑されて然《しか》るべき女は、あろうことかおれを軽蔑している。はて。こいつはいったい、どちらに分類されるべきなのだ?

軽蔑されるべきやつであることは、まちがいない。なのにこの怪獣のきぐるみもどきは、軽蔑されるべき立場でありながら、その自覚がないらしい。どういうことだ。おれの分類法はまちがっているのかしら。

泥水のようなコーヒーと、蒲鉾《かまぼこ》の板みたいなトーストをむりやり胃に詰め込み、おれはそそくさと立ち上がった。同じ女従業員がレジに立つ。

一万円札で払ったら、小銭しかおつりが返ってこなかったので、仰天した。

「ちょ、ちょっときみ。おかしいじゃないか。ぼくが渡したのは一万円札だよ?」

ガムを噛むのを止《や》め、胡乱《うろん》な眼でおれをじろじろ。ああ、と鼻を鳴らせると、女はめんどくさそうに千円札の束を放り出した。

「けっ、しみったれ」

おれの背後で自動ドアが閉まる寸前、そんな罵詈《ばり》が聞こえてきた。その声よりも、ガムをくちゃくちゃ噛む音のほうが大きいくらいではあったが。

酔い醒ましのつもりでコーヒーを飲んだのだが、なんだか頭痛がひどくなってきた。気のせいだろうか、全身が熱っぽい。

課長の言いつけに従うのは妙に癪《しゃく》だったが、薬局に寄って二日酔いの薬を買った。苦い液を我慢して呑み下したのに、いっこうにすっきりしない。

そのうち頬が火照《ほて》ってきた。背筋にぞくぞく悪寒が走る。アルコールのせいばかりでなく、風邪でもひいたのかもしれない。頭痛はがんがん、ひどくなるばかり。

口臭のことは別にしても、これではとても得意先回りなんて、できそうにない。吐き気はするわ、足はふらつくわ。

おれは携帯電話をとりだし、亜沙美《あさみ》のところへ掛けた。

『……もしもしぃ？　だれぇ？』

彼女の声は思い切り不機嫌で、呂律《ろれつ》が回っていなかった。眠っていたのだろう。亜沙美は、おれの行きつけのパブで働いている。

「おれだよ、おれ」

『あー？　ああ。なんなのよぉ、こんな朝っぱらから』

「いまから、そっちへ行っていいか」

『あ？　なに言ってんの、あんた？』

「風邪をひいたらしくて、しんどいんだ。休ませてくれ」

『いきなり、めんどくさいこと言わないでよ。自分んちへ帰って寝りゃいーじゃん』

「仕事が残ってるんだ。頼むよ。ほんの一時間ちょっとでいいから」

『だめよ。むり。先客がいるもん』

「なんだって？」

『気を回さないで。お店の子よ。お店の子。お客さんのカラオケに朝まで付き合っててふらふらだったから、泊めてあげたのよ。もうここ満杯。余裕ないから、横になりたいんだったら、早退しなさい。じゃね』

あっさり切られてしまった。

この世には二種類の人間しかいない。かるくあしらうやつと、あしらわれるやつ。

にしても、冷たすぎやしないか。いやしくも恋人には、もう少しやさしくしたって罰は当たるまいに。亜沙美のほうはどう考えているか知らないが、おれは結婚するつもりだ。

この世には二種類の人間しかいない。結婚なんか考えないで異性と交際できるやつ、そして異性と交際する以上どうしても結婚のことを考えてしまうやつ。むろんおれは後者だが、ひょっとしたら亜沙美は前者かもしれない。いや、あまり深く考えないことにしよう。

気分は悪くなるばかりだった。しばらく躊躇《ちゅうちょ》したが、やっぱり我慢できない。

かまわずおれは、亜沙美のマンションへ向かった。

彼女はおれのアパートの部屋より、ずっとゆったりした造りの１Ｋに住んでいる。床の上でかまわないから、横にならせてもらおう。

チャイムを鳴らすと、チェーンを掛けたまま亜沙美が、ドアの隙間から眼を覗かせた。

「なにしにきたのよ」シースルーのナイティは色っぽいが、その上に乗っている形相は鬼さながらだった。「来ちゃだめだって、言ったじゃないの」

「ふらふらなんだよ」仕事明けのはずの彼女が妙に色っぽい恰好《かっこう》をしている理由を詮索《せんさく》する余裕もなく、おれは哀願した。「三十分くらいでもいいんだ。休ませてくれ。頼むよ」

「なぁに、あんた。臭っ」

「二日酔いなんだ」

「とにかくだめ。早く帰って」

チェーンをあいだに挟んで、入らせろ、いや入らせないと言い争っていると、部屋の奥から「どうしたんだ、亜沙美?」という声がした。しかも中年の男の。亜沙美は、ぎろりとひと睨《にら》みくれるや、弁明する労も惜しむみたいに、さっさとドアを閉めてしまった。

察するに、あれが言うところの「店の子」らしい。なるほど「女の子」とは言わなかったから、男ではないと解釈したのはおれの早合点だったかもしれないが、あのぶっとい声はどこからどう聞いても「子」って感じじゃねえぞ。

ぼうっと霞《かす》む頭、ぐらぐらする頭をようやく立て直しながら、おれはマンションを後にし、再び薬局へ向かった。

風邪薬をくれ、と頼む。ところが、代金を払おうとしてポケットを探ったら、財布がない。どこを探っても、ない。朦朧《もうろう》としていて、落としたことに気づかなかったのだろうか？

慌てて、これまで歩いてきた道を、憶い出せる限り、屁っぴり腰で戻ってみる。しかし、ない。どこにも、ない。

仕方なく交番に届け、その足で銀行へ寄る。財布にはキャッシュカードも入っていたのだ。紛失届を出しておかなければ。

よろよろと、まるでプールのなかに浸かり、水を掻き分けるようにして歩くおれを、通行人たちは一様に無視。危うくぶつかりそうになっても、すうっと絶妙のフットワークで、眼を逸《そ》らしたまま避けてゆく。なんだか透明人間にでもなったような気分だ。

「――おそれいりますが、お客さま、どのようなご用件なのか、もう一度、ご説明いただけますか？」

窓口の女性銀行員は、おれの言っていることがよく聞きとれないらしく、何度も何度も、問い返してくる。口調は丁寧だが、いらいらするわねこのトロ臭い男が、と言わんばかりの侮蔑《ぶべつ》感ありあり。

たしかに発熱のせいか、おれの舌はいまや自分でもよく判るくらい、もつれていた。だが、まるで聞きとれないほどひどいとは思えない。さっ、しゅたっと長い黒髪を自慢たらしく掻き上げている暇があったら、もっと身を入れて聞いてくれ。

あ。そうだ。憶い出した。この女。いつぞやおれが仕事がらみで、入金と引出を数件まとめて頼んだ際、引き出したはずの現金五十万円をおれに渡し忘れたことがあるのだ。後で先方が気がついて会社へ電話をくれたのはいいが、もらい忘れるほうが悪いとでも言わんばかりのムスッとした表情の彼女が肩をそびやかし、ティッシュやラップを束にして押しつけてきたときは、さすがにおもしろくなかった。

しかしおれも気が弱いものだから、その場ではなんとなくへらへらして景品をおしいただいてきて、会社へ戻ってからようやく、腹が立ったものだった。そうか。あの女の表情、あれは景品つけりゃ文句ないでしょと言いたかったのだと思い当たって。

くそ。思い返すと、むかつく。その彼女、いまも微笑は絶やさぬ一方で、アルコールの臭いに露骨に鼻と色ぼくろをひくつかせながら、おれの前にいる。

「すると、ええと、永瀬さまはキャッシュカードを紛失された、ということですね」

キツネ顔がやっと要点をつかんでくれる。おれはいらいら、頷いた。頭痛はますますひどくなる。

ぐらぐら、眩暈《めまい》がする。視界が一瞬、ぐにゃりとぶれたりする。女性銀行員の顔が歪《ゆが》んで見え、吐き気がした。座っているのも辛いくらいだ。

もはやおれはキャッシュカードのことなぞ、どうでもよかった。ただいますぐ、どこかに寝ころんで休みたかった。ひと眼がなかったら、この銀行の床にだって横になったろう。

眼の前の女がやたらに美人面を吹かすのも苛立《いらだ》ちに拍車をかける。どんなに男好きする顔や身体つきをしていようと、どうせおれはやらせてもらえない。あたりまえのことでも改めてそう思うと、頭痛と相俟《あいま》って、よけいに腹立たしい。くそ。亜沙美のやつめ。ようやくおれは先刻の一件に対して怒りを覚えた。ちょっとくらい見られる顔をしているからって、つけあがりやがって。

眼の前の女の顔と、亜沙美の顔が、だぶって見える。女は相変わらず艶々《つやつや》した黒髪を、ナルチシズムに満ちた仕種《しぐさ》で掻き上げている。

この髪をぼうぼう燃やしてやったら、さぞ、すかっとするだろうな。と。

彼女の長い髪が、びんっ、針金みたいにいっせいに逆立ったかと思うや、ほんとうにごおごお燃え出した。ぎゃあああああっ、という悲鳴に周囲は一瞬凍りつき、続いて騒然となる。

おれはそれどころではない。突然のことに驚きはしたものの、すぐに頭痛と吐き気のほうが勝つ。いい潮時だ。ふらふら立ち上がり、銀行から出ようとした。

すると。

「きみ、待ちなさい」

警備員がおれを通せんぼする。

「なんですかいったい。悪いけどぼく、帰るところなんです。なにしろ風邪でして」

「きみ、帰ってはいけない」

「なんだって」自分の耳を疑った。「なんなんだよ、あんた？　なんの権限があって、利用者の行動を束縛すんの？」

「きみ、あれが眼に入らないのか」

警備員が指さした先では、消火器だ消火器、と男性銀行員たちが騒いでいる。

「だから、なんです。ひょっとして、ぼくにも消火活動に協力しろとでも？」

「きみ。きみはあの女のひとの、いちばん近くにいた」

「いましたよ」

なにを言っとるんだ、このおっさん？

「きみ、警察が来るまで、ここを動いてはいけない」

「冗談じゃない。こちとら仕事が——」

「あいつよ、あいつがやったのよっ」

隣りの窓口にいたメガネの女性銀行員が、おれを指さし、ヒステリックに喚《わめ》いた。

「あいつが火をつけたのよ、彼女にっ」

「なにを言い出した」

勘弁してくれ。不条理な糾弾《きゅうだん》はもとより、このキンキン声はこたえる。

「おれはライターひとつ、持っちゃいないぞ。それともなにか、この銀行は利用者を侮辱するのか。訴えてやるぞ」

明らかにおれのほうが常識的な見解を述べている。なのに、消火を終えた職員や他の客たちまでもが、妙にしらじらとした眼つきでおれを睨んでいるのは、どういうことだ？

くうううっと苦悶《くもん》の呻《うめ》き声がした。カウンターに隠れて見えないが、髪が燃えたあの女のものだろう。いい気味だ。もう二度と厭味たらしく髪を掻き上げることもできまい。

この世には二種類の女しかいない。どうあたし美人でしょとすかすやつと、どうせあたしゃブスだよとひらきなおるやつだ。彼女も、前者から後者へ転落するくらい、顔が焼けてりゃいいんだが。

「とにかく、おれは帰らせてもらうよ」こめかみを揉《も》みもみ、宣言してやった。「おれは頭が痛いんだ。吐き気がする。ついでに仕事も残っているんだ」

「きみ、警察が来るまで動いてはいけない」

警備員の声に、救急車のサイレンがかぶさった。どうやらほんとうに、おれが火をつけたと思っているらしい。アホか、こいつ。

この世には二種類の人間しかいない。常識をわきまえるやつと、わきまえないやつだ。おれは自分のことを、どちらかといえば後者だと思っていたが、この件に関する限り、前者だ。警備員は後者だ。善良な市民の人権を蹂躙《じゅうりん》する言動が非常識でなくて、なんだ。

「逃げる気よ、そいつを逃がしちゃだめ。逃がしちゃだめよっ。放火魔を警察に突き出してやるのよっ」

さっきのメガネ猿がきいきい喚いた。やかましいやつだ。あの口に一発ぶちかましたら、さぞやスカッとするだろうに。

がっ。いきなり女の口が鳴った。と思うや、折れた歯と血が飛び散り、メガネが吹っ飛ぶ。ヒステリー女は仰向けに倒れてしまった。

なにが起こったのかよく判らんが、どうやら彼女をぶん殴ったやつがいるらしい。誰だか知らないが、心がけのいいひとだ。

今度こそ、おれの仕業でないことは歴然としていた。メガネ猿のいた窓口から、おれの立っているところまで、たっぷり十数メートルは離れている。

なのにどうして、店内の視線が再度おれに集中するのだ？　この連中、非常識なだけじゃない。頭がおかしい。

「なに、じろじろ見てんだよ」

こっちはただでさえ全身が重くて苦しんでいるのに。まるで犯罪者を見る眼じゃないか。そんな眼は。そんな眼は、つぶれちまえ。

ぎゃっ。

先刻のそれとは比較にならない、悲鳴の大合唱が沸き起こった。職員や客たち、ひとり残らず、両手で自分の顔面を覆っている。そして一様に、指のあいだから血がしたたっていた。

警備員のおっさんも床に崩れ落ち、眼が、眼が、と泣き叫んでいる。

なんだなんだ。何事だ。よく判らんが、ともかくこれで解放される。やれやれ。ふらつく足を引きずりながら、おれは銀行を出た。

ちょうど救急車が到着したところだ。おれは口を押さえて、銀行の出入口を白衣の男たちに示してやった。どうやら店内の惨状を見て気分が悪くなったのだと解釈してくれたようだが、ほんとうはおれを病院へ連れていってもらいたいくらいだった。

割れそうな頭をかかえ、おれはパトカーが到着する前に、さっさと逃げることにした。歩けるのが不思議なくらい、まいっているのだ。もう揉め事はごめんだ。

どこをどう歩いたか、判らない。視力に変調をきたしているのか、ものが曲がって見える。ぐるぐる、ぐるぐる、視界がうねる。なにひとつ、まともに見えない。

赤信号なのに道路を横断しようとして何度も轢き殺されそうになった。運転手の怒号やクラクションも、しかしどこか頭の後ろを素通りするばかり。

我に返ると、おれは自分のアパートの前に立っていた。いつの間に、こんなところまで歩いてきたのだろう? 途端に外回りのことを憶い出し、おれは焦った。いかん。こうしてはいられない。と。

それまで俯《うつむ》き加減だったおれの背中に、いきなり鉄骨が入ったみたいになった。ぶろん、ぶろろろろんと、すさまじいエキゾースト・ノイズが耳をつんざいたのだ。

近くの駐車場に例の暴走族が集まっている。マフラーを外してエンジンを吹かすから、腹の底に響く。ビリビリと、割れるのではないかと危ぶむくらい、近所の窓ガラスが揺れる。

この世には二種類の人間しかいない。自己主張のためにはどこまでも厚顔無恥になれるやつと、主張したいのだが不器用でうまくできないでいるうちに結局屈折しちまうやつだ。むろんおれは後者で、四輪のエンジン音をばかでかく轟《とどろ》かせている連中は前者だ。

昨夜もあの音で眠れなかったのだ。この頭痛はあいつらのせいだ。くそ。それをいまもぬけぬけと、アンプで屁をこいてるみたいな騒音を垂れ流しやがって。おれは頭が痛いんだぞ。

それにしても、どうしてこんなに長く吹かしているんだ。と思っていたら、住宅街のどこかから女の子たちが数人、現れた。いずれも幼い顔だちと商売女みたいな装いがミスマッチの極みだ。そのまま駐車場へ向かい、騒音に彼女たちの嬌《きょう》声《せい》が加わった。

なんのことはない。連中、女の子たちを待ってたのか。そのためにおれは頭を荒縄で締めつけられるような苦痛を長く、長く味わうはめになったのか。くそったれめ。

ミサイルでも撃ち込んでやれたら、どんなにスカッとするだろう。そう思ったとき。

ぼうんっ。

街全体を揺るがす、大爆発音が轟いた。

オレンジ色の炎と黒煙が巨大な柱となり、駐車場に、おっ立っている。まるで紙切れみたいにひらひらと、ボンネットらしきものが空中を舞う。

火だるまになった女の子や若造どもが、ぎゃあぎゃあ叫びながらそこらを転げ回り、のたうち回った。

ばかどもが。なにをやったんだ。おおかたガソリン洩れにも気づかず、粋《いき》がってタバコにでも火をつけたんだろう。

じっくり高みの見物を決め込みたかったが、そうもいかない。おれには仕事があるのだ。息切れする身体に鞭打《むちう》ち、自分のアパートに背を向けた。

どれくらい歩いただろう。いや、全然歩いていないような気もするが、はたと我に返ると、おれは喫茶店の前にいた。そうだ。コーヒーでも飲めば、いくらかすっきりするかも。

注文をとりにきた女従業員は、くっちゃらくっちゃら、ガムを嚙んでいた。ウレタンの怪獣のきぐるみみたいなご面相。はて。最近どこかで会ったことがあるような気がするのだが。熱と頭痛のせいか記憶が混乱し、憶い出せない。まあいいや。

がちゃん。本物の怪獣だってもっとマナーがあるぞと思うくらい乱暴に、女はおれの前にカップを置く。コーヒーが膝《ひざ》にかかり、熱っ、と跳び上がった。が、肝心の女従業員はといえば平然と、聞こえなかったふりをして、ガムを嚙み続ける。

ハブにでも嚙まれちまえ、と胸中で呪《のろ》ってやった。すると。

くるくる、くるんっ。

彼女が持っていたトレイが全長五メートルはありそうな大蛇に変身したではないか。頭部が三角形のそいつは、女従業員の全身に巻きつきながら、なまっちろい二の腕に、かぷっと喰《く》いついた。

ぎえええええええっ。歴代のウルトラマンのライバルたちにひけをとらない咆《ほう》哮《こう》を、女は上げた。ゴリラのように逞《たくま》しく、大蛇を自分の身体から毟《むし》り取る。

だが大蛇は、剝《は》がされても剝がされても跳ね回りながら、女の肩、胸、足、はては顔面までも、かぷかぷ、かぷかぷ、噛みまくった。

やめてえ、たすけてえ、死ぬ死ひげぶ。ばらろわぐろぎ。ひぎ。ひぎぎぎ。意味不明のことを叫び放題に叫んで、女は怪獣そこのけに暴れまくる。食器が割れ、椅子が、テーブルが、ひっくり返る。

おれはコーヒー代も払わず、逃げ出した。

もう体力が限界だ。いつまで立っていられるかも判らない。これではとても外回りなど、できそうにない。かといって会社に戻るのも、課長の手前、体裁が悪い。

仕方ない。亜沙美のところで休ませてもらおう。そういえば最近、彼女と喧嘩したような気がするが。どうしてだっけ。憶い出せないが、ま、いいか。この機会に仲直りしようと、おれは彼女のマンションへ向かった。

チャイムも鳴らさなければ、ノックもしなかった。わざとしなかったのではない。眩暈がするあまりか、手元が覚束《おぼつか》なかったからだ。まるで酩酊《めいてい》状態だが、おかしなことに、我に返るとおれは亜沙美の部屋の沓《くつ》脱《ぬ》ぎに立っていた。ロックもチェーンも掛けていなかったのかな？

小振りのキッチンを抜けると、すぐにベッドが見えた。

「なあ、さっきの男は誰なんだよ」

ぶっとい、おっさんの声。

「やだ、まだ言ってる」拗《す》ねたみたいな亜沙美の声。「誰でもありませんよ、だ」

「ほんとかな。むきになったりして。なんだか怪しいぞ」

「やだ。やだあ。ちょっと。どこ、さわってんのよう」

きゃたきゃた、はしゃぎ合う声。シーツの端から素足が四本、突き出ている。

この世には二種類の男しかいない。カサノヴァとコキュ。女房を寝盗るやつと、寝盗られるやつ。おれはまだ独身だが将来、後者になることはまちがいない。

「正直に答えないと、やめちゃうぞ」

「いやねえ。そんなに気にするほどの男じゃないって。ほんとに。ただのお店の常連のひとりなのよ。それだけ」

「それを気まぐれで、ちょいとつまんでみたってわけか」

「やめてよ、そんなこと」

「してないの？」

「だって、ちょっとやさしくしてあげただけですっかり恋人きどりの勘違い野郎よ。そんな気にならないって。いい加減、うんざりしてるんだから」

「よくいるよな、そういうやつ。でも案外、つきまとわれる自分が、まんざらでもなかったりして」

「どうしてそんな意地悪、言うのよう。あたしはあなたしかいないのに」

「誰にでもそう言ってるんじゃないのか?」

「ほんとうだってばあ。ねえ。ほんとにあなただけなんだってばあ、好きなのは。離さないでね。亜沙美のこと。絶対ぜったい、離しちゃ、いやよ」

じゃ一生離れないでいろよ。そうおれが毒づくと同時に、ひょえっ、と女と男の珍妙な声が1K内に響きわたった。

「な、ななな、なんだこれはっ」

「くっ。くっついちゃった、く、くくく、くっついちゃったあああっ」

見るとシーツがはだけられていた。亜沙美とおっさんは抱き合い、手足をじたばたさせている。

彼女の頬が男の胸に、べったりとくっついていた。接着部分の肉がねばねばと、餅《もち》のように溶け、混ざり合う。

アイスクリームみたいに溶けた乳房は男の腹にめり込む。彼女の臍《へそ》のあたりは、男の陰茎で抉《えぐ》られている。

ぐちゃぐちゃ、ねばねば。ふたりは一個の物体と化していた。

「な、なによ、あんた? どうやって、ど、どこから入ってきたのよぉ?」

やっとおれに気づいた亜沙美がそう喚く。無視して、部屋を後にした。

脳足りんめ。どこから入ってきた、だって。玄関のドアからに決まってるだろうが。

自分のアパートへ帰るつもりが、いつの間にか繁華街へ出てきていた。

ふらふらしていたが、向こうで避けてくれるだろうと思っていた。そしたら、どしん、と誰かにぶつかる。

「どこに眼ェ、つけとるんじゃ、ぼけえっ」

サングラスを掛けた角刈りが、おれの胸ぐらをつかんできた。が、おれはぐったり、怯える気力もない。

「にいさん、顔かせや。お疲れのようやから、わしらがカツ、入れたるわ。な」

どうやらその筋のおひとらしい。二、三人の舎弟らしき若造たちが、おれを狭い路地へ引きずり込んだ。くそ。この頭の痛いときに。

この世には二種類の人間しかいない。殴るやつと、殴られるやつ。

しかしなんで、おれが殴られなきゃならんのか。顔と言わず腹と言わず、殴られ、蹴られながら、おれは別の分類を試みた。この世には二種類の人間しかいない。他人に理不尽なことをするやつと、されるやつ……ええい、めんどくさいなもう。どうせおれは後者だし。

この世には二種類の人間しかいない。それは他人どもと、そしてこのおれ、だ。

結論が出て、いくらかすっきりした。さてと見回してみると、角刈りと舎弟たちが倒れている。

みんな頭が血まみれになっていた。つぶれた豆腐に似た、うじゃじゃけたものが、あたりに飛び散っている。

なんだこいつら？　互いに殺し合いでもしたのかな。

まだずきずきする頭をかかえ、おれは路地から出た。これからどうしよう。

とりあえず、会社へ戻るか。


〈了〉

＊

「――なるほど」加地真紀男《まきお》はプリントアウトされた原稿をぱらぱら捲《めく》って見返し、頷いた。「なるほどね」

「ど、どうでしょうかップ」

池袋駅前の某ホテル内。某カフェ。それまでじるじるじるとストローでアイスティーを飲んでいたのを止め、シロクマはおずおず訊いた。

「ちゃんと小説になってますかね」

「うん。なかなかいいと思いますけど。二、三、気になったことが」

「例えば」

「この主人公、えと、永瀬ですか、携帯電話を持ってますよね？」

「そうですね。持ってますップ」

「財布を落としたことに気づいて、キャッシュカードを止めにゆく。そのとき、どうしてケータイで銀行に連絡しなかったのかな、と」

「でも、手続するためには直接行ったほうが結局早いのではないプですか？」

「緊急性のあることだから、人情として、とりあえず電話で伝えておこうとするほうが自然じゃないかな。ましてやこのとき、彼は体調がすぐれなかったわけでしょ。具体的な手続は後回しにして、今日は連絡だけにしておこう、とか。そういうことをなぜ考えなかったのかな、と」

「うーん。あまりにも頭がぼうっとしていて、電話で連絡すること自体を全然思いつかなかったから、とか？　あるいは咄嗟《とっさ》のことで銀行の番号が判らなかったから、とか？　番号登録していなかったし、しんどくて調べるのがめんどくさかったから、とか？　どうでしょう」

「もしそのうちのどれかにしたいなら、ひとこと、どこかにそれらしいエクスキューズを入れておいたほうがいいですね」

「なるほどなるほど」シロクマは手帳を取り出し、メモをとる。「判りましたップ」

「それからこれは、読者の感じ方にもよりますが、銀行の女のひとが髪を焼かれますよね」

「も、ごおごおと」

「あのシーンで主人公は、いい気味だと思う、と。それどころか、彼女の顔も焼けてりゃいいとまで思う、と。これってちょっと、行きすぎなんじゃないの、っていう気がするんですが」

「でもこういう男、いるップよ。きっと」

「たしかに、自分は常に後者、つまり損をする側、被害者側であると信じて疑わない、偽善的で、ちょい鬼畜系の入った痛いキャラクターという前提なんだけれど、一人称なんだし、多かれ少なかれ読者は主人公に感情移入して読むと思うんですよ。たとえネガティヴなかたちにしろ、ね。そんなとき、女性の顔がもっと焼けてりゃいい、なんて独白に出くわしたら、うわ、ひでえ、こいつ最低、と。読者が完全に引いちゃうんじゃないか。それがちょっと気になるんですね」

「うーん。むずかしいものであるップ」

「読者に不快感を与える小説というのは、たしかにある。あるけど、そういうタイプの作品こそ作者は筆捌《さば》きをデリケートにしなければいけないと、ぼくは思います」

「考えれば考えるほど、わたしも心配になってきました。ここはちょっと修正するップ」

「あと、その筋のひとたちの描写ですが。主人公にぶつかって袋叩きにする行動から科白《せりふ》回しまで、ものすごくベタですね。いまどきこんなひと、いるのかな、っていうくらい」

「まあそこはそれ、記号的ということで」

「それから、この主人公って超能力というか、ほとんど魔法みたいだけれど、ともかくなにか不思議な力を持っているわけですよね。しかし自分ではそのことに全然気がついていない、と」

「いかにもそのとおりであるップ。悲惨なひと死にやらなにやら被害が続出してるのに、自分のせいだとはまったく気づかない。その滑稽《こっけい》さこそがこの短編のミソなのであります」

「それはよく理解できるんですが、こういう終わり方で、はたしていいのかな、と」

「え。といいますと」

「最後まで主人公は、自分の仕業であるとは気づかない。ラストでは会社へ戻ろうと言っているわけだから、この後、課長やら同僚のOLたちがこれまでの犠牲者たちと同じように血祭りにあげられるであろう展開を暗示して終わるわけですよね。これがどうも、うん、もひとつ」

「主人公に、自分の能力、気づかせておいたほうがいい、と？」

「いや、そういう意味ではなくて、ですね」加地は頭を掻いた。「主人公が最後まで自分の力に気づかない、それはそれでありだと思うんです。ただ、それで押し通すのなら、なにかもうひとつ、ひねりが欲しい」

「ひねり、ねえ」

「ありていに言えば、え、これで終わり？　と戸惑う読者もいると思うんですよ。え、たったそれだけの話なの？　みたいな」

「でも、たしかにこれは、たったそれだけの話なんだから。仕方ないのでは」

「こういう話の転がし方だと、この先になにかツイストがある、どんでん返しがある、そう期待して読むひとも多いと思います。ぼくがまさにそうだったから、敢《あ》えて厳しいことを言うんだけど」

「そうかあ。なるほどねップ」

「もちろん、ツイストなんか全然入れずに思い切り投げ出しちゃう作風のひともいます。いるけど、そういう作家さんは既に、そういう手筋のひとなんだと認知されてたりするわけだから」

「新人なのに同じことを、やっちゃまずいと」

「結局は演出の問題で、その考え方はさまざまなんだから、最終的には作者ご本人の判断てことになりますけどね」

自信をなくしたのかシロクマは、うーんと頭をかかえ、考え込んでしまった。

コーヒーをひとくち含んだ加地は、執《と》り成すみたいに咳払《せきばら》い。

「ま、これはこれでとりあえず措いておいて。どうだろう、ちがう作風を試してみませんか」

「ちがう作風？　っていうと、どんな」

「例えば、ほのぼの系とか」

「ほのぼの、ねえ」

「あくまでも例えば、ですよ。ともかくこの短編とは百八十度、ちがうアプローチをしてみては、という提案なんだけど」

「ほのぼの系、かあ。どういう話なら読者は、ほのぼのしてくれるのかなッ」

「それこそパターンはいろいろだけど。なんといっても重要なのは、読者が素直に感情移入できる主人公の設定、ですね」

「どういう主人公なら、読者は素直に感情移入してくれるのでしょうかッ？」

「この『凶歩する男』の分類法じゃないけど、どちらかといえば自分は世間的には負け組のほうなんじゃないか、みたいな単純な僻《ひが》みの図式を描きがちなのが人間なわけ」

「いわゆる勝ち組と比べて、自分はあんまりいい思いをしていないんだ、と」

「そういうこと。総じて、他人は自分よりも苦労しないでいい思いをしていると思い込みがちなのが人情だから。主人公をちょっとダメなやつに設定するのはやはり、効果的でしょう」

「ダメな主人公？」

「あ。といってもこの永瀬みたいな、洒落《しゃれ》にならないダメさは、駄目ですよ。そうではなくて、愛されるべきダメさ、ね。不器用で、運が悪くて、でもけっこうおひと好し。そのせいで本人はあんまり報われない、みたいな」

「ふむふむプ」

「そして大切なのは、主人公がめげないこと。もちろん多少不平不満を述べるのはかまわないけど、運が悪くて報われないからといって不貞腐《ふてくさ》れてしまってはいけない。基本的にはずっと、おひと好しのまま。そんな主人公が最後に、ささやかなかたちだけれど、ほんのちょっぴり報われる、と」

「ほんのちょっぴり、ですか」

「どーんとお金を儲《もう》けるとか、絶世の美女を手に入れるとか、そういう派手なかたちじゃなくて。もっと情緒に訴えるような、ハートウォーミングな結末ね。そういうのに読者は素直に共感する。通俗的になりかねない場合もありますが、どんなジャンルでも有効な演出だと思いますよ」

「なるほどなるほど。じゃひとつ、その路線でやってみますップ」

＊

夜のオノマトペ

シロクマ宇宙人・作

がじがじ。

がじがじがじがじ。

がじ。がじ。

「ふむ」ケースケはペン軸で鼻を掻いた。「こんなもんかな。このシーンは、と」

うずたかくなっているモゾウ紙の束。

原稿用サイズにカットされているそれらのなかから、ひょいと別の一枚を抜き出すと、いままでペン入れしていたほうを、炬燵《こたつ》の傍らのテーブルに載せた。テーブルの周囲は雑誌や文庫本、ゴミ箱、ウイスキイの空き瓶などが散乱している。

「えっと、どうしようかな。このバックは後回しにして、と」

がざごぞ。がざがざがざ。

ガラクタの山を掻き分ける。

「トーンは。あれ。まだあったよな。あったはずだよな、たしか」

がざごぞ。がざ。がざ。

「おっかしーな。しょうがねえ。こっちも後回しにすっか」

スタンドの灯《とも》った小さな炬燵の上に、再び眼を戻す。

「リサちゃんを先にしよっと」

エンピツの下描き。コマ割りされたシーンのなかで、ショートカットの娘がいびつな銃らしきものをかまえている。別のコマでは宇宙船が飛んでいた。

どうやら、ＳＦしているらしい。

「えと。ん。あれ。ここ、コスチューム、変えてないよな、たしか」

原稿の山を、ばさばさ。

ちら、ちらと一連のシーンに眼を通す。
「うん。そうだそうだ。これでいいんだ」
さて、とペンをかまえる。
がじ。
がじがじ。
がじがじがじがじ。がじ。
薄暗くて狭い六畳一間の空間。そこに再び、ペンと紙がこすれ合う音が響く。
がじ。がじがじ。
とんとん。
がじがじがじ。
とんとんとん。
がじ。
とんとんとんとん。とん。
「どなた」ドアに向けて声を張り上げた。「新聞の勧誘なら、けっこうです」
「あのう……」
おずおずとした若い女の声だ。
さっと炬燵から這《は》い出るや、ケースケはドアの前にすっ飛んでゆく。

ロックがわりの掛け金を外して開けると、若い娘がふたり、にこにこにこ。マフラーの上で唇が半開きになり、ふたり揃って八重歯が覗いていた。

「あのうあたしたちい歳末助け合い運動同好会の者なんですけどお」

相好《そうごう》を崩しかけていたケースケは、きょとんとなった。

「は？」

「どうか募金にご協力くださあい」

「ちょ、ちょっと待って。あの、きみたち。その。なんて言ったの、いま？」

「えですからあ募金にご協力くだ」

「じゃなくて、その、なんとか同好会、と聞こえたような気がするんだけど」

「そうでえすはい」

ケースケは黙り込んだ。

ふたりの娘を交互に見る。双生児みたいな顔が、にこにこにこにこにこにこ。ステレオで迫ってくる。ヘアスタイルまでそっくりだ。

「あのさ」沈黙に根負けしたのはケースケのほうだった。「きみたち、大学生？」

「はいそうでえす」

「歳末……助け合い運動同好会？」

「そのとおりでえすはあい」

「おれ。いや、ぼく、あんまりよく知らないんだけど、それって一年じゅう活動してんの」

「結成されたのは昨日でえそれからあこうして募」

「昨日。はあ。なるほどね」

ケースケの脳裡《のうり》にふと、シュールな不条理感覚が去来する。

「あのさ、おれも大学生なのね」

にこにこにこにこ。

「それも勝ち組じゃなくて、どっちかっていうと負け組の。判るでしょ。いまどきこんなボロッちいアパートに住んでるんだから」

にこにこにこにこ。

「つまり、こっちが助けて欲しいくらいなの。判る？」

にこにこにこにこ。

にこにこにこ。

「あのね、おれ、募金できないの。申し訳ないけど。できないの。なんにもできないって言ってるんだよっ」

小首を傾げ、八重歯を覗かせたまま、じいっと上眼遣《づか》いにケースケを見上げてくる。ふたり揃って。

カフカ的諦念を抱きながら、ケースケはポケットを探った。ふたりのにこにこにこが、さらに迫ってくる。

差し出された箱に、百円玉を入れた。

すると、そのとき初めて、彼女たちの笑顔が消えた。

「あのうそれはあちょっとやっぱりい」

「えっ？　なんだよ。ちゃんと協力しただろ」

「ですからあこれはひとくち千円也なんですよねやっぱりい」

ものも言わずにケースケはドアを閉めた。

すぐにもう一度、開ける。怒鳴りつけてやるのを忘れていた。

だが……

立ち去る足音もしなかったのに。薄暗い廊下は、しん、としている。

誰もいない。

共同のながしの、裸電球が揺れている。

ケースケの部屋は二階の端っこである。階段からいちばん遠い。加えて、古い造りの建物は踊り場が広く、階段を上り下りする音はかなり響くはずなのだが。

「……超能力者かよ、あいつら」苦々しげに呟き、炬燵へ戻った。「なにが募金だ。自分たちで飲んじまうんだろうが、どうせ」

くそ。おれのひゃくえん。猛烈に腹が立ってきた。ますます部屋のなかが寒くなってきたような気がする。

あの百円があったらなにができたかと、死んだ子の年齢を数えながら、原稿に戻った。

がじ。

がじがじ。

がじがじがじがじ。

ペンが入れられ、ヒロインらしき娘のイメージが徐々にはっきりしてくる。

別のコマには、もうひとりの女性キャラクターがポーズを決めている。ヒロインに比べると衣装がうすく、やたらに色っぽい。

どうやら悪役らしい。

「うーん。どっちかっていうと、おれ、リサちゃんよりも真智子《まちこ》のほうが好みなんだよな」ふとなにか聞こえたかのように、モゾウ紙に向かって語りかける。

「もちろんリサちゃんもいいよ、とっても。それに、そんなこと言ったらまた、熟女趣味だのMだのと漫研の連中に嘲笑されるし」

がじがじ。

がじがじがじがじ。

手を止め、灰皿を引き寄せる。

がさごそ。ざらざら。

シケモクを探しているらしいが、すべて根元まで喫《す》ってある。見事なくらいに。

「あーあ……禁煙するのが大変だ、なんて、どこの世界の話なんだか」

おれのひゃくえ～ん。胸のどこかでなにかが咆哮《ほうこう》していた。

よっこらせと立ち上がる。寒い。どてらを羽織った背中を丸め、廊下へ出た。

ながしの電球をつける。窓の外は暗くなり始めている。

ホットポットに水を入れ、カップを洗う。

がじがじやっているとお湯が沸いた。ところが、さてと見てみると、インスタントコーヒーの瓶はカラであった。

「まだたっぷり残ってたような気がするんだが……誰か忍び込んでないか、おい？」

白湯《さゆ》をふうふう、冷ましながら啜る。

ふうふう。ずずっ。

とん。

ふう。ずずずっ。

とんとんとん。

ずずっ。ずずずずずっ。

とんとんとん。

ず。

とんとんとん。

「どなた？　募金ならおことわりだよ」

「森澤《もりさわ》さん、お電話ですよ」

大家のお爺《じい》さんだ。

「あ。どーもすみません」

なるべく音をたてぬよう、広い踊り場の階段をそろそろ下りると、管理人室の小窓が開いている。黒いダイヤル式の電話の受話器を、ケースケはひょいと手に取った。

「もしもーし」

『ケースケか？』

「おう。なんだ？」

同じ漫研の広岡《ひろおか》だ。

『どうしてた』

「原稿」

『あんだ、おめ、今日はイヴだぞ』

「来年の夏コミのやつですがそれがなにか」

『他にすること、ないのか』

「ない」

『断言するところが救われんわな』

「おいとけ」

『それで？　ヒロインは可愛いんだろうな』

「可愛い、と思う」

『ほんとに美少女なんだろうね。おまえが描《か》くと、どうも老け顔になってしまっていかん』

「努力してます」

『どんなのよ、ストーリーは』

「ん。スペオペ」

『ハードか』

「おれにハードが描けるかよ」

『オスペと言ったじゃないか』

「つまらん洒落をとばすな。むなしい」

『ところで、飲み会のお誘いなんだが』

「忘年会か」

『いや、クリスマス』

「同じことじゃん」

『全然ちがう』

「どこが」

『忘年会という名称を温存しておけば、もう一回どんちゃん騒ぎができる』

「だからそれが同じことだっつーの。どうせ忘年会なんて、あちこちでやってる。うちの大学にも、四回も五回もやってるやつらが、ごろごろしとるわい」

『そういや、風俗研究会の連中が、忘年会の年間最多出席記録を争ってるらしい』

「なに考えてんだか」

『歴代の最高が二十三回なんだと』

「そういう話はやめようぜ。同じ人間の所業とは思えん」

『それでどうする、飲み会』

「やめとく、おれ。金もないし」

『会費は後払いでもいいよ』

「貸し借りは嫌いなんだよね、ぼく」

『そう？　宮地彩子《みやじさいこ》も来るんだけど』

がばっとケースケは受話器にかぶりつく。血相が変わっていた。

「ど、どうしてだ。どうしてそんな……」

『スペシャルゲストさ。見飽きた顔の野郎ばっかりじゃ、つまらんだろ？　彼女のほうも女の子の友だち、何人か連れてきてくれる約束になってる。どうだ？　どうだどうだ』

「……よく彼女、承知してくれたな」

『おれの人徳であーる』

「しかし待てよ。彼女たちの分は当然、おれたち持ち、と」

『あたりまえだろ。こっちから頼んでおいてワリカンなんて、そりゃあちと、あんまりとゆーもんだぜ』

「ま、仕方ないわな。しかしおまえ、会費は後払いでいいなんて言ってたが、当座の費用をどうやって工面する？」

『おれが立て替える』

「まさ。あ。こら、まさかおまえ、プールしてある年会費に手をつける気じゃ……」

『他にどうしようがある？』

「あほ。次の〈ミューテーション〉、出せなくなったら、どうする」

『そりゃあ、みんなが払い戻してくれなかったら、どうしようもない。けど、同人誌を出せないとなったら、みんな必死でバイトするだろうから、その点は安心していいんじゃないか』

「そう……かな」

迷うケースケだが、ふいに鮮明に浮かび上がってきた宮地彩子の美貌《びぼう》が、すべての不安を吹き飛ばした。

「よ、よし。行く。おれ、行く。絶対行く」

どたどたどた。

階段を駈《か》け上がる音に、小窓から大家がじろりと顔を覗かせたが、すでにケースケは自分の部屋へ戻っている。

うきうきと、いちばん汚れていない、こざっぱりした服に着替える。

「よしっ」

視界を薔薇色《ばらいろ》に染め、木造モルタルのアパートを飛び出した。久我山駅から井の頭線に乗って、渋谷へ。

待ち合わせ場所へ行くと、広岡をはじめ、漫研の男どもは既に全員集合していた。ケースケを含めて五人。

「ほんとに来るのかなあ」

「女の子の友だちって、何人くらい連れてきてくれるんだろうね？」

ケースケに限らず、みんな期待に頰を緩ませながらも、不安を拭《ぬぐ》いきれないらしい。

やがて宮地彩子は現れた。しかも同年輩の若い女性を七人も引き連れて。

いずれも彩子に勝るとも劣らぬ美人揃いで、男たちの意気込むまいことか。早速、決めてあった居酒屋へ向かおうとすると、彩子は、にこやか〜に、のたまった。

「あたしたち、お食事できるところに連れていっていただきたいわ」

男たちは顔を見合わせた。

広岡が代表し「あの、もちろんその店も食べるもの、たくさんあるけれど……？」と言ったが、美女軍団は動こうとしない。

「あたしたち、ちゃんとお食事できるところがいいわあ」

そうよねえと七人分の声が合唱。「お食事」という単語に微妙なニュアンスとアクセントを込め、みんなで頷き合う。

にこやか〜、の八重奏であった。

それじゃまあ、とファミリーレストランに入ろうとすると、またもや彩子嬢、にこやか〜、にこやか〜攻撃。

「あたしたち、ちゃんとしたお食事ができるところじゃないと、ちょっと」

延々そのくり返し。

じゃあどんなところがいいのと訊くと、男たちは洒落たイタリアン・レストランへ連れてゆかれた。

高価そうな店だったが、季節限定の格安パーティーコースがあるという。どうやら勝手に予約されていたようで、ケースケたちはさっさとテーブルに案内される。きっかり十三人分の席が用意されていた。

おまけに十三人分のコース料金に、ワイン代を加えると、なんと、広岡が持ち出してきた漫研の年会費の総額とぴったり同じ。たった一円の誤差もない。

ま、まさか……ね。

彼女たち、実は超能力者だったりして……妄想《もうそう》に陥りかけている自分に気づき、ケースケは苦笑した。なんちって、な。

まずは乾杯と、ソムリエがみんなのグラスにスパークリングワインを注ごうとした、その瞬間。

ケースケは思わず眼をこすった。

他の男たちも唖然《あぜん》として、テーブルの上を見つめている。そこには、なにもなかった。

いや、正確に言うと、カラの食器が大量に並んでいたのだ。突然現れたそれらは最初からカラだったわけではなく、どれも料理が盛られていたらしい。溶けたチーズやパセリのみじん切り、ソースなどがへばりついている。

テーブルの傍らのクーラーにはスパークリングワイン、赤、白、ロゼと四本のボトルがあったが、全部からっぽ。

戸惑いの顔を見合わせる男たちを尻目に、八人の美女軍団はいずれも、しなをつくってナプキンで口を拭っている。

ふとケースケと彩子嬢の眼が合った。

彼女の唇の端っこに、リゾットだろうか、米粒がくっついている。

ケースケの視線に気がついたのか、彩子嬢、眼は彼に据えたまま、長い舌でぺろりと米粒を舐《な》めとり、にぃっと妖艶《ようえん》に微笑《ほほえ》む。

ほほと笑って彩子嬢、立ち上がった。「ちょっとあたくし、ご不浄に」

彼女ひとりだけかと思ったら、八人全員が、にこやか〜に微笑んだままいっせいに立ち上がり、店の奥のトイレに消えた。

「いつ……」ようやく広岡が呟いた。「いつ、喰ったのかな、お嬢さん方は」

「さあ……喰ってない……のとちがう？」

「でも……ない、ぜ。なんにも」

「そう……だね」

「ないね」

「たしかに」

男たちはふと、お互いから眼を逸らし、それぞれの虚空を仰いだ。

「……いやに遅いな」

ケースケの位置からトイレの出入口がよく見えるが、彩子嬢たち、いっこうに出てくる気配がない。

「電話とトイレが長いのは女の通有性だ」

「こんなに喰ったんだ、みんな、大きいほうなんじゃねえの？」

「みんな……って」

男たちは、はっと顔を見合わせた。口に出さずとも、みんな同じことを考えているのがありあり見てとれる。

おいおい。ここのトイレって、八人がいっぺんに使えるほど大きいの？

トイレへ行ってみた。ドアが薄く開いたままになっていて、すぐに無人と知れる。

ドアを大きく開けてみた。コンクリート打ちっぱなしの、清潔な内装。男女兼用の個室で、大きな鏡の前に洗面台もあるが、とても八人がいっぺんに使えるような広さではない。

そして、窓もない。

ケースケたちは一様に、どんよりと死んだ魚の眼で支払いを済ませ、店を出た。

おりしも渋谷の喧騒《けんそう》のなかで、粉雪が舞い始めている。

「な……なんだったんだろうな、いまのは」

ぼそりと広岡が呟いた。ホワイトクリスマスに浮かれる群衆とは対照的に、眼《がん》窩《か》が落ち窪《くぼ》んでいる。けずりとったみたいに頬がこけ、白髪が増えていた。

自分も似たようなありさまなんだろうなと思うケースケの脳裡《のうり》に、ふと先刻の彩子嬢の、にこやか～な微笑が浮かんだ。米粒を舐めとる長い舌が、いつぞや外国映画で観た吸血鬼のイメージに重なる。

「あいつら……超能力者かな」

なにげなしにそう呟いた途端、いっせいに仲間たちの殺気だった視線に晒されたケースケはおののき、あとじさった。

が、すぐに全員、自分にはなんにも聞こえませんでした、とでも言いたげに眼を逸らし、それぞれの虚空を仰ぐ。

「どっか行くか、飲みなおしに」

「金、残ってんのかよ」

気まずい空白。

「次の〈ミューテーション〉、どうする」

みんな、聞こえないふりをしている。

もはや、そう訊いたのが誰なのかも、彼らには判らなくなっていた。その言葉を発した本人にさえも。

いつの間に散会になったのか、ケースケにはまったく記憶がない。

はっと我に返ると、寒々とした自分のアパートに、ひとりでいた。

「……はあ～」

しばらく座布団に、へたり込む。

と、いきなり立ち上がるや、なにか悟りをひらきでもしたみたいに、もったいぶった口調でこう叫んだ。

「この世は悪意の塊《かたま》りだっ」

舞台俳優よろしく両手を掲げ、身体を半回転させる。

「い、生きることは絶望することだっ」

ふと首を傾げた。

「まてよ。これってヴィンジの盗作か」

ぶつぶつ呟きながら、狭い室内をうろうろ、うろうろ歩き回る。

「生まれてすみません。太宰治か。人生ごめんなさい。半村さん。ちょっとまて。なんでおれがあやまらにゃならんのか」

びしっと虚空に指をつきつけ、わなわなと全身を震わせる。

「復讐《ふくしゅう》するは我にあり。よろしいですね、佐木さん。本気だよ。明菜。って。古いなしかし。わしゃ幾つだ。ほんとうのことを言おうか。風間杜夫だ。いやまて。大江健三郎だっけ」

腕組みしてずいぶん長いこと、真剣に考え込んでいた自分に気づき、はっとなる。

「わあああっ」

頭をかかえ、うずくまる。

かと思うや、また立ち上がった。

「酒だ。酒」

がらくたの山を掻き分けるが、空き瓶がざらざら出てくるばかり。

「くそー。酒はどこじゃあ」

がざごぞ。がざ。がざがざがざがざ。

「ちきしょー。全部飲んじまったんかよう」

がざごぞやっていた手を止め、がっくり、うなだれた。

「……買ってくるしかないのか。くそう。この寒空の下をよう」

たははと虚《うつ》ろに笑う。敢《あ》えて金のことは口にせぬ己れのしらじらしさが、どんより室内に立ち籠《こ》める。

「えーと……」

財布のなかを見てみた。千円札が一枚。五百円玉が一枚。あと小銭を掻き集めると、かろうじて三千円に手が届く状態だ。

ウイスキイを一本買おう。ケースケはそう決めた。安いわりに好みに合った銘柄は、近所の店には置いていない。たしか吉祥寺の駅ビルのなかの酒店にあるはずだ。ついでに井の頭公園の近くの某有名店の焼鳥を何本かテイクアウトすれば、それらしい酒盛りになる。よし。

アパートを出たケースケは駅へ向かわず、吉祥寺まで歩くことにした。先刻、渋谷から帰ってきたとき、運賃のプリペイドカードが切れ、現金で精算するはめになった。今夜のところは更新する余裕はないし、一円でも十円でも多く飲み代に回したい。

雪が激しくなってきていたが、三駅分歩いて吉祥寺に到着する頃には、ケースケはすっかり汗ばんでいた。

バスターミナルを横切り、駅ビルへ入ろうとした。そのとき。

ケースケは足を止めた。駅ビルの出入口の前で、十歳くらいだろうか、みつあみの女の子がしょんぼり、立っている。きょろきょろと助けを求めるみたいに、しきりに通行人を見ているが、立ち止まってやろうとする者はいない。みんな無視して足早に去ってゆく。

女の子は涙ぐんでいるようだ。迷子かと思ったが、声をかけることは躊躇《ためら》われる。変質者や誘拐犯と誤解されるのがオチだ。かかわり合わんに限る。

ちくちくちく。罪悪感に胸を刺されながらもケースケは、その女の子を大きく迂回《うかい》し、さっさと駅ビルのなかへ入っていった。

一路、酒店をめざす。

「……ん？」

ケースケは眼をしばたたいた。

ベーカリーやお惣菜《そうざい》の店が並び、買物客で混雑している。そのなかで十歳くらいの女の子が途方に暮れたかのように佇《たたず》んでいるのだ。

な、なんだか、さっきの女の子に似てないか？　髪形や服装も同じだし……

ぷるぷるぷるっ。

頭を振り、不吉な考えを打ち消す。

「さー酒だ酒だ」

女の子を迂回し、進む。ウイスキイがおれを待っている。

のっしのっし、歩いていたケースケの足が三たび、ぴたりと止まった。

彼が向かう先に、またもや女の子が佇んでいるではないか。眼尻を手の甲で拭い、助けを求めるかのように左右を見回しながら。

ぽかんと開けていた口を閉じるや、ケースケは、だっと駈け出した。女の子が立っているのとは別の通路を、買物客たちを掻き分け、掻き分け、ひたすら走り抜ける。

肝心の酒店の前を通り過ぎ、生鮮食品コーナーも駈け抜けるや、ケースケは、入ってきたのとは反対側の出入口から、駅ビルを飛び出してしまっていた。

はあっ。はあっ。はあっ。

ぜえっ。ぜえっ。ぜえっ。

息を切らして膝《ひざ》を屈《かが》める。こ、ここまで来りゃ、もう……

地面に鼻面がつきそうになり、ゆっくり顔を上げようとしたそのとき。タイツを穿いた、幼くも細い二本の脚が見えた。

ケースケはのろのろ、身体を起こした。

女の子は、手を伸ばせば届く距離に、立っていた。しょんぼりしたまま。

「ええい、くそっ。超人類め」

低くひとこえ、意味不明の呪詛《じゅそ》を放っておいてから、ケースケは女の子に笑いかけた。

「おやおや、お嬢ちゃん、どうしたのっ？」

変に気を遣いすぎたせいか、我ながら変質者のような声になる。

女の子はケースケを見上げた。

「あ、あのね、あのね」眼尻を拭いつつ、もどかしげに訴えてくる。「おうちに、帰れなくなっちゃったの」

「それは大変だ。パパとママは？」

「おうちにいる」

「おうちはどこ？」

うまく説明できないのか、女の子はもどかしげに地団駄を踏む。

「じゃあね、お兄ちゃんが交番へ連れていってあげよう」

「いやだ」

「え?」

「こうばん、いや」

「どうしてさ。すぐ近くだよ。ほら。お兄ちゃんといっしょに、行こ」

「いや」

「困ったなあ。どうしてなの?」

「おまわりさん、こわい」

「ばかだなあ。怖くなんかないさ」

「おうちへ帰る」

「だから、おうちに連絡してもらうんだよ。おまわりさんに頼んで。パパとママに迎えにきてもらえば」

「おうちへ帰る」

「だから交番へ」

「いやっ」

「あのね、いったいどうしたら」

「お兄ちゃん、連れていって」

「え?」

「おうちへ連れていって」

「いまお兄ちゃん、ちょっと忙しいんだけどなあ。心配しなくても、おまわりさんが」

「おうちへ帰る」

「ね。ね。いい子だからさ、言うこと聞いてくれよ。交番へ行こうよ。ね。ね」

「かえるううっ」

あーんあーん。女の子は本格的に泣き出してしまった。

道往くひとたちが、いったい何事かと、じろじろ、じろじろ、ケースケを責めるみたいに睨んでゆく。

「かえろうよう、おにいちゃああん、ねえ、かえろう、いっしょにかえろうようううっ」

「帰ろう、たって……あ、あのね」

あーん。あーん。

あーんあーんあーんあーん。

「ちょ、ちょっと、やめてくれよ。困るよ。ねえってば、きみ、ねえ」

びえええええん。ふえええええん。

あああああん。あああああん。

「ちょっとあんたっ」

いきなり、どーんと脇腹を小突かれ、ケースケはひっくり返りそうになった。いかにも主婦然としたおばさん三人組が、鬼瓦《おにがわら》のような形相で彼を取り囲む。

「だめじゃないのっ。こんな小さい子を夜、こんなところでうろうろさせちゃっ」

「そうよそうよ。ほらほら。よしよし。かわいそうに」

「あ、あのですね、ぼくは、そ、その……」

「かえろうよう、おにいちゃん、いっしょにおうちへかえろうよう、かえってくれなきゃやだやだ、やだあああああっ」

「ほーら。お兄ちゃんがしっかりしなきゃ、ダメじゃないのっ」

「そうよそうよ。さっさと妹さんを連れて、帰ってあげなさい。かわいそうに。寒くて震えてるじゃないの」

「ほんっとに。夜遊びもたいがいにしなさい。いい若い者がっ」

なんでおれが……半泣きになりながらケースケは、気がつくと、雪が降りしきるなか、女の子の手を引っ張っているのであった。

「ねえ、おうちはどこなの？」

女の子が指さすまま、ケースケはパルコの前を通り過ぎる。と、ある場所で女の子が動かなくなった。

むしろ値段で、ケースケは失神しそうになった。恨めしげにレシートを睨む。

とけっこうな値段で、ケースケは失神しそうになった。恨めしげにレシートを睨む。


「どうしたの？」

「おなか、すいた」

「へ？」

よく見ると、そこはハンバーガーショップの前だった。

「もう歩けない。おなかすいた。喉渇《のどかわ》いた」

腹が減ってるのはおれも同じだと思ったものの、なにかを食べさせないと女の子は梃子《てこ》でも動きそうにない。仕方なくハンバーガーショップのなかへ入った。

まあたかがファーストフードと高を括《くく》っていたら、ポテトやドリンクも付けるとけっこうな値段で、ケースケは失神しそうになった。恨めしげにレシートを睨む。

女の子を自宅に送り届けたら、この代金、保護者に請求してやろうかと思う。もちろん思うだけ。小心者の自分にそんな真似ができないのは判りきっている。

「ねえねえ、お兄ちゃんは」と可愛い顔に似合わず豪快に、女の子は特大ハンバーガーにかぶりつく。「なんにも食べないの？」

「お兄ちゃんはね、いま、おなかがいっぱいなの」

と虚勢を張ったそばから、ぐう。ぐう。ケースケの腹は盛大に鳴った。

ぐう。ぐうぐうぐう。ぐう。

やかましいくらいだが、ここはどんなに辛くとも、こらえなければ。想定外の出費をしてしまった以上、焼鳥のテイクアウトは諦《あきら》めなければなるまい。残る所持金でウイスキイを一本買うのが精一杯なのだから。

つまみはどうしよう。アパートの冷蔵庫に、なにか残ってたかな？　女の子の食べっぷりを眺めながら、ケースケはあれこれ模索する。たしかキャベツが少しあったような。小麦粉を溶いてそれを放り込み、ウスターソースをぶっかけたら、お好み焼きもどきになるかも。

「さて。おなかいっぱいになったかな？　よーし。じゃあおうちへ帰ろう」

雪が降るなか、女の子の指示通り歩いてゆくと、再び吉祥寺駅へ舞い戻ってきた。反対側の住宅地かなと思っているると、切符売場へやってきたものだから、ケースケは狼狽《ろうばい》。

「えと、ちょ、ちょっときみ、きみは」

「あたし？　あのね、サヨっていうの」

「サヨちゃんか。きみのおうちって、いったいどこなの？」

「品川」

「し」

ケースケの膝が崩れ落ちそうになった。

品川？　品川まで電車に乗って、この娘、送っていかなきゃなんないの？

「あ、あの、サヨちゃん。さっき訊くのを忘れてたけど、きみ、お金は……」

「持ってない」

けろっと答える。

「電車のカードとかも……」

「うん。持ってないよ」

ケースケは品川までの、ふたり分の、そして帰りの自分の分の、電車賃を合計してみた。だめだ……もうだめだ。

お目当てのウイスキイは買えない。それどころか、もうなんにも買えない。

暗澹《あんたん》と改札を通ったケースケは、ぼんやりしたまま中央線に乗り込み、しばらくしてから、はたと我に返った。ま、まて。

なにをやってるんだおれは。このまま新宿で乗り換えて品川へ行くより、井の頭線で渋谷へ出て、そこからＪＲに乗り換えたほうが、もっと早く着くし、ひょっとして、もっと安上がりだったのでは？　お目当てのウイスキイはどのみち無理だとしても、せめて缶酎ハイくらい買える小銭が残っていたのでは……？

焦って計算してみようとしたが、頭が混乱していて、うまくいかない。ああもう。

はは……

あははは……あははは。

がたごと。

そのうち、もうなにもかも、どうでもよくなってしまった。

は、はは、ははは。

がたごと。がたごと。

なは。なは。なははは。

がたごと。

ときに電車の振動に合わせ、ときに微妙にずれつつ、虚ろに笑うケースケであった。

品川駅の構内は、それ自体がひとつの都市みたいに賑やかだった。そうだよなあ、いまや羽田空港にもアクセスするし、新幹線だって停まるんだもんなあと投げ遣《や》りに考えつつ、ケースケは女の子に手を引っ張られるがまま。

駅前に林立する豪華なシティホテルを通過して歩くこと数分。ひとめで、いわゆる億ションと知れる高層ビルに辿《たど》り着いた。

まさかここじゃあるまいなと思っていると、サヨちゃん、インタホンを押した。

『はい?』という女性の声に、「ママあ。あたし」と元気に答える。

『どうしてたの、サヨちゃん。みんな、心配してたのよ』

オートロックが解錠され、ケースケはほっとした。やれやれ。ようやくお役御免だ。

「じゃあね、ばいばい」

と立ち去ろうとしたら、サヨちゃんに、ぐいっと手を引っ張られた。ああもすうもない。

エレベーターに乗せられ、部屋へ連れてゆかれるケースケは不安いっぱい。おれ、どうなっちまうんだろう? 不運なイヴの締め括りは、誘拐犯と誤解されて通報されるというオチだったりして……うわっ。シャレにならん。

「ただいまあっ」

「どういうことなの、サヨちゃん」

出迎えた若奥さまふうの女性は、きっと娘を睨みつける。

「だってえ」サヨちゃん、ふくれっ面。「つまんなかったんだもん」

ふたりのやりとりから察するに、どうやらサヨちゃん、今夜は親戚《しんせき》の家にお泊まりで遊びにいっていたようだ。それが些細なことで先方と諍《いさか》いになり、不貞腐れたサヨちゃん、ぷいっと飛び出してきたはいいが、そのまま迷子になってしまった、ということらしい。

「どうもわざわざ」事情を知った若奥さま、ケースケに深々と頭を下げた。「すみませんでした、ほんとうに」

「いえいえ。どうせ暇でしたから。わはは」

「あの。電車賃を」

「いやいやいやいや。とんでもない。これしきのこと。どうかご心配なく」

わっはっはっはっは。自棄糞《やけくそ》で豪快に笑い飛ばしてみせる。もちろん心のなかでは涙がちょちょぎれているのである。

しかしこれは人間として最後の砦《とりで》であり、尊厳かもしれん。自棄糞ついでに、そう己れに言い聞かせるケースケなのであった。なにが砦でなにが尊厳なのか、よく判らなかったが。

「でも、それじゃあんまり……」

「いや、いいんですいいんですほんとに。今日はもう帰って寝るだけですし」

「あら。こんな時間に？　せっかくのイヴなのに」

若奥さま、少し艶っぽい口ぶりになった。ケースケは改めて彼女を見る。きりっと凛々《りり》しい大きな瞳は男勝りな性格を窺《うかが》わせるが、微笑むと大人の色香が強烈に匂いたつ。

色っぽい奥さんだなあ……ケースケはぼんやり考える。おれ、こういうタイプに弱いんだよなあ。浮気してくれんかなー。って。おい。おいおい。なに考えてんの。

「いやなんていうか、個人的にはもう怒濤《どとう》の一日だったので。わはは。一杯ひっかけて、あったかくして眠ります。おとなしく。はい」

「あ。ちょっとおまちになってくださいね。ほら、サヨちゃん」とケースケに微笑んでおいてから、娘を急《せ》かす。「お祖母ちゃんところに電話して。ちゃんとあやまっておきなさい」

「はあい」

若奥さまの後ろ姿にケースケがぼうっと見惚《みと》れる間もなく、彼女は戻ってきた。

「これ」と銀色の箱を差し出してくる。「もらいもので申し訳ないんですけれど」

最高級のスコッチ……と悟った瞬間、ケースケの頭のなかで稲光と雷鳴が走った。

「いや。あ。いやいやいや。こんなことをしていただくわけには。その。わたしはですね、そんな大それたことを。あの」

言葉が空回りする。若奥さまのとろけるような微笑み。もうすべてどうでもよくなる。

「そ、それでは頂戴しますっ」

銀色の箱を紙袋に詰めてもらい、ケースケは品川の雑踏へ舞い戻る。足元がふわふわしているうちに自分のアパートへ帰り着いていた。途中の記憶が完全に欠落している。

しばらくぼんやりしていたケースケは、ふと香ばしい匂いがすることに気がついた。

紙袋を開けてみると、スコッチの箱といっしょに折詰が入っている。開けてみると、スライスしたローストチキンだ。ハーブの香りが効いていて、とても出来合いのものとは思えない。あの奥さんの手づくりかしら？

にやけかけていたケースケは、はたと顔をひきしめた。

「おかしい……」ようやく炬燵に入った。「おかしい。おかしいぞ。こんないいことがおれの身に起こるなんて、あり得るのか。なにかの罠《わな》じゃないのか」

スコッチを取り出し、封を切ってみた。

「まさか、お茶じゃないだろうな」

くんくん。

くんくん。疑わしげに何度も嗅《か》ぐ。

「どうやら本物のようだが……」

ローストチキンも嗅いでみる。

「まさか、蠟細工《ろうざいく》の見本とか……」

ひとくち食べてみる。

えもいわれぬ美味に喜色満面になりかけたケースケ、またもや仏頂面に戻った。

「やっぱりおかしいっ」

しゅたたたたっ。

押入れへ駈け寄り、泥棒や宇宙人がそこに隠れていないことを確認。「よしっ」

窓の錠もたしかめた。ドアの掛け金もちゃんと下りている。

「たとえノックがあろうと、絶対に開けてはいけないっ」

うんうん。自分で自分の宣言に頷く。

「これはぜーったい、なにかの罠である。そうに決まっている。油断したら命とりである。そうなのである」

ぶつぶつ呟きながら炬燵に入った。

スコッチをストレートでひとくち。

「う……うまい」

じいいいいん……感動が込み上げてくる。

涙ぐみながらローストチキンを口に放り込んだ。

「ううう、うまいっ」

洟《はな》をじゅるじゅる啜り上げた。

それからしばらく黙って、ただひたすら飲んで喰って、感動するケースケであった。

チキンをむしゃむしゃ。

ストレートをがびがび。

むしゃむしゃ。がびがび。

じいいいん……

むしゃむしゃ。がびがび。

じいいいん……

むしゃ。

ふと手を止め、傍らの原稿を見た。

「バイト、しなくっちゃな」くいっとスコッチを呷《あお》って溜息《ためいき》。「ほんとに出るのかよ、次」

スケッチブックを取り出すと、なんとはなしに落書きを始める。

さらさら。さらさら。

さらさら。さら。
くいっ。だぼだぼ。
さら。さらさら。さら。
くいっ。だぼだぼ。
エンピツと画用紙がこすれ合う。ときおりスコッチを注いだグラスを傾ける。
意識しないうちに、サヨちゃんのママに似た女性を描いていた。
あの奥さん、色っぽかったなあ……
「金がなきゃ、トーンも買えんしなあ」
ぐらぐら。ぐら。
酔いが回ってきて、ケースケの身体が前後に揺れる。
窓を見ると、外で雪が舞っている。
心なしか強くなった風の音を聴きながら、ケースケは飲み続ける。
ひゅううううう
ひゅうううう

〈了〉

＊

「えと」ぺらぺら原稿を捲りながら、加地は首を傾げた。「ここに出てくるヴィンジって、SF作家のジョーン・D・ヴィンジのことですか。『琥珀《こはく》のひとみ』や『レイホーク』の？」

「そうですはい」

前回と同じカフェ内。

だんだんずうずうしくなってきたシロクマは、生ビールを飲みながら加地の話を聞いている。

「生きることは絶望すること。かーっ。あれはまさに、唸《うな》るような名科白であるッブ」

「それって出典はたしか『サイオン』ですね。いま絶版じゃないかな。それに半村良さんのエッセイのタイトルも出てくるけど。古いなしかし。その点、ご自分でもツッコミを入れられてるけど。その半村さんも、もうお亡くなりになっているわけで。隔世の感というか。中森明菜や風間杜夫のエッセイだって、刊行されたの、たしか八〇年代後半くらいじゃなかったかな」

「古い古いと言いながら、よくご存じで」

「リアルタイムでよく知ってるから、古いと判るんじゃないですか。それより、シロクマさんがこういうのを知ってるほうが、謎」

「いや実は。正直に言いますと、ここに並べた著作をわたし、ほとんど読んでいないのであるッブ。虚ろな科白《せりふ》がわりに言葉遊びできそうなタイトルをあれこれ検索しては、引っ張ってきて、くっつけ合わせただけでして」

「ああそうなんだ。でもね、そのせいもあるかもしれないけど、具体的なタイトル云々以前に、なんだか作品の全体的雰囲気そのものが、古い」

「え。そ、そうですか？」

「まずこの主人公だけど。オタクにしては」

「いやいや。オタクだとは、その、ひとことも書いてませんのですが」

「夏コミってあるけど。ちがうんですか？」

「広い意味でなら、まあそうかなあ、とも」

「漫研の学生だし、この際、多少ゆるめながらも一応オタクという括りで評しますけど。その描き方がね、あまり現代のオタクって感じがしない」

「といいますと、どんなふうに」

「具体的にどこがどういう指摘はむずかしいんだけど。なんていうのかなあ。お互いの会話ひとつとっても趣味人としての感性が先鋭化されていない、とでもいうか」

「でも、例えば具体的になにかのマンガ作品に関して議論を交わしたりするシーンはないわけだから、そういう印象はむしろ当然なのでは？」

「だから、そういうシーンが欠落していることこそが、逆に不自然なわけですよ」

「うーん」

「好意的に解釈すれば、それがいわゆる、ゆるめなサークルってことなんでしょう。それはいいとしても、いまどきの大学生にしては携帯電話もパソコンも持っていない。持っているかもしれないけど、使おうとする気配がない。いまどきアパートの自室に電話も引いていない、なんて。まあそれは個人の経済的問題だとエクスキューズしようと思えばできるけど、飲み会のことなんかは、ねえ」

「あれれ。飲み会の描写はないはずだップ。だって料理も飲み物も一瞬で消えちゃうし」

「大学の風俗研究会が忘年会の年間最多出席記録を競う、というくだりが出てくる。多分フィクションだと思うけど、こういう発想って、妙に八〇年代のバブルの香りがするんですよ。はっきり言って、こうしたディテールによって醸し出される雰囲気が、全体的に古臭い」

「古臭い、かなあ。そうかなあ」

「女子大生が、これも古い言葉だけど、いわゆるメッシーくんとしてもてない男子学生を搾取《さくしゅ》をするのも、普遍的な現象ではあるんだろうけれど、ここに描かれているものに限って言えば、妙にバブリーなムードが漂い、なんとなく八〇年代テイスト。よく言えば、ノスタルジックですが」

「ノスタルジック。うん。それそれ、それですよ。それ、いただきップ」

「かといって、では舞台は八〇年代かというと、ちがう。品川駅に新幹線が停まるというくだりからして、どう考えても二十一世紀だし」

「ちぐはぐ、ですか」

「ぼくらなんかからするとね。ただ逆に、現代の若者はあまり違和感を覚えないかもしれない。むしろ新鮮に映ったりして」

「それそれ。ポジティヴシンキングでいくップ」

「キャラクター設定にしても、あるいはこの程度のゆるさが一般向けには、とっつきやすいかもしれないし。それはともかく。ラストはやっぱり、投げ出しちゃうわけですか」

「え。投げ出してませんよ。ほら。ほらほら。ちゃんと主人公がいい思いをして終わるップ」

「たしかに、ちょっぴり報われたかもしれないけれど、すっきりといい感じじゃあ、ないなあ。それまでの流れを逆転するカタルシスがあまりない。むしろ悲哀を引きずってたりして」

「そうかなあ」

「この女子大生たちが超能力者かどうか、詳しい説明は結局ないわけでしょ。仮に普通の人間だとしたら、どうやって集団で密室状況から脱出したのか、説明が欲しいところだけど」

「そんな説明は野暮なのでは」

「もちろんそれはそれでいいんです。ギャグとしてね。わけのわからぬ不条理をぽんぽん畳みかけてゆくのもいい。だったら最後はもっとスカッと、起死回生のどんでん返しを気持ちよく決めたほうがいいんじゃないかなあ。さえない男の子が普遍的にかかえるもの哀しさを最後に入れちゃうと、どうも狙いというか、落としどころを外しているんじゃないかと思ってしまう」

「なるほど。そう言われてみると。うーむ」

「まあこれはこれで、いいでしょう」

「え。ほんとに？」

「ただし、これ単発だと、この前の短編にも同じことが言えるんですが、弱い」

「弱い、ですか」

「商業誌デビュー作としては牽引力《けんいんりょく》に欠ける。はっきり言って目立てません。そこでですね。考えたんだけど、いっそこういう、いまいちパンチ力は足りないけどまあまあ及第点の短編をいくつか集めて、まとめて発表しちゃえば、そこそこいけるんではないか、と」

「まとめて？　同じ号に、ですか。雑誌にそんなスペースの余裕、あるのかなップ」

「いいえ。書き下ろし短編集にしちゃいましょう」

「へ」

「単行本でデビューってわけです。そうだなあ、できれば五、六篇は欲しいけど。どうですか。年内に揃えられますか？」

「そりゃあ本を出してもらえるというのなら、がんばりますとも。ええもう」

「じゃあ残りのやつは年明けに、ください。とりあえず来年三月の刊行を目指しましょう」

「うほほほい。はい。はいはいはいはい。判りましたップ。ばんざい。ばんざーい」

「あ。そうそう。これまで見せてもらった短編、どれもSFチックとはいえ、日常的な舞台設定ばかりですよね。せっかくオリジナル短編集を組むんだから、もっと非日常的なものも入れて、ヴァラエティ豊かにしてください」

「非日常的、というと」

「例えば宇宙を舞台にするとか。せっかく宇宙人なんですから。ね」

「それはあんまり関係ないと思うけど。はい。やってみますップ。竜とか、出していい?」

「ファンタジーですか。もちろん。いろいろやってみてください。それから、ペンネーム、考えておくように」

「えと。シロクマ宇宙人じゃ、まずいですか」

「ちょっと、ねえ。本物の宇宙人なんだってこと、読者が納得してくれたらセールスポイントにもなるんだろうけど。現実問題として無理でしょ。納得してもらいようがない」

「著者近影を入れてみるとか」

「ふざけて、ぬいぐるみの写真を使ったんだ、としか思ってもらえませんよ」

「判りましたップ。じゃあそれらしいの、なにか考えておきます」

ふたりは連れ立って、駅へ向かった。

「加地さん、これからなにかご予定は?」

「一旦、社に戻らないといけないんですが。なにか?」

「森さんと、それから岡田さんというひとと、飲むことになっているのであるップ。軍鶏《しゃも》肉料理のおいしい居酒屋で」

「ほう。いいですねそれは。でも」

「朝までやってるお店だから、少しくらい遅くなっても大丈夫ですよ」

「そうですか。判りました。じゃあ野暮用をかたづけた後で、合流しますよ。ひょっとしたら午前零時近くになるかもしれませんが」

「全然。ＯＫなのであるップ。ではでは、後ほど」

＊

彼は改札を抜ける。

駅を出ると、暗く、ひとけのない商店街。

しばらく歩く。自動販売機がある。彼は小銭を入れ、カップ酒を買った。

見上げると、星空。

透明の女たちが無数に浮遊し、どこからともなく軽快なダンス・ミュージックが流れてくる。

降り注ぐ星屑《ほしくず》のように、女たちは踊り始める。全身スーツのようなそのフォルム。

彼女たちは空を埋め尽くし、乱舞する。

彼はカップ酒を飲みながら、歩いた。星が透けて見える女たちのダンスを眺めながら。

商店街だったところは、いつの間にか荒野になっている。遥《はる》か彼方《かなた》の地平まで、四角い箱がずらりと並んでいる。柩《ひつぎ》のようなその箱のなかに。箱のなかに、老人たちが眠っている。

夢を見ている。いつまでもいつまでも。華麗に踊り続ける女たちの夢。彼女たちと手をとりあう自分たちの夢。いつまでもいつまでも、醒めることのない夢。

いつの間にか星が消えた虚空で、女たちは暗黒を背景に、舞い続けている。眼下の柩の群れには眼もくれず、ただお互いに手をとりあい。

踊り続ける。眼を閉じ、夢を見ている老人たちには眼もくれず。

女たちのダンスを頭上に仰ぎながら、彼は荒野を歩き続けた。

彼の両側には柩の行列。どこまでもどこまでも。遥か彼方の地平線まで続く柩、また柩。

女たちは舞う。微笑みながら、互いに手をとりあい、夢を奏でる。

いつまでもいつまでも。

互いに微笑み合っているようでいて、決して互いに交錯することのない夢。夢。夢。

きらびやかに。

どこまでもきらびやかに、奏で続ける。

＊

スノウ・ドラゴン

松島里佐

淡い陽光の下で雪の絨緞《じゅうたん》が、うすくきらめいている。一面の銀世界。見渡す限り、巨大な白いカーペットが視界を覆い尽くし、遥か彼方の地平線が白藍《はくらん》色の空とまじわっている。

動くものは、なにもない。生命律動が途絶えてしまった、大地の屍《しかばね》。

それでいてそこは虚無のみが支配する世界ではなかった。払暁《ふつぎょう》を迎えたばかりの平原がたたえる静謐《せいひつ》さは、巨大生物の穏やかなまどろみのようだ。

ひそやかな銀世界の調和を乱している箇所がひとつだけ、あった。いや、景観の中心点となって秩序を構成している、と言うべきか。

雪をかぶった宇宙船。

中型の星間連絡艇で、前方のランディング・ジャッキが破損している。どうやら事故かなにかで不時着したようだ。

と――ハッチが開いた。その部分だけ雪が、音を立てて落下する。

眩《まぶ》しそうな表情の女が、ひょっこり顔を覗かせた。三十代半ばくらいだろうか。起床したばかりらしく、栗色のショートカットが寝癖で乱れている。就寝用寛衣《かんい》の裾《すそ》から小麦色の細い脚が伸びている。

寒そうに、ぶるっと身を竦《すく》めると、彼女は一旦ハッチの奥へ引っ込んだ。

しばらくして再度顔を出す。栗色の髪はきれいに梳《と》かされ、プロテクトスーツに着替えていた。

「なんだか……もったいないみたい」

低いしゃがれ声で女は独りごちた。

無限に拡がる雪景色を一瞥《いちべつ》しておいてから、バッグを地面に落とす。

外宙空港のようにドッキングするべき乗降用通路がないため、ハッチの縁にぶら下がり、跳び下りる。ブーツの下で雪が舞った。

大きめのバッグを肩に掛けると、彼女は歩き始めた。

点々とブーツの跡が白いカーペットに縫い付けられてゆく。

女の後方で星間連絡艇が掌《てのひら》ほどのサイズになる頃、前方に小山が出現する。いや、山と呼ぶには少しばかり唐突なかたちで、まるで平原にぽとりと落とされた炭団《たどん》のようだ。

雪に包まれているその盛り上がりを認め、女の唇がほころんだ。歩調が心なしか、速くなったようだ。

近くへ寄ってみると、その球状のものの巨大さがよく判る。全長六十メートルはあるだろうか。高さは女の身長の五倍ほど。

女は微笑み、バッグを地に下ろした。

ヘッドセットを取り出し、かぶる。口許《くちもと》のマイクに話しかけた。

「おはよう、肥満竜さん」

ヘッドセットの拡声器から、ウォン、オン、オン、と銅鑼《どら》を叩いた後の残響のような音が出た。

小山がぴくりと震える。

剝がれた雪が舞い躍った。隆起の一部が横に割れ、ウォン、オン、オン、と先刻と同種の音が吐き出される。

（おはよう、リサ）

ヘッドセットの連想言語翻訳機から、無機質な合成音声の答えが返ってきた。

さらに小山が揺れた。完全に雪化粧が剝離《はくり》した部分から、苔色《こけいろ》の表皮が現れる。

丸い大きな眼がまばたきして、目蓋《まぶた》の雪を払い落とす。リサを見た。どこか茫《ぼう》洋《よう》とした、ユーモラスな風貌。生物学者が発見したら、球竜とでも名づけるかもしれない。

「昨夜の吹雪《ふぶき》はすごかったわね。可哀相に。ひと晩じゅう、凍えてたの？」

（カワイソウ？　とはよく判らないが、もう冬だし、雪が降るのはあたりまえだよ）

「だって、寒いでしょ？」

折り畳み式の簡易イスに座り、リサは用意してきた朝食をひろげた。

（もちろん寒い。少なくとも暑くはない）

「寒いのにどうして、いつもここでじっと、うずくまってるの？　山かどこかの洞穴でも探して、避難すればいいのに」

（ヤマ……ホラアナ……なんだねそれは）

「やっぱりないのかな、この星には」

かりかりに焼いた人工ベーコンをかじりながら、リサは周囲を見回した。

「あたしだけ失礼するわ。といってもあなたはどうせ、食事なんかしないんだっけ」

眼前の竜は「可哀相」や「山」「洞穴」などの単語と同様、「食事」という概念を理解しない。詳しいことは判らないが、どうやら栄養摂取や排泄とは無縁らしい。

それでいったいどうやって生きていけるのかといつぞや訊いたら、太陽の光と雨で、と竜が答えたことがある。額面通り解釈するなら、光合成の一種なのだろうか。いずれにせよ解明不可能だ。物質代謝構造が地球生物とは根本的にちがうのだろう。

不思議といえば不思議だった。これほど物理環境的に地球型の星なのに。もちろんリサは専門家でもなければ、本格的に調査をしたわけでもない。呼吸に支障がないからといって即、自然体系的に大きな相違はないなんて結論が出せる道理もなかろう。

「さて。それで」食後のコーヒーを啜りながらリサは脚を組んだ。「肥満竜さんの本日のご予定は？　また一日じゅう、ここでじーっとしているだけなのかしら」

（ヨテイ……）

「今日なにをするつもりか、ってこと」

（妙なことを訊くね。きみにわたしの姿は見えていないのかな？）

「もちろん見えてるわよ。その大きくて、まあるい、印象的なお顔が」

(ではわたしのヨテイとやらは、訊かずとも了解できると思うのだが)

「なんだかよく判らないけど、要するにあなたは今日もひがな一日、ここでのんべんだらりと惰眠をむさぼるってわけね」

(ダミン？　ああ。いや。わたしは眠るわけではない。睡眠をとるのは夜間だけだ。その点はきみも同じなようだね)

「眠るわけではないって言ったって、ただ寝そべってるだけなら、同じことじゃない」

(いいや、全然ちがうとも)

どこがちがうのよ、という反論をリサはしなかった。このやりとりもこれでいったい何度目だろう。どうやら「行為」という概念についてお互いに決定的なずれがあるのは、たしかなようだが。

他の話題はともかく、この件に関して竜との議論が成立しないことは、なぜかリサを苛立たせた。彼女自身にもその理由は判然としないのだが。

見解の一致を見る必要はない。だが、最初から議論そのものが成立しないようでは、自分は永遠にこの竜と共存できない――そんな強迫観念があるからではないか、と。そんなふうに考えることもある。

「ま、どうでもいいか。ともかく今日も、ここから動かないつもりなのね。ただの一歩も」

（ウゴク……）

「移動すること。ほら。今朝あたしがこうして歩いて、あなたに会いにきたみたいに」

（考えたこともない）

「まさかあなた、歩けないとか？」

（イドウすること、かね。可能か否か、わたしには判らない。試してみたこともない）

「なぜ試そうともしないのよ？」

（なぜ試さなければならない？）

「なぜって……じゃあその脚はなによ？　その脚はなんのためについているの？」

（もちろんわたしの体重を支えるためだ）

「もう。判らないひとね。いえ、竜ね。じっとしているだけなら脚なんか要らないじゃない。胴だけの姿で生まれてきそうなものじゃない。でもこうしてちゃんと脚がついてる。それって歩くためのものでしょ？　移動するためのものでしょ？」

（判らない）

ウォン、と竜は溜息をついたようだ。

（どうして脚がついていることと、イドウとやらが結びつくのか。わたしには脈絡がなにもないように聞こえるのだが）

リサも溜息をついた。

＊

メインコンピュータにエンジントラブルを告げられたとき、リサはさして自分が不運だとは思わなかった。たまたま不時着したこの星が地球型の環境だったことが幸運だとは思わなかったのと同様に。

生きて故郷に帰るつもりはない。だから遭難信号も出さなかった。

人類未踏の地にこの骨を埋めるのも悪くない――そんな気持ちで。

当然、この星の知的生命体と接触するなどという期待は抱いていなかったし、積極的に探そうとしたわけでもない。

ただ、もはや運航不能になった星間連絡艇のなかにずっと閉じ籠もっているのもしんどい。周囲をぶらぶら散策するのがリサの日課となった。

この頃はまだ雪は降っていなかったが、肌寒く、風の強い夜が多かった。なにもない星だった。あるいは彼女が着陸した地点が、たまたまなにもない場所だっただけなのか。

見渡す限りの平原。

荒野。

足元には雑草一本、生えていない。

彼方には山並みどころか、単一の突起すら見当たらない。山がないということは、川もないということだ。

無意識に水の補給を検討している自分に気づき、リサは舌打ちしたものだった。いまさらそんなこと心配して、どうなるっていうのよ。我ながら未練がましいったらありゃしない。

星間連絡艇に積んである水と食料は、はたしてどれくらい保《も》つのか。調べればすぐに判明することだったが、敢えて調べなかった。そんなことに興味を抱いてはいけない、リサは己れをそう叱《しか》り飛ばす。

陽《ひ》が暮れると、艇に戻る。

落日に大地は代赭色《たいしゃいろ》に映え、リサの影を長々と揺らめかせる。

沈みゆく太陽は、ふと母星に佇立《ちょりつ》しているかのような錯覚を起こし、彼女はしばしば、涙ぐんでしまいたくなる己れの弱さと戦わなければならなかった。

孤独感は確実に成長してゆく。

自分を破滅させた女の顔……それすらも、いまは懐かしい。呪ってくれるのなら、それも大歓迎だ。亡霊として眼の前に出現してくれないものか……むろんそんな弱音をリサは認めたくなかった。

巨大な竜と遭遇したとき、それがいかに痩《や》せ我慢であったか、いかに自分が話し相手に飢えていたか、思い知らされるはめになる。

最初はそれが生物だとは思わなかった。ドーム状の建物に見えたからだ。近寄ってみると、やや肥満気味な点を除けば、ホログラフィでお馴染みの、古代の恐竜にそっくりの姿態だ。

とても知的生物には見えなかった。いかにも魯鈍《ろどん》そうな怪物。

それでもリサは、その巨大な双眸《そうぼう》に惹《ひ》かれ、ちょっかいを出してみる気になった。

己れの命に執着のない彼女はむろん、いきなり立ち上がった竜に踏みつぶされる危険など、まるで頓着《とんちゃく》しなかった。むしろそうなったらなったで、手間が省けて好都合である。

大胆に行動した。近寄れるだけ近寄って、竜の鼻面に「こんにちは」と大声で呼びかけた。手を伸ばせばその表皮に触れられる距離だ。

そのときだった。ウォン、ウォン、という独特の音が竜の口から飛び出してきたのは。

突然のことにリサは、悲鳴を上げ、ひっくり返った。爆風のような衝撃を避ける余裕などない。尻餅をつきながら、とっさに両耳を塞《ふさ》ぐのが精一杯だった。

「お……おおおお、驚かさないで。じゅ、寿命が縮んだじゃないのよ」

人生への未練を露呈する科白を口走ったことにしばらくして気づき、リサは自嘲的な笑みを浮かべた。

よろよろ立ち上がろうとすると再び、ウォンと竜が吠《ほ》えた。

「きゃっ」

彼女は腰を抜かした。耳を押さえたまま、そこらじゅう、転げ回る。

「う、うるさ……うるさいったらあっ、ちょっと、うるさい、そんなに喚かないで、静かにしてってったらあっ」

またウォン、ウォン、ウォン。

きいっとリサは金切り声を上げる。

するとそれに呼応して、ウォン。

竜は自分の声に反応しているらしい……ようやくそう悟る頃には、リサはへとへとになっていた。

その日のうちに艇から連想言語翻訳機を持ってきて、竜の言葉を解析し始めた。

＊

（いまはわたしだけになってしまったが、かつてここには仲間たちがいた）

竜はそう語ったことがある。

「仲間？　仲間って」いつものようにリサは簡易イスに座って充分に距離をとり、竜と向かい合っている。「やっぱり、あなたみたいな肥満竜？」

（ヒマンリュウというのがよく判らないが、わたしみたいな姿だったのかというのなら、そのとおり）

「どのくらい、いたの。数は」

（正確な個体数は判らない。数えてみたことがないんだ。ただ、どちらを向いても仲間の姿しか見えないときもあったから、相当数、いたのだろう）

「あなたみたいな怠け者が、うじゃうじゃ群れてたの？」

何百、何千という巨大竜たちがこの平原を覆い尽くし、ひもすがら、それぞれ同じ場所にうずくまったまま、じっと陽向ぼっこをしている光景を想像してみる。

異様というべきか、ユーモラスというべきか。

(ナマケモノ……)

「そうやって、なにもしないやつのこと」

(変なことを言うね。わたしはこうして、ここにいるじゃないか)

「どっちが変なことを言ってるんだか」

またこの喰いちがい……リサは苛立ちを抑えて、話題をもとに戻した。

「その仲間たちはどうしたの？」

(どうした……とは？)

「いま、いないじゃない。どこへ行ってしまったの？」

(どこへも行っていない。死んだ)

「……どうして？」

(どうして、とは？　生まれたものはやがて死ぬ。わたしたちの死亡率は百パーセントだよ。あるいはきみの母星では事情がちがうのかもしれないが)

「寿命があるのはあたしたちだって同じよ。そういう意味じゃなくて、原因はなんだったの。大きな災害があったとか、伝染病の類《たぐ》いが蔓延《まんえん》したとか？」

(なにもない。ただ死んだ)

「つまり……自然死ってこと？」

（自然死ということだ）

「生き残っているのは、あなただけ？」

（確認したわけではないが、どうやらわたしだけのようだ）

合成音声の無機質なトーンに、リサは思わずかっとなり、声を荒らげてしまった。

「それならあなたはどうして、いっそ自分も死んでしまわないのよ？」

（もちろんわたしもいずれ死ぬ）

「そうじゃなくって」

自分でもわけの判らぬ憤怒に振り回されるがまま、地団駄を踏む。

「仲間がみんないなくなってしまって、それであなた、よく生きてられるわね？　もう死にたいと思ったりしないの？」

（よく判らないな。自ら死を願うとは、どういう意味なのだろう。そんなこと、考えたこともない）

「たったひとりで……寂しくて……絶望して、死んでしまいたい……いっそ自殺してしまいたい、そんなふうに思ったことなんか、あなたはないって言うの？」

（サビシイ……ゼツボウ……それらがどういう意味か判らないが、ともかく、きみたちの種は単一個体として取り残されるとそれらの状態に陥る、そう理解して

いいのかな）

「そうよ。まさしくそのとおり」憤怒さめやらぬ表情のまま竜を睨み上げた。

「どうやらあなたの種は、そんな感情とは無縁のようね」

（どうやらね。だいいちそのジサツとやらを実行しようとしても、細胞組織や内臓器官の活動を恣意《しい》的に停止させられる生理機能をわたしたちは持ち合わせていない。死は実行するものではなく、待つものなのだ）

「それはあたしたちだってそうよ。そうだけど死のうと思えば、いつだって死ねる。自分を殺そうと思えば、いつだって殺せる」

（どうやって）

「いろいろ道具を使って」

（ドウグ？）

これまた竜には縁のない概念らしい。レーザーライフルや電磁ナイフのことをリサは簡単に説明する。

（するとそれらは、きみたち自身が加工、生産するものなのか？）

「そうよ。そこらに野生のものが生えているわけじゃないからね」

（判らない。なぜそんなものを造る？）

「そりゃいろいろ役に立つからに決まってるでしょ」

（だけどそれらのドウグとは、生命体組織に異物として挿入されこれを破壊する機能を有しているんだろ？　そう解釈するのはまちがっているのかな）

「まちがっていない。そのとおりよ。だからなんなの」

（まるで判らなくなった。さっきの話からすると、きみたちの種は仲間の個体数の減少に強い拒否反応を示すらしい。それどころか単一個体になってしまうと自らの死すら技術を駆使して達成しようとするという。なのになぜ自ら、種の逓減を目的としたドウグなどというものを造ったりするのだろう？）

リサにはなにも答えられなかった。

＊

竜に会いにゆくのはリサにとって、単なる日課ではなく唯一の楽しみだった。毎朝いそいそと用意した食事をミールボックスに詰めながら気分は浮き立っている。艇を、後にして、てくてく歩き、竜の姿を眼にしたときは、まさに幸福そのものだ。

なのに、いざ会話が始まるとリサは、必ずといっていいほど不愉快になる。夕方、暗くなるまで話し込んでゆくのが常だが、ときおり、あまりの議論の喰いちがいにヒステリーを起こして、用意した昼食も口にしないまま、簡易イスを蹴飛ばして、艇へ戻ってきたりする。

「そんな偉そうなことをのたまえるのはね、あなたがなんにもしない、木偶《でく》の坊だからよ」そう面罵《めんば》したこともある。「超然とかまえたってだめよ。全然さまにならない。だってあなたはなんにもしないじゃない。創造も、建設も、学究も。恋愛も。なんの生産的活動もしないじゃない。なんにも感じないじゃない。喜びも、哀しみも。怒りも。口惜しさも」

（わたしはなにもしないわけではない。感情がないわけでもない。ただ、きみのそれとは少し次元がずれているだけだ）

「じゃあ訊くけど、あなたはいったいなにをするって言うの？　ひとつでいい。ひとつでいいから、あたしが満足できる答えを挙げてちょうだい。挙げられるものなら、ね」

（わたしはここに存在している）

「答えになっていない」

（これがだめなら、残念だが、きみを満足させてあげることはできそうにない）

「ほうらご覧なさい。いい。存在と行為は、まったく別物なんだから」

（理解したわけではないが、そのふたつとはわたしにとって、同じものなのだろ

う）

「つまり、なんにもしないのよ、あなたは」

（そのようだ。きみの規範によれば。しかもそれはどうやら相当、罪深いことであるらしい。リサ。なにもしないわたしはずいぶん、きみを不安定にしてしまうようだ）

「ええ、不安定にさせられますとも。ものすごくね。あなたみたいなのがあたしたちの種のなかにいたら、それは落伍者《らくごしゃ》よ。生活破綻者《はたんしゃ》で、社会不適応者。すべてに絶望して死ぬしかないのよ。そういうものなのよ」

（するときみは、なにかをしていないと——むろん、きみの規範内での話だが——生命活動が維持できないのだね）

「まあ、そういうことね」

（では、きみとわたしは結局、根本的には同じと言えるのではないかな）

「どうしてよ」

（わたしはわたしの規範内で、なにかをしている。それができなくなったとき、わたしが迎えるものは死しかないからだ。どうだろう。同じじゃないか）

そりゃ存在と行為が同義語ならば、存在するのを止めるのは死ぬってことでしょう。だけどそうじゃなくて……もどかしい不毛感が募りながらも、言葉を止められない。

「……あたしはね、この星へやってくる前に、自分の仲間を殺してきたのよ。ただの仲間じゃない。あたしがこの世でいちばん愛して、そしていちばん憎んだ女……」

真智子のことを説明しても仕方がない。彼女に対する愛憎など、自分ですら理解できないのに。

かつて恋した男ふたりを両方とも奪った女。ふたりの男の息子を生んだ女。そしてその息子たちと自分の異常な関係……なにひとつ。なにひとつリサは説明できない。

「良い意味でも悪い意味でも、かけがえのないひとだった。そんな彼女をあたしは殺した。そしてこうして逃げてきた。あなたには、さぞやおかしく聞こえるでしょうよ。滑稽でしょう。矛盾していると思うでしょう。独りで生きてゆけないと言っているあたしが、よりによって、いちばん大切な仲間を自らの手で死に至らしめる、なんて……狂ってる。ええ、あたしは狂ってた。でも、そうするしかなかった。苦しみを断ち切るには、そうするしかなかった」

途切れがちだった囁《ささや》きが、ふいに絶叫として爆発する。

「理解できないでしょうね、あなたには。そうよ。あなたになんか、判るはずはない。あなたは恋をしたこともなければ、誰かを愛したこともない。嫉妬《しっと》という感情がどんなに醜いかも知らなければ、憎しみの重みにつぶされそうになったこともない。ぬくもりを求めたはずの相手に、ただ肉の塊りとしてしか扱ってもらえない苦しみも判らない。あなたには、なんにも判らないのよ。あたしのことなんか、なにひとつ、判るわけがないんだッ」

＊

雪は毎晩のように降るようになった。この星も本格的な冬に突入しつつあるらしい。

（リサ、きみは独りでは生きてゆけない、と言ったね）

まばらな雪化粧を表皮に点在させたまま、ある日、竜はそう訊いた。

（ではもしわたしがいなくなったら、きみは死んでしまう。そう解釈しなければいけないのだろうか）

「どうして……」不安と苛立ちにリサの表情が硬直する。「どうしてそんなことを言うの」

（死が迫ってきている。わたしのもとへ）

「なぜ判るの、そんなことが？」

（迫ってきているからだ）

「あなたってそんな老齢なの」

（ロウレイ……）

「どうでもいいわ。それより、あなたが死んだら、あなたの種はどうなるの？」

（絶滅する）

「それでいいの？　あなたはそれを、なんとも思わないわけ？」

（わたしは外宇宙のことを、あまりよく知らない。他の生命体が体系化する思想や哲学のことも、まったく判らない。が、少なくともわたしの観念においては、生命とは死滅するために誕生してくる。従って生命の連続体である種とは必然的に絶滅するためにのみその起源を有する。そういうことになっている）

「そう……その大前提に対して、特になんの感慨も異論もないってわけね」

（それはともかく。リサ。きみはわたしのように生きるわけにはいかないのだろうか。独りになっても寿命がある限り生き続けることは、きみには不可能なのだろうか）

「あたしの寿命よりも持ってきた食料のほうが長く保つのなら、それも可能でしょう。でも、そんなわけはない。いずれ食料は底をつくし、そしたらあたしは、好むと好まざるにかかわらず、死ぬしかない」

（そうだったな。わたしには理解不能な複合要因が絡んでいたんだな。自然の摂理に反するようなことを言って、すまなかった）

あたしの気持ちはどうなるの？　リサは胸中で文句を垂れた。あたしの機嫌をそこねたことに対する謝罪はないわけ？　いつものように彼女は不愉快だった。個体と種の死を淡々と語る、なにもかも悟りきったかのような竜の口調が気に喰わなかった。

いつもどおりの、すれちがい。

だがこれが、リサが竜と交わした最後の会話となる。

*

星間連絡艇の外装は雪に覆い尽くされてしまっている。フォルムが埋もれてしまって、ハッチが開いても、雪の小山に黒点が穿《うが》たれたようにしか見えない。いつものように降り立つリサを、雪原はいつもの静寂で迎えた。

空は薄く濁った色で陽光を遮っている。

見慣れた風景だ。なにも変わったところはない。無音、無動が拡がるのみ。それでいて。

それでいて、なにかがちがっていた。よそよそしい他人の顔でリサを迎える世界。

竜は死んでいた。

いつものように、うずくまったまま。雪のあいだから覗く表皮が、苔色から浅《あさ》鈍《にび》に変色している。

ヘッドセットの拡声器が紡ぐ、ウォン、オンという呼びかけは、反響するでもなく、雪原に吸い込まれてゆく。

何度試しても、答えはない。

*

食料がなくなった。

水も貯蔵タンクの残りわずかだし、リサイクルシステムにも限界がきている。

これでいいのよ……リサは思った。ようやく自分も楽になれる、と。

死。それこそが、真智子がいなくなった故郷を飛び立って以来、今日まで自分が渇望してきたものなのだから。

虚無的な気持ちをかかえ、リサは無意識に操縦室に入った。不時着して以来、一度も座っていないGシートに、ふと衝動的に腰を下ろしてしまう。

なにをやっているんだろう、あたしは？　まさか艇を離陸させようっていうんじゃないでしょうね？　それは無理な相談ってもんよ。なにしろ主要駆動系統が全滅しているんだから。

冷笑を浮かべるリサの眼がふと、あるパネルに吸い寄せられた。

遭難信号発信装置……ばかばかしい。つくづくどうかしている。こんな辺境の星まで救援隊が到着するまで、あたしの体力が保つわけがない。でもまあ。でもまあ、この星を発見させてあげるのもいいかも、ね。こんなに環境がいいんだから、住宅地として開発できるかも。

皮肉っぽい笑みを浮かべながら、リサはパネルのスイッチを押した。

手応えがない。

壊れていた。おそらく不時着時のショックでだろう。遭難信号など発信するつもりもなかったので、これまで調べもしなかったが。

リサは愕然《がくぜん》としていた。

発信装置が壊れていたことに、ではない。発信装置の反応がないことにショックを受けている己れに、愕然となっていた。

これがあなたの本音？　ほんとうは、あわよくばたすかりたかった……ってこと？　精神的な崩壊が進んでいることを示す笑いを浮かべながら、リサは涙を流した。真智子を殺したことを初めて後悔した。しかし。

しかしその後悔も、罪悪感ゆえではなく、己れの命への執着がもたらすものであることに気づきそうになるたびに、彼女は泣き、笑わなければならなかった。

＊

竜が死んで以来、やんでいた雪がまた降り始める。

リサは就寝用寛衣のまま雪原を歩く。

裸足《はだし》だった。白い肌に膨張した朱色が点在している。

よろけながら、歩き続ける。

極寒のなか、肌は異様に蒼白《そうはく》なのに、目許は真紅に染まっている。

やがて竜の骸《むくろ》が見える。まるで森のようだ。そう思うと涙が溢れ返った。

「ごめん……ごめんね」

自分がなにを謝っているのかも、もはや判らない。

「でもあたしは……やっぱりあたしは」

脊髄《せきずい》反射で喋っているだけで、リサはすでに意識を失っていた。よろめく。すっかり黒ずんだ竜の表皮に倒れ込んだ。まだ唇はぴくぴく動いていたが、もう声は出ない。目蓋が痙攣《けいれん》する。吹雪が激しくなる。

銀世界は静かに眠りに就こうとしていた。異星人同士である竜と女を、そのふところに抱いて。外観も内面もすべて喰いちがったふたりを、いま雪という名の同じ柩に埋葬しながら。

〈完〉

森奈津子さんのおかげです――あとがきに代えて

この世のなにひとつ、自分の思い通りにはならない。自分の望みはなにひとつ、叶えられることはない。ただ生きてゆくためだけに、やりたくもないことを日々強いられ、悩みもなく幸せ（そう）な他人を羨《うらや》み、ときに殺意を覚え、願いはなにかと問われれば、いまこの瞬間にでも隕石《いんせき》が地球に激突し、惨めで無意味なこの世界、この人生を、すべて無かったことにして欲しいだけ。

わたし、西澤保彦は十代、二十代、そして三十代になっても四十代になっても、それどころか還暦が目の前に迫ってきた現在においてさえなお、そんなふうにネガティヴにいじけ、ねじくれ、自己存在と外的世界をひたすら呪わしく思うことで生きてきた人間です。ああ、書いていて、なんとも気が気が滅入る。けれど、ほんとうのことなんだから、仕方がありません。

そんなルサンチマンとコンプレックスの塊りのわたしが心の拠《よ》りどころにしていたのが、ＳＦでした。星新一さんのショートショートに夢中になったのをきっかけに、古今東西のＳＦ小説を読み漁《あさ》りながら成長したわたしは、将来はＳＦ作家になろうと決めていた。しかしいま改めて考えてみると、その志望はいささか、よこしまな思惑に裏づけられていたようです。わたしは自分はＳＦというものをなんの邪心もなく愛していると信じていたけれど、実はそうではなく、ただ「利用」していただけではなかったのか、と。

「価値観の相対化」という言葉を知ったのは、たしか中学生の頃でした。本の解説だったか、雑誌の書評だったかは憶えていませんが、ともかくこの言葉は「便利」だと、すぐにわたしは気がついた。この世に絶対的な価値などない。少し視点をずらしただけで、あっけなくその基盤は瓦解してしまう。どれほど思想的、宗教的、哲学的、道徳的、果ては科学的に緻密かつ堅固に裏打ちされていようとも、解体、無効化できない価値体系などというものはひとつも無いのだ、と。

己れの存在のどうしようもない卑小さ、無力感、そして挫折に押しつぶされそうになるとき、わたしが外的世界へ向けて放つ呪詛《じゅそ》のひとこと、それが「なにもかもが虚《むな》しい」でした。真面目な意味での虚無主義者ならばまだいいが、そんな上等なものではありません。ただ、自分の惨めな負け犬根性を糊塗《こと》するために、周囲のものすべてを「虚しい」と切って棄《す》てることで、「勝った」と束の間の（それこそ虚しい）全能感に浸っていたのでした。

いまさらだけど、ごめんよ、ＳＦ。オレはキミを愛していると思い込んでいたけれど、実は不純な目的で利用していただけだったのだ。

でも、言い訳するわけじゃないけれど、まがりなりにもキミにかかわり続けていたお蔭《かげ》で、わたしは救いに出会えた。それこそが森奈津子さんという救世主、唯一無二の師《メントール》でした。

さて。ここから先は、読む方によっては非常に不快な内容になるかもしれないことをお断りしておかなくてはなりません。前述したように、わたしはこの世のすべてのものはしょせん虚しいだけだと否定することで、なんとか自尊心を保とうと足掻《あが》いてきた、下劣な人間です。なかでも、わたしがもっとも否定しようと躍起になっていたのが性愛、すなわちセックスだった。

もしもわたしがフツーの男だったのなら、たしかに普遍的なセックスに関する悩みや失敗を経験しながらも、性愛の価値そのものを否定しようとはしなかったでしょう。しかしわたしは偏執的なまでに、セックスが如何《いか》に無意味かの理論武装化に血道を上げていた。あれもつまらない、これもつまらない、やっぱりエロティシズムなんてどれもこれも虚しいだけだと、ただその結論を得るためだけに気が遠くなるほど膨大な金と時間をポルノグラフィに注ぎ込んできたのだから、我ながら正気とは思えないというべきか、アホ過ぎるというべきか、はたまた涙なくしては語れないというべきか。

なにが哀《かな》しいかって、つまらない、つまらないと口では依怙地《いこじ》に連呼しつつ、実際には性欲に振り回されるばかりが実情だったということです。だってその都度、しっかりと抜きまくるわけだし。

こんなアンビバレントな地獄に陥った原因のひとつは、わたしが男としてフツーの嗜好《しこう》の持ち主ではなかったから、すなわち変態だからです。ひとくちに変態といってもいろいろですが、わたしのエロスの原点は故・上村一夫さん作の某官能劇画にあります。小学生のときでした。タイトルやストーリーなど、官能描写以外の詳しいことはなにひとつ憶えていませんが、近所の書店で来る日も来る日も、ひとめをはばかりながら、夢中で立ち読みしたことでした。

いまでも鮮烈に記憶に残っているのは、女性のふたり連れが飛行機に乗っているシーンです。ＯＬふうの若い純朴そうな娘と、その隣りには上司とおぼしき、やり手っぽい女性。その女性は、ちょっと意地悪な目つきでなにかを娘の耳もとで囁《ささや》きながら、そっと指で彼女の膝を撫《な》でます。

若い娘は頬《ほお》を赤らめ、恥じらいつつも、切なそうに、ひとこと。「……いやな、おねえさま」

場面は変わって、ホテルの一室。ふたりは愛し合います。服を脱ごうとする若い娘に、女性はこう言います。

「ブラジャーとパンストは、そのままで、ね」

娘は、「どうして？」と戸惑いつつも、言われた通りに。

ふふ、と嗜虐的な笑みを浮かべて、女性はひとこと。「そのほうが興奮するからよ」

抱き合ったふたりのパンストが擦《こす》れ合い、摩擦熱でしょうか、静電気がパチパチと弾けるなか、四本の脚が宙を舞い踊る描写は、わたしにとってエロスの極致でした。いま思い返しても鼻血が出ます。

そのとき、自分が幼稚園のお遊戯の際、法被《はっぴ》といっしょに穿《は》いたタイツを連想したことが、わたしのセクシュアリティを決定づけました。すなわち、タイツフェチのトランスセクシュアル・レズビアン。それがわたしです。もちろんリアルタイムでの自覚は全然なく、何十年も経って、やっと理解したことです（後にトランスセクシュアル・レズビアンという言葉を教えてくださったのも森奈津子さんでした）。

何十年もずっと、自分はフツーの男だと思っていた。思い込もうとしていました。だって、こんなこと、認めたくないじゃありませんか。わたしの性的願望は、可愛い女の子になって、きれいな歳上の、ちょっとサディスティックだけど実は優しいおねえさまといっしょに、服は脱ぐんだけれどタイツだけは穿いたまま、ひたすら戯れ合うことだ、なんて。もしも他人に知られたら、恥ずかしいどころの騒ぎじゃない、もう死ぬしかありません、みたいな。

高校生のとき、文化祭だったか予餞会《よせん》だったかの寸劇で、わたしは女装して参加しました。母親のウイッグと、きものを借り、同じクラスの女子生徒に手伝ってもらって化粧をした。正直に告白しますが、そのとき、わたしはすごく幸せでした。多分、これ以上、幸せなことはこの世に他にないだろうというくらい。しかし。

しかしその幸福感は同時に、わたしに究極の絶望感をも、もたらした。たしかに女装しているときは楽しい。タイツを穿くと幸せな気分にもなれるんだけれど、その幸せは長くは続かない。鏡のなかの自分は、なんと言いましょうか、全然「自分好み」ではないんですね。はっきり言って、美しくないし、ちっとも、そそらない。自分は、自分自身のセクシュアル・ファンタジーを背負える「素材」ではないんだ、という哀しくも残酷な現実をその都度、思い知らされる。

絶望は欺瞞《ぎまん》を生みます。すなわち、オレはフツーの男なんだから、フツーに女とセックスすりゃいいんであって、そんな、セーラー服の似合う可愛い女の子になって、きれいなおねえさまといっしょにタイツを穿いた脚を互いにすりすりしたい、なんてややこしい願望なんかどうでもいいじゃないか、と。むりやりそう思い込もうとした。

他人にしてみれば単なる気色の悪い笑い話に過ぎませんけれど、こうした自己欺瞞ほど苦しいものはありません。わたしのことを女嫌いだとか、女性憎悪者《ミソジニスト》だと思う方がたまにいらっしゃいますが、あながち否定しきれない。たしかにわたしは女性を、女性であるがゆえに、つまり自分が欲しくても欲しくても手に入れるのは絶対に不可能なものをごくあたりまえのように所有しているがゆえに、憎んでいるのでしょう。嫉妬と羨望という業火に焼かれて。

こうして長年、わたしはSFの「価値観の相対化」という美名の下、すべてを、特にセクシュアリティに関することを「虚しい」と切って棄てることで、なんとか自尊心を保ってきました。しかし前述したように、まがりなりにもSFに親しんでいたお蔭で、ある日、そのタイトルが目に飛び込んできたのです。なにげなしに購入したオリジナルアンソロジー『SFバカ本　たいやき編』の目次にそれはありました。

「西城秀樹のおかげです」

作者は森奈津子。この時点で森さんのことを全然知らなかったわたしは、いや、おかげですと言われましても、いったいどういう内容？　と首を傾《かし》げるばかり。ともかく読んでみました。人間、ときとして自己存在を根底から覆されるような書物との出会いがあるものですが、まさしくそれはわたしにとって、人生を変える読書体験でした。

ストーリーはシンプル。謎のウィルスによって人類が死滅した世界が舞台。そう、

SFです。誰もいなくなった東京、新宿で自称「ほっそりした十五歳の女学生、千絵」の（きっと、この地上のどこかに、お美しいお姉様が生き残っておられるにちがいないわ）というモノローグだけが蟠踞《ばんきょ》します。（わたくし、そんなお姉様に出会える日まで、絶対に死ねない！）と、そんな百合妄想が延々と爆裂。ここで、できれば全文、引用したいところですけれど、そうもいかないので、ほんのさわりを。

（まだお会いしたこともないお姉様、いつかこの頬に優しく口づけしてくださいませ。そして頬だけではなく、いたるところにその熱き唇を……。ああっ！　わたくしとしたことが、清らかな乙女の身でありながら、なんて淫らな想像を！）

改めて確認しておきますが、舞台は人類が死滅した世界です。そこでただひとり（後でもうひとり登場しますが）生き残った「千絵」のするのは、まだ見ぬ「お姉様」との、めくるめく脳内愛欲にどっぷり浸りまくることだけ。

（ああ、そうだわ。やがてお姉様とわたくしは、だれも見ていない白昼の廃墟《はいきょ》で愛しあうようになるのだわ。甘い口づけを交わした二人は、たちまち二匹の性獣と化し、そして……。ああっ！　また、わたくしとしたことが、乙女にあるまじき想像を……しかも『性獣』などという専門用語まで使って！）

実はこの「千絵」、本名は「民子」で、実際は「ほっそりした十五歳の女学生」ではなく「身長二百センチ、体重二百キロの三十四歳」とくる。これがもしもミステリなら乖離症状かなにかが原因の叙述トリック作品になるところですが、民子はそんな小賢しい欺瞞を超越している。わりとあっけらかんと、それが百合妄想に思う存分に浸るためのフィクション設定だと自覚しているのです。

わたしが小説を読みながら、ただひたひら脱力し、ただひたすら笑い転げるという体験をしたのは、後にも先にもこのときだけです。民子の脳内愛欲の白眉は、ハヤカワ文庫版『西城秀樹のおかげです』の14ページから15ページにかけての圧巻の長広舌、永遠に続くかとも思われるほどの独り芝居です。とても全文引用はできませんが、ともかくその長い妄想の果てに、民子はひとこと。

（ああっ！　わたくしったら、また、こんな愚かしくも淫らな想像を！　しかも、はからずも『プッシー』などという外来語まで織り交ぜて、まるでありがたいお経のように長々と！）

わたしは悶絶《もんぜつ》しそうなくらい、笑い転げました。笑って笑って、笑い疲れた果てにあったのは、ある種の浄化作用だった。人間、笑うと憑《つ》きものが落ちますね。わたしは百合妄想爆裂の民子を笑いつつ、同時にタイツフェチでトランスセクシュアル・レズビアンという変態である自分をも笑っていたのです。他人に知られたら恥ずかしくて死ぬしかないような、気色の悪い自分の趣味嗜好を、否定するでもなく、さりとて韜晦《とうかい》するでもなく、ただ素直に笑えた。そう。そうだ、と。

そうだ、これでいいことじゃないか、と。そう悟った瞬間でした。ほんとうに「価値観の相対化」というのなら、ただいたずらに否定して切って棄てたり、シニカルに卑下したりするのではなく、変態である自分をも客体化して、笑いのめせばいいのだ、と。「蒙《もう》を啓《ひら》く」という言葉がありますが、わたしにとっては「西城秀樹のおかげです」こそがまさにそれで、このときから作家、森奈津子さんはわたしにとって特別な存在、この世で唯一無二の師《メントール》となったのです。ひょんなことから森さんと知己を得たわたしは、洒落《しゃれ》でもなんでもなく大真面目に「師匠」「師匠」とお呼びしております。そのたびに「あいにく弟子をとった覚えはございませぬ」と森さんにたしなめられても、懲りもせず。

森奈津子さんを主人公にした小説を書こうと思い立たせたのは、他ならぬわたしの森さんとの同一化願望でした。そう。わたしは森奈津子になりたい！　と切実に願った挙げ句、『なつこ、孤島に囚われ。』（祥伝社文庫）、『両性具有迷宮』（双葉文庫）、そして『キス』（徳間文庫）と三冊も上梓してしまったのだから、我ながら狼藉《ろうぜき》の限りを尽くしたものでございます。この場を借りまして改めて、森奈津子さん、そして実名でご登場いただいた他の作家、編集者の方々にも深く、深く御礼申し上げます。

わたしの個人的願望充足小説である森奈津子シリーズが、よもや、あの安田弘之さんの装画で二次文庫化の機会を与えられることになろうとは夢にも思いませんでしたが、ご尽力いただいた実業之日本社の上田美智子さん、どうもありがとうございました。そういえばわたしの作家生活も二十年を数えますが、担当編集者の方から「次回の連載、女装男子を登場させてください。できればレギュラーで」とのリクエストをいただいたのは上田さんが初めてです。いや別に、だからなんだ、というわけではないのですが。

二〇一五年二月　高知市にて

西澤保彦

本書は、『なつこ、孤島に囚われ。』（二〇〇〇年一一月　祥伝社文庫刊）、
『キス』（二〇一一年五月　徳間文庫刊）を再編集し、一冊にまとめたものです。

実業之日本社文庫　好評既刊

実業之日本社文庫 に26

小説家《しょうせつか》 森奈津子《もりなつこ》の華麗《かれい》なる事件簿《じけんぼ》

2015年4月15日　初版第1刷発行

著　者　西澤保彦《にしざわやすひこ》

発行者　村山秀夫
発行所　株式会社実業之日本社
〒104-8233　東京都中央区京橋 3-7-5 京橋スクエア
電話 [編集]03(3562)2051 [販売]03(3535)4441
ホームページ http://www.j-n.co.jp/
DTP　株式会社ワイズファクトリー
印刷所　大日本印刷株式会社
製本所　株式会社ブックアート

フォーマットデザイン　鈴木正道(Suzuki Design)

ISBN978-4-408-55225-5（文芸）